회
색
프로젝트 2

회색 프로젝트 2

발행일	2017년 10월 11일			
지은이	함 문 성			
펴낸이	손 형 국			
펴낸곳	(주)북랩			
편집인	선일영	편집	이종무, 권혁신, 최예은	
디자인	이현수, 김민하, 한수희	제작	박기성, 황동현, 구성우	
마케팅	김회란, 박진관			
출판등록	2004. 12. 1(제2012-000051호)			
주소	서울시 금천구 가산디지털 1로 168, 우림라이온스밸리 B동 B113, 114호			
홈페이지	www.book.co.kr			
전화번호	(02)2026-5777	팩스	(02)2026-5747	

ISBN   979-11-5987-472-7 04810(종이책)   979-11-5987-473-4 05810(전자책)
        979-11-5987-454-3 04810(세트)

이 도서의 국립중앙도서관 출판예정도서목록(CIP)은 서지정보유통지원시스템 홈페이지(http://seoji.nl.go.kr)와
국가자료공동목록시스템(http://www.nl.go.kr/kolisnet)에서 이용하실 수 있습니다.
(CIP제어번호 : CIP2017008202)

(주)북랩 성공출판의 파트너

북랩 홈페이지와 패밀리 사이트에서 다양한 출판 솔루션을 만나 보세요!

홈페이지 book.co.kr   자가출판 플랫폼 해피소드 happisode.com
블로그 blog.naver.com/essaybook   원고모집 book@book.co.kr

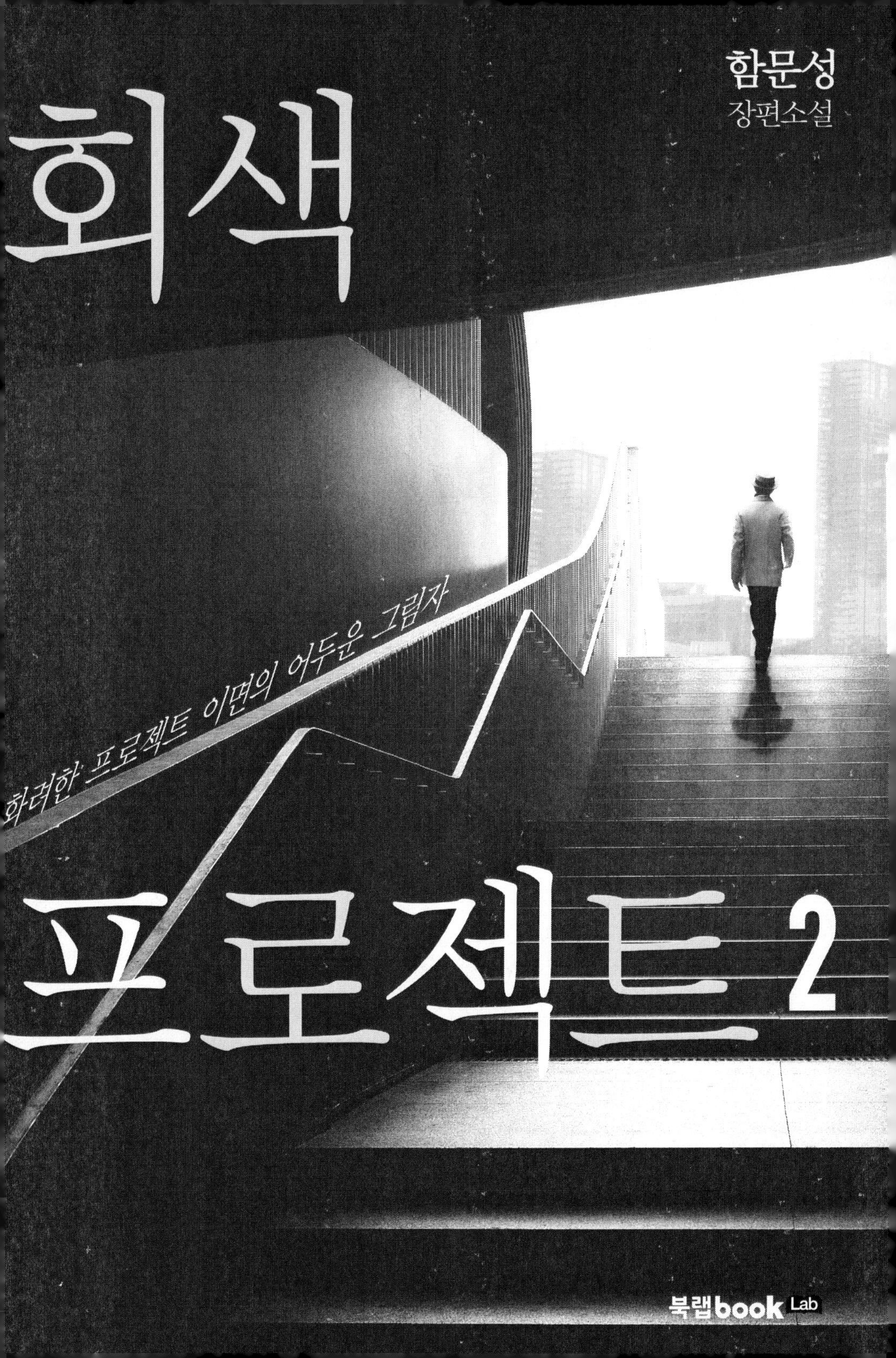
함문성
장편소설
회색
화려한 프로젝트 이면의 어두운 그림자
프로젝트 2
북랩book Lab

차례

공식적인 결과

프로젝트 수주를 축하한다는 의미인지 아니면 장밋빛 프로젝트 진행을 기대한다는 의미인지 분홍색으로 '축하합니다'라는 굵은 고딕체의 제목이 눈에 들어온다.

"김 상무, 축하한다. 후렉스코리아로 프로젝트가 넘어가는 것에 사인하지 않을까 하다가 김 상무의 헌신적인 협조를 생각하며 사인했다. 약속대로 더 이상의 네고는 없을 것이고 돌아오는 월요일 계약하라고 지시했다. 오늘 중 계약서 초안 보낼 거니까 계약 잘하시고. 다시 한 번 축하하고 많이 도와주길 바란다."

신 부회장이 갑이라는 입장에서 본다면 하지 않아도 될 인사이지만 김호석 상무의 도움이 절실하기 때문일 것이라고 생각이 들었다. 부태인 부장에게 포워딩forwarding전달해 주고 전화기를 들어 메일을 확인해보라고 이야기해준다. 드디어 삼마그룹 프로젝트가 공식적으로 최종 결정이 되었고 우여곡절을 겪으며 고향 친구 사이에 피 튀기는 경쟁도 이제 막을 내렸다. 비록 신 부회장으로부터 많은 도움을 받았지만 지나온 시간이 주마등같이 스쳐 지나간다.

"상무님, 축하드립니다."

부태인 부장이 메일을 확인했는지 바로 달려왔다.

"하하, 고생 많이 했다. 다 부태인 부장이 잘 도와줘서 수월하게 왔어."

"상무님이 다 하신 것이지요. 저야 지시에 따라 최선을 다했을 뿐입니다."

강 비서가 눈치를 챘는지 들어온다.

"상무님, 뭐 좋은 일이 있나 봐요? 혹시 삼마 프로젝트 결과 나온 것인가요?"

"그래, 이제 최종 결론이 났다. 장시간 끌어오느라고 다들 고생했다."

"진짜 축하드려요, 상무님."

양 대표에게 보고는 내일 연구소장을 만나고 와서 그 결과와 같이 보고를 해야 할 것 같았다.

"강 비서도 오늘 회식자리에 나올 건가? 조금이라도 관련 있는 사람들은 다 오라고 해."

"부태인 부장. 영업에서 준 코드에서 쓸 돈이 남아 있지? 굳이 우리 돈으로 쓸 일 없으니 오늘 경비는 그걸로 처리해라."

"잘 알겠습니다. 상무님."

오랜만에 사무실에 앉아 차분하게 지난 일을 돌아보고 업무를 챙겨 본다. 큰 프로젝트가 결정된 오늘 같은 날은 수없이 많은 전화가 걸려올 텐데 외부에서 걸려오는 전화는 모두 강 비서가 정리해서 퇴근 전에 줄 것이다. 부재중으로 해놓고 내일쯤 연락할 곳은 걸러서 해야 한다. 차분하게 프로젝트 전체 예산을 생각하며 김호석 상무가 챙길 수 있는 인센티브와 비자금이라 할 수 있는 자금의 정확한 규모를 추산해본다. 계약금액에 10% 정도 되니까 50억 가까이 되는 금액이 김호석 상무가 관리할 수 있는 규모가 될 것이고 공식적인 인센티브와 본사로부터 받을 스톡옵션은 아직 산정이 어려우니 계산을 하지 않는다. 이것을 무리 없이 효율적으로 챙기는 방법은 신 부회장 명의를 이용한 차명계좌가 좋겠다고 생각한다.

프로젝트에서 어느 정도 용인되는 것이지만 대놓고 하기에는 주위의 눈들이 너무 많아 부담이 간다. 시중은행인 두솔은행 강남지점장으로 있는 친구 놈에게 부탁해서 차명계좌를 만들어 서서히 준비해야겠다는 생각이 든다. 이름만 신 부회장 이름으로 해서 온라인 거래를 하면 되니까 외부적으로는 문제가 없을 것이다. 생각난 김에 두솔은행 강남지점장에게 전화한다.

"오성식 지점장이십니까? 김호석입니다."

"어, 호석아. 웬일이야, 전화를 다 하고. 오랜만이다."

"지점장님도 잘 계셨습니까? 하하."

초등학교 동창이다 보니 장난기가 발동했다. 본사 부행장으로 있으며 희망퇴직자 모집할 때까지도 버티다가 지금은 강남지점장으로 나와 있다. 인맥으로 큰손 몇 명 유치하여 국내 지점 중에는 가장 수신규모가 큰 지점으로 키웠다. 비록 부행장 하다 내려왔지만, 은행 내 영향력이 만만찮은 친구다. 지금은 모두 포기하고 지점장으로 있다가 퇴직하기로 마음먹었지만, 은행원 출신답게 가정생활은 완전 모범생이다.

"언제 저녁이나 먹자. 운동 한번 나가든가."

"뭔가 부탁할 일이 있는 모양이군. 그냥 들어 줄 테니까. 바쁜데 무리하지 마라."

"하하, 재야에 묻혀 있더니 도사가 되었냐? 듣지도 않고 알게."

"빤하지, 임마. 이름만 하나 보내. 척 하면 삼천리지."

하여튼 자기 분야에서는 서너 발은 앞서서 뛰어간다. 비록 실명제가 시행되고 있는 상황이지만 강남에서는 차명관리를 해주지 않으면 큰손들을 유치하는 것이 불가능하다고 한다. 일전에도 한 번 부탁해서 계좌 하나 만든 적이 있었다.

"그래, 그건 그거고 술이나 한잔하자. 내가 강남에 괜찮은 곳 하나 뚫어 놨다."

"허, 술도 못 먹는 놈한테 무슨 술집이야. 괜히 무리하지 말라니까. 하하하."

물론 차명계좌를 하나 만드는 것도 이유이지만 연희가 이야기한 국내 금융회사 인수 건에 대하여 좀 더 알아볼 목적도 있기 때문이다.

"그러지 말고. 일은 그것만 있는 게 아니니까 날 잡자."

"그럼 난 요번 주는 안 되고 다음 주 수요일로 하자. 나 목요일 쉬는 날이거든."

"그래, 컨펌Confirm: 확정된 거다. 수요일 저녁 내가 그리로 갈게. 내 차로 가자."

"그래, 알았다. 내일 이름만 하나 보내라. 그날 가져다줄 테니까."

"그래, 고맙다."

평소에 잘 챙겨 놨더니 시원하게 일 처리가 된다. 음으로 양으로 꼭 필요할 때 도움을 주는 친구다. 삼마에서 들어온 계약서 초안을 열어본다. 계약서 초안에는 우리가 제안서에 기술한 내용들이 그대로 첨부되어 있고 지급 조건은 신 부회장이 약속한 대로 50:30:20 조건에 현금지급이다. 일단 관리팀의 구 부장에게 포워딩해놓고 강 비서에게 부태인 부장하고 같이 들어오라고 한다.

"네, 상무님. 부르셨습니까?"

"그래, 삼마에서 계약서 초안을 보내왔어. 출력하고 있으니까 기다려봐. 양이 많아."

"강 비서 올 때 출력되고 있는 거 다 가지고 들어와."

신 부회장은 원래 약속을 잘 지키는 사람이다. 잘 주는 스타일은 아니지만 일단 약속한 것은 죽지 않는 이상은 지켜주고 챙겨준다.

"지급 조건은 5, 3, 2야. 최상의 조건이지. 협력회사 다루기도 편하겠다."

"상무님 덕분입니다."

"일단 계약서 내용 빨리 숙지해서 관리팀하고 협의해. 문구 잘 따져보고 계약할 때 영업 쪽에 사인 받아놔. 내가 관리팀에 보낼 때 영업도 사인받으라고 지시할 테니까."

　나중을 위해서 확실하게 영업의 발목을 잡아 놓아야 한다. 현재 계약 내용에서 고객 요구 사항이 무리하게 늘어나면 골치 아픈 일이기 때문이다. 업무량이 늘어나거나 제안되지 않은 솔루션을 공짜로 구축해 달라고 요구하기도 하기 때문이다. 물론 업무량이 어느 정도 늘어나는 것에 대해서 감안하고 비용을 잡기도 하지만 만에 하나 컨설팅 사업부가 독자적으로 감당하기 어려운 요구가 있기라도 하면 영업의 지원이 필수적이기 때문이다. 간혹 영업 쪽에서 오더를 따기 위해 관심 끌기 위한 제안으로 어물쩍 넘어간 것이 계약서에도 언급되지 않아 나중에 분쟁의 소지가 되는 곤란한 경우가 생기기도 한다. 그것이 나중에 큰 문제가 되어서 엄청난 손해를 보는 것은 물론이고 다른 곳에 일정이 잡혀 있는 컨설턴트들의 발목을 잡아 연쇄적으로 비즈니스가 망가지는 사례가 종종 있다.

　강 비서가 가지고 온 계약서를 세 사람이 얼른 훑어본다.

　"첨부된 내용은 우리 제안 내용과 같고 계약서 문구는 잘 살펴봐야 할 거야. 아 어가 다르니까. 강 비서도 신중하게 검토해서 부태인 부장에게 코멘트를 잘 해줘. 그러고 나서 부태인 부장이 관리팀하고 잘 검토해. 최종 검토한 것은 나한테 참조로 넣어 주고 영업 쪽에도 보내. 어차피 총괄 PM이 부태인 부장이니까."

　"네, 알겠습니다. 말씀하신 대로 처리하겠습니다."

　"다음 주 월요일 계약하라고 하니까 시간이 별로 없다. 관리팀이야 워낙 계약에는 베테랑이니까 오늘 중으로 우리의 요구 사항이 반영된 계약서를 보낼 수 있을 것이야."

"강 비서도 빨리 검토해서 부태인 부장에게 보내줘."

"네, 상무님."

아무리 우리에게 유리하게 작성해도 고객 클레임이 발생되면 후렉스코리아가 손해를 보게 되어 있다. 그것을 예상하고 리스크 매니지먼트Risk Management: 위험 관리에 최선을 다하여 그 피해를 최소화하는 것이 PM의 능력인 것이다.

"그래, 수고하고. 정확하게 검토해서 관리팀에 가라."

"네, 잘 알겠습니다. 상무님."

계약을 체결하고 간단하게라도 기자들을 데려다가 기념식을 가져야 하는 것인지 어떻게 해야 할지 고민이 된다. 양 대표하고 협의를 좀 해야 할 것 같은 판단이 들지만, 점심시간이 된 것을 보고 오후에 정리하기로 미룬다.

"강 비서, 점심이나 먹으러 갈까. 약속 있나?"

"아뇨, 가시죠."

비서라는 직업이 직원들하고 식사하러 가기도 그렇고 모시는 상사의 일이 끝나기를 마냥 기다리다 보면 결국은 타이밍을 잃어버리고 마는 어려운 자리다. 원칙적으로 모시고 있는 상사를 잘 보필하는 것이 임무니까 근무 중에도 개인 생활이라는 것이 없다고 할수 있다.

"우리 뭘 먹을까?"

"생태탕 드실래요? 속초에서 오신 분이 하는 곳인데 어떠세요?"

"아, 좋지 그리 가지. 자리 있겠냐? 예약도 안 했는데. 여의도도 맛있는 곳은 자리가 없어."

"좀 비싼 편이어서 직장인은 별로 없을 거니까 걱정하지 마세요. 아마 한두 자리는 있을 거예요."

두 사람은 사무실 앞 횡단보도를 건너 식사를 하러 간다. 시간이 조금 늦어서인지 오가는 사람들이 조금은 드물다. 일본이나 러시아에서 수입되었겠지만 싱싱한 생태탕은 내장이 압권이었다. 땀흘려가며 먹고 나와서 커피를 한잔 마신다.

"차 잘 굴러가냐? 몇 년 되었지 그 차 산 지?"

"상무님은. 산 거 아니라 회사 차 추첨해서 당첨되었잖아요."

"아, 미국으로 돌아간 직원 차였지. 그럼 한 5년 되었겠는데?"

후렉스코리아에서는 회사에서 임원으로 근무하는 사람들에게 무상으로 차량을 제공하는데 3년 넘어가면 사내에서 누구라도 참여할 수 있는 추첨을 통해서 시중 가격보다 싸게 직원에게 제공하는 제도가 있다. 일반 직원들에게도 완전 무상 제공은 아니지만, 최초 차량 구매할 때 70%를 지원을 해주고 유류비와 감가상각비를 지원하니까 거의 전 직원이 고급 차량을 가지고 있다.

"아직 5년이 안 되었어요. 새 차예요. 그리고 썩어도 준치라고 BMW예요."

"그렇지, 그건 한 20년 이상 타도 전혀 문제없어."

"상무님 차는 개인 차량이잖아요. 회사에서 그렇게 큰 차는 지원안 하니까 미국에 살면서 샀던 차량을 가지고 오신 거죠?"

후렉스 본사에 들어가서 대형 프로젝트를 처음 수주하고 보너스 받고 해서 장만한 차량이다. 벌써 15년 가까이 타고 있는 차량이다.

"그치, 어… 그러고 보니 강 비서 나이하고 비슷하네. 철든 이후 나이 말이야, 하하하."

"상무님, 저 아직 철 안 들었어요. 보시고도 모르세요?"

나이를 먹고도 김호석을 바라보고만 있으니 스스로 철이 안 들었다고 비꼬아 이야기하는 것처럼 들린다.

"하하하, 그런 건가."

"이제 계약이 되었으니 부태인 부장은 정신없이 바쁘시겠어요. 엄청 큰 프로젝트로 관리 인력이 많이 필요할 텐데. 자료를 보니 우리 쪽에서만 20명 이상의 컨설턴트가 들어갈 것 같던데요."

"그래도 풀타임으로 들어가 있는 것은 아니니까 그리 부담은 없을 거야."

후렉스코리아에서 내부 인력을 프로젝트에 많이 쓰는 것은 위험 요소 가운데 하나로 볼 수 있다. 워낙 고액의 인건비를 지급해야 하니 외부 인력보다 시간 관리를 더 철저히 한다. 물론 예산을 초기에 배정해서 그 내에서 지출하지만 한 푼이라도 더 받으려고 하고 반면에 시간 따져서 줄이려고 하는 쪽이 있으니 가끔 트러블도 생긴다. 그래서 능력은 있지만, 너무 비싸다는 생각도 들고 골치 아프니까 내부 인력은 잘 안 쓰려고 한다. 고객들이야 비용에 상응하는 서비스를 받으니까 상관은 없지만, 내부관점에서 보면 안 주어도 되는 돈을 쓰는 것 같은 생각이 들 때가 많은 것이다.

"그리고 부태인이 요번에 이사로 승진할 거야. 카운터파트너도 상무급이고 우리 쪽에서도 격식을 갖추어 진행해야 될 필요가 있기 때문이야. 아직 오픈하지 마라."

명분은 삼마그룹의 프로젝트 총 책임자가 상무급이니 우리 쪽에서도 직급을 어느 정도 맞추어야 한다는 것이지만 김호석 상무의 속마음은 자신이 편해지는 방법이라 생각하고 일찍부터 부태인의 이사 승진을 결정했다. 신 부회장의 체면도 생각해야 하기 때문에 고려한 것이다. 가끔 삼마에서 미팅할 때 상무가 직접 나서서 아랫사람들까지 만나 미팅하고 결론을 이끌어 내야 하는 것이 격에 맞지 않았고 그렇다고 부태인 부장을 혼자 보내기는 직급이 너무 낮아 좀 껄끄러울 때가 있기 때문이기도 했다.

"야, 부 부장님 아주 복이 터졌네. 호호호. 상무님은 그냥 인가요?"

영업의 황 부사장을 염두에 두고 하는 말인 줄 알고 있는 김호석도 웃음만 지을 뿐이다.

"들어가자. 시간이 해결해 주겠지, 뭐."

미국에서 요구한 부사장 건에 관한 조사를 마치면 분위기 쇄신 차원에서 인사 조치 등 변화가 있을 것으로 예상하고 있다. 그러나 김호석 상무는 이번 프로젝트로 본사로부터 받을 스톡옵션에 더 큰 관심과 기대를 하고 있다. 미국 본사 주식을 스톡옵션으로 받으면 꽤 짭짤하다. 일반 직원들이 받는 행사가격보다 훨씬 유리하게 받는 것이니까 가치가 있다.

"들어가면 부 부장한테 협력회사 소개서 달라고 해서 복사해주라."

"네, 알겠습니다."

사무실에 돌아온 김호석은 잠시 눈을 감고 오수를 즐기고 있다.

하지시스템 김성조 상무는 삼마그룹 양종희 부장으로부터 프로젝트가 후렉스코리아로 공식적으로 결정되었다는 전화를 받고 당연한 결과였지만 기분이 그리 좋지는 않았다. 프로젝트를 위해 몇 개월 고생하며 최선을 다했는데 신 부회장과 삼마그룹 내부의 역학 싸움으로 무너져 내린 것에 대하여 할 말을 잊어버렸다. 이대로 회사를 그만둬야 하는 것이 명예로운 것이 아닌가도 심각하게 고민하고 있다. 하지의 10년 고객을 잃어버린 회사 전체의 아픔도 있지만, 이 건을 놓치므로 한국 내 IT 시장에서 하지시스템의 무능력으로 비치고 다른 영업 건에서도 악영향을 미치게 될 것이 분명하기 때문이다. 요즘 하루하루 출근이 도살장으로 끌려 들어가는 기분이다.

"최 비서, 후렉스코리아 김호석 상무한테 프로젝트 수주 축하 난이나 하나 보내줄래?"

"네, 상무님."

"좋은 것으로 보내. 이왕 보내 주는 거 내 이름으로."

김성조 상무는 한국 시장에서 솔루션 베이스의 인력 투입 시스템만으로 승부하기에는 하지시스템의 약점이 너무 많다는 것을 누구보다도 잘 알고 있다. 하드웨어나 대규모 저장장치가 유기적으로 연결된 통합시스템과 진보된 솔루션을 결합한 핵심 서비스를 가지고 승부를 보면 모를까 역부족을 많이 느끼고 있다. 삼마그룹과 같은 대그룹의 업무 시스템을 개발하는 경우에는 하지가 제공하고 있는 서비스를 가지고는 진짜 어렵다는 것을 이번 기회에 뼈저리게 느꼈다. 이번 건을 정치적 싸움이라고 치부하기엔 패자의 나약한 논리일 뿐이고 하지시스템의 실체적인 부족함을 적나라하게 드러낸 프로젝트 제안이었다는 것이 김성조 상무가 내린 결론이었다. 2~3일 내에 자신의 거취를 결정해야겠다는 생각을 한다.

"최 비서, 오늘 팀원들 전체 회식 있다고 이야기하고 식당 하나 잡아놔. 전원 다 참석하라고 전달해."

"네, 이사님."

프로젝트가 드롭drop: 수주에 실패했다는 의미되었다고 해도 몇 개월 최선을 다했고 나름대로 고생하였는데 격려는 아니더라도 위로 정도는 해야 한다는 판단에서 하려는 것이다. 정치적 요인이 훨씬 큰 영향을 준 프로젝트 제안이었다고 알고들 있으니까 더욱 그렇게 해야 한다 생각한다.

"그리고 대표님 사무실에 계시는지 확인하고 통화 가능한가 물어봐 줄래?"

"네, 알겠습니다. 상무님."

사장에게도 김성조 상무의 생각을 가감 없이 전해서 그만둘 때 두더라도 하지시스템의 실체를 정확하게 알려야 할 것 같았다. 20년 가까이 근무한 곳이지만 이렇게 김성조 상무의 거취가 형편없이 결정하기 어려워져 본 적이 없었다. 아내와는 이혼한 거와 다름이 없고 자식도 없으니 혼자되는 것은 시간문제이다. 여기에 직장도 없어진다면 상상조차 해본 적이 없는 상황이다.

"상무님, 난은 보냈고 넓은 곳이 동경밖에 없어서 7시에 예약했습니다. 20명 정도 참석할 것 같아요. 사장님은 미팅 중이신데 5시경에 끝난다고 합니다. 메모 남겼습니다."

"그래, 고마워. 최 비서도 참석할 거지? 고생했는데."

"물론입니다. 상무님, 힘내세요."

"고마워. 기분은 착잡하네. 결과는 이미 알고 있었지만 말이야."

난은 보냈지만 후렉스코리아 김 상무에게 축하 전화도 한 통 해줘야 좋을 것 같은 생각이 든다. 개인적으로 느끼는 우울한 기분은 기분이고 그나마 친구가 가져갔으니 다행이다 싶었다. 호석의 도움으로 감리 프로젝트는 성조가 가져왔으니 다행이고 고마운 거 아닌가 하는 생각을 한다.

"김 상무님 계십니까? 하지시스템 김성조라고 전해 주세요."

"네, 상무님. 잠깐만 기다리세요."

강 비서가 김호석 상무에게 김성조 상무로부터 전화가 왔다고 하며 연결을 해준다.

"성조야, 나다. 알고 전화하는 거지? 미안하다. 예상한 거지만 기분은 별로일 거야."

"아니야, 괜찮아. 다 그런 거지 뭐."

기분이 좋을 리가 있겠는가. 서로 다 아는 처지니까 더 이상 이야기는 안 한다.

"목요일 약속은 기억하고 있지? 감리 만나는 거."

"물론이지. 부태인 부장하고 같이 나갈 거야. 어차피 그 친구하고 일할 거니까."

"그래, 좋지. 아무튼, 축하하고 목요일 보자."

전화를 끊고 나자 김호석 상무는 성조의 비참한 마음을 읽고 가슴이 아프다. 김호석 상무도 많은 프로젝트에 탈락해본 경험이 있지만 이렇게 잘 나가다가 정치적인 목적에 의해 탈락되는 것은 진짜 열 받는 일임을 잘 알고 있기 때문이다. 그러나 김호석은 모든 면에서 후렉스코리아의 완벽한 승리라고 결론을 내리는 것에는 조금도 주저함이 없다.

"강 비서, 내일 오후 2시에 프로젝트 팀장들 미팅 좀 잡아줘. 미팅 주제는 삼마그룹 프로젝트야. 한 시간 정도 잡으면 될 것 같아."

"네, 알겠습니다. 개별로 통지하겠습니다."

"그래, 아니면 내부 시스템에 공지사항으로 올려도 돼."

프로젝트가 공식적으로 결정되고 나니 이제야 긴장감 있게 돌아가는 것 같아 활력이 넘친다.

"부태인 부장 자리에 있나?"

"관리팀에서 미팅한다고 했습니다. 상무님."

"끝나고 나한테 오라고 해."

강 비서가 잘생긴 난 화분을 들고 들어온다.

"김성조 상무님이 보낸 거예요."

"하하, 성조 그 회사 그만두려는 모양이다. 이거 보낸 거 보니까. 난을 보니 비싼 건데."

"설마요. 프로젝트 하나 날아갔다고 그러실 리가요."

이번 프로젝트를 강 비서가 몰라서 이런 말을 하는 것이다.

"아니야, 삼마 프로젝트 수주 실패는 하지시스템이 한국에서 더 이상 설 자리가 없다는 의미야. 장장 10년 이상 같이 고생한 고객이야. 하지가 항상 자랑하는 게 삼마그룹 아니냐."

"하긴 그런 것도 같네요. 김 상무님 어떡해요?"

"어떡하긴 그만둬도 재벌 친구 있잖아. 그 여자하고 결혼하면 되는데 뭐, 하하하."

김성조 상무가 와이프와 사이가 심각하게 악화되어서 이혼 직전이라는 것은 강 비서도 잘 알고 있는 일이다. 그만큼 오래된 이야기고 김호석 상무와 가까운 친구 사이다 보니 강 비서도 대충 알고 있는 일이기 때문이다.

"어머, 그 여자분이 재벌이에요?"

"그럼 강남에 룸살롱이 몇 개나 돼. 실속은 나도 잘 모르겠다마는."

강 비서하고 별소릴 다 한다 싶어서 얼른 노트북으로 몸을 돌려 메일을 확인한다. 연희에게서 메일이 도착해 있다.

오빠 어제는 고마웠어요. 사무실 건도 그렇고. 오늘 사무실에 소문께나 돌았을 텐데. 괜찮아요? 그리고 부탁이 있는데 국내 은행 쪽 업무를 좀 파악하고 싶은데 아는 사람이 없어요. 국내 은행의 내부 상황을 잘 아는 사람으로. 오빠 친구들 금융계에 많이 있잖아요. 부탁해요. 토요일 등산 관련 정보 주세요. 가능하면 캠핑도 할 수 있는 곳이 좋겠어요. 1박 2일이면 좀 여유가 있을 텐데 말이어요. 수고하세요.

다음 주 오성식 지점장을 만나는데 그놈이 좋은 정보를 전해줄 수 있겠다 싶어 합석을 할지 아니면 자신이 먼저 만나 이야기 좀 하고 나중에 만날지 고민을 한다. 마침 오성식 지점장이 목요일 휴무라고 했으니까 시간이 되면 목요일에 만나면 되겠다 싶어 오성식에게 메일을 보낸다.

오 지점장, 이름은 신덕훈이야. 그리고 목요일 오후에 시간 좀 비워 둘 수 있는가? 중요한 사람을 소개해 주려고 해. 좋은 기회가 될 수 있을 거라 생각하네. 미국 금융계에서 일하고 있는데 이번에 한국에 들어온 사람이야. 수신고 증가에 도움이 될 수도 있을 거야.

간단하게 메일을 오성식 지점장에게 보낸다. 연희 회사에서 들여온다는 30억 달러와 관련하여 이것저것 생각을 해본다. 김호석의 생각은 어차피 국내 은행이 낮은 금리로 외화 조달이 어려운데 이 기회에 도움을 받을 수 있겠다 싶었고, 30억 달러라는 돈을 들여와 오성식 지점장 은행에 예치만 된다면 엄청난 기회가 될 수도 있고 오성식 지점장은 내부적으로 능력을 다시 한 번 인정받을 수 있는 기회가 될 것이라 생각했다. 좁은 세상 서로 돕고 사는 것이

인지상정이라는 생각을 한다.

"상무님, 찾으셨습니까?"

부태인 부장이 들어온다.

"아, 협력사 관련 자료를 강 비서에게 줘서 복사시켜 나에게도 한 부 주게. 그리고 내일 오후에 전체 팀장 미팅 잡아 놨어. 협조를 받아놓고 시작해야 하니까 팀별로 투입공수 나온 거도 하나 주게."

"그러면 좋지요. 그리고 일단 관리팀하고 계약서 초안 검토했습니다. 계약서 문구는 별 수정할 것이 없고요. 변동사항 5% 이내로 무상처리라고 하는데 우리 쪽에서는 3%로 하자고 수정했습니다. 통상 3%가 맞거든요."

"그래, 작은 건에 너무 고집 피우다가 큰 거 놓치니까. 잘 대응해."

"네, 상무님. 일단 계약서는 말씀하신 대로 삼마그룹과 우리 영업 쪽에도 보냈습니다."

"그래, 알았고. 우리 오늘 어디서 모이지?"

"동경입니다. 30명 정도 들어갈 마땅할 장소가 없어서요."

"나는 7시 30분쯤 도착해서 몇 잔 마시고 나올게. 편안하게 놀아라. 사고 나지 않게 조심하고."

"네, 상무님. 잘 알겠습니다."

"오늘은 애들 하고 싶은 대로 해줘. 그간 고생도 많이 했고 비용 쓸 코드도 있으니까. 계속 바빠지니까 여비서나 임시로 쓸 필요 인력들 있으면 강 비서에게 빨리 부탁해 놔. 비서 인력들은 강 비서가 발이 넓으니까. 두세 명 정도 쓸 거 아닌가?"

후렉스코리아에서 대부분의 인력은 비서들을 제외하고 임시직으로 고용해서 매년 재계약을 하여 기간을 연장하는 형태로 운용한다.

"메일로 보낸 거 검토하시고 미팅 시간 잡아 주세요. 계약서 말고요."

신규로 만드는 협력회사에 관한 내용인 모양이다. 빨리 검토하고 피드백feedback: 검토하고 의견을 주는 것한다는 것이 깜빡했다.

"그래, 알았어. 빨리 검토하고 전화로 연락하든가 메일로 보낼게."

아침에 온 메일에 부태인 부장이 암호를 걸어 보낸 것이 있었는데 깜박 잊고 보지 않은 것이다. 사적인 업무와 관련된 메일은 암호를 걸어 보내는 것이 부태인 부장과 김호석 상무 간의 약속이다. 비밀번호를 입력하니 파일이 열린다. 예상한 대로 신규로 필요한 협력회사 2개 중의 1개는 기존업체를 이용하고 그 지분 70%를 인수한다는 내용으로 별도의 비용은 지급하지 않고 대신에 개발용역으로 20억 범위에서 제공하는 것으로 되어 있다.

또 다른 하나는 직접 설립하는 것으로 되어 있고 사장은 부태인 부장이 자신의 고교후배를 세우고 삼마 프로젝트에 필요한 소프트웨어를 판매하는 회사로 설립한다는 내용이었다. 첨부된 파일을 자세하게 살펴보면서 부태인 부장이 이제 거의 완벽하게 후렉스코리아의 프로젝트 수행에 적응하고 있다는 느낌을 받는다. 김호석 부장은 부태인 부장에게 바로 답신을 보낸다.

좋은 생각이고 오더를 주기 전에 지분이 완전하게 넘어오고 결산을 어떻게 해서 이윤을 배분할 것인가에 대한 확정된 안을 가지고 계약에 할 것.

메일은 김 상무의 개인 계정을 이용해서 부태인의 개인 계정으로 보낸다. 그 와중에 오 지점장이 답신을 보내왔다.

알았어. 호석아. 휴일을 버려두지 않는 구나 ㅋ 그렇게까지 신경 써주니 고맙다.

이제 믿을만한 국내 금융 전문가가 한 명 생겼으니 연희에게 전화를 해서 알려주어야겠다는 생각에 수화기를 든다.
"연희야, 나다. 너 언제 미국으로 가지?"
"네, 다음 주 토요일쯤 들어가요. 왜요?"
"목요일 국내 금융전문가하고 약속 잡아 놨는데 바쁘지 않겠냐? 두솔은행 부행장 출신이고 현직 강남지점장이야. 내 초등학교 친구이기도 하고."
"어머, 잘 되었네요. 역시 오빠는 능력이 있어. 무조건 시간을 내야지. 내가 아쉬운데."
"하하하, 쑥스럽게 왜 그러냐? 그럼 나중에 수신고라도 늘려줄수 있냐? 하하하."
"물론이지, 오빠. 도움받았으면 그런 거라도 해드려야지. 걱정하지 마세요. 목요일 오후는 무조건 비울 테니까. 약속해 주세요."

"그리고 이미 알고 있었겠지만, 우리 삼마그룹 프로젝트 결정되었다. 축하해 주라."

"어머, 축하해요. 이젠 신덕훈하고 완전히 엮이는 거네."

연희의 약간 비아냥거리는 말투이지만 그다지 강한 비난의 말투가 아닌 것이 다행이다 싶다.

"하하하, 엮이기는 내가 다음 목요일 시간 잡아서 연락 줄게."

"오빠, 등산은 어디로 갈 거야? 계곡 같은 곳에 가서 밥이라도 해먹을 수 있는 곳이나 오토캠핑장으로 갈까? 오빤 장비가 많잖아."

김호석 상무는 평소에 등산에 관심이 많고 무엇을 하면 관련 장비를 갖추고 하는 마니아 타입이라는 것을 잘 알고 연희가 묻는 것이다.

"물론 장비는 있는데…. 토요일 아침 일찍 출발해서 늦어지면 1박 하는 숙소가 있는 근처로 할까? 아님 텐트를 쳐서 야영하는 곳으로 할까?"

"그것도 괜찮지. 아예 1박 2일 야영으로 계획하고 가자, 오빠."

"알았어, 내가 그런 장소를 한번 찾아볼게. 그럼 넌 준비해야 할 것이 별로 없겠다. SUV 하나 렌트해서 가지. 내가 메일 줄게, 기다려."

김호석 상무는 연희와 통화를 마치고 강 비서를 부른다.

"강 비서, 잠깐 와볼래?"

"네, 상무님."

"윤 기사 잘 챙겼냐? 결혼식은 내일인 것 같던데."

"네, 시간에 맞춰서 배달해 달라고 했고 축의금도 다 챙겨서 드렸어요."

"그래, 수고했다. 난 7시 30분쯤 동경으로 갈 거야. 잠깐 있다가 나오려고 하니까 그렇게 알아라."

"오늘 분위기 장난 아니게 좋을 것 같은데요. 호호호, 여기 협력회사 자료 복사본입니다."

"응, 고마워."

삼마 프로젝트의 협력회사는 무려 8개나 된다. 거기에다 부태인 부장이 직접 가져가는 것 두 개 하면 총 10개 업체가 협력업체로 일하는 것이다. 관리 자체가 만만찮은 프로젝트임에는 틀림이 없다. 회사의 면면을 살펴보니 많이 눈에 익은 업체들이다. 이 정도로 안면이 있는 업체라면 길게 이야기 안 해도 기존의 룰은 잘 알고 있을 것이라고 생각이 들었다. 협력업체 사장들도 이젠 닳고 닳아서 눈치가 빠삭하다. 자기들이 손해 보지 않는 선에서 일 처리를 하는 상황이니 서로 아쉬운 소리를 할 이유도 없다.

전자결제를 포함한 그룹웨어 마이그레이션^{Groupware Migration: 내부결제} 시스템 도입, 프로세스 성능개선^{Process Re-engineering}, 소프트웨어 개발 업체, 프로세스 디자인^{Process Design} 업체, 인사, 재무, 생산물류, 네트워크 개발 업체, 시스템 관리에 대한 S/W 개발 업체 등 우리 쪽에서 들어가는 업체가 모두 10개 팀에 인력은 어림잡아 약 380명 정도 될 것이다. 여기에 삼마그룹 인력, 후렉스코리아 인력까지 잡히면 600명은 족히 넘을 대규모 인력이다. 이들이 어떻게 유기적으로 협조를 잘하는가에 따라 삼마 프로젝트의 성패가 달려있다고 해도 과언이 아니다.

거기에 별도로 수행하는 수요예측시스템 개발은 대학교수들이 하는 것이라 가장 불안한 프로젝트가 되어 버렸다. 대학교수들은 프로젝트 개발업무를 완료했느냐 하지 못했느냐에 초점이 있는 것이 아니라 일단 수주하고 진행을 하다가 개발완료를 못 해도 그것으로 할 일은 다 했다는 이상하고 안일한 생각을 가진 부류들이다. 개발이 실패든 성공이든 상관없이 계약된 공수가 투입되어 진행한 것이어서 실패해도 돈은 받을 수 있다는 생각을 가지고 있는 해괴망측한 집단이다. 이번 프로젝트에서는 아성대학교 교수들이 하는 것으로 돼 있는데 십중팔구 그런 생각을 가지고 있을 것이라는 판단이 든다.

"강 비서, 부태인 부장 좀 불러주지?"

부태인 부장이 자료가 책상 위에 펼쳐져 있는 것을 보고 무슨 문제가 있는가 하고 물어본다.

"상무님, 찾으셨습니까? 문제라도."

"수요예측시스템 개발하는 것 말이야. 이 교수들 아는 사람들인가?"

"아뇨, 그런데 국내에 수요예측 엔진 개발에 일가견이 있는 사람들이라 해서 개발을 맡기려고요."

"그래, 누가 추천했는데? 직접 접촉한 사람들이 아니라면."

"물류팀 홍득기 부장이 추천했습니다."

"홍 부장이면 그 분야에 잘 아는 사람이라 안심은 된다만 수요예
측이라는 것이 뜬구름 잡을 수도 있는 시스템이 될 수도 있어."

"네, 그것은 저도 어느 정도 예상은 하고 있는데 삼마 쪽에서 강
력하게 요구하는 시스템이고 개념 자체로는 그리 복잡하지 않습니
다. 과거 데이터를 가지고 먼저 분석해서 수요에 영향을 미치는 요
소들을 변수로 잡은 단순한 시스템입니다."

"그래, 그건 나도 잘 알고 있지. 그런데 증권에서는 이런 예측 시
스템 없었겠냐? 만약 있었다면 누구나 때 돈 벌었지. 삼마의 라면
이든 스낵이든 또 다른 것이든 똑같지. 하여튼 협력업체와 별도로
관리를 잘해라. 거기다가 선생들이잖아. 장난 아니니까. 잘해."

"네, 잘 알겠습니다. 신경 많이 쓰도록 하겠습니다. 그 외에는 또
없습니까?"

"나머진 내가 더 검토하는데 모두들 자주 본 친구들이라서 말
꺼내기는 그리 어렵지는 않겠어. 자네 빨리 나가봐야지."

"네, 알겠습니다."

"강 비서도 나 신경 쓰지 말고 먼저 나가도 돼."

"네, 상무님. 있다가 뵙겠습니다."

김호석의 말이 떨어지기를 기다리기라도 한 듯이 가방을 챙겨 들
고 퇴근을 한다. 직원들이 다들 퇴근하자 사무실은 적막한 장소로
바뀌어 버린다. 후렉스코리아에서는 대부분이 자유 출근에 정시
퇴근이다. 물론 많은 직원들은 현장으로 출근하지만, 내근근무자
들조차 야근이란 단어가 없다. 그렇다고 야근 수당을 주는 것도

아니니 할 이유도 하라고 할 이유도 없는 것이다. 그저 자기 일을 다 못한 사람이 스스로 알아서 일하는 것이니까.

회식 장소로 가기 전에 처리하지 못한 일들을 챙겨 본다.

김성조 상무는 하지시스템 사장실에서 한 시간 반째 미팅을 이어가고 있다.

"자, 결론은 우리가 이제 국내 시장에서 솔루션 베이스로 영업이 힘들다는 것 아닌가. 이것이 김 상무의 결론 아닌가?"

"네, 그렇습니다. IBM과 후렉스코리아 같은 하드웨어와 기술적인 컨설팅을 같이하는 거대 기업과 그리고 전문적인 컨설팅폼$^{Con-sultingForm: 컨설팅을 전문으로 하는 회사를 이르는 말}$의 틈바구니에서 살아남기 어려운 게 현실입니다. 대형 IT 기업하고는 영역이 많이 겹치고 조금 약하다고 하는 부분이 비즈니스 컨설팅 분야이니까 전문 컨설팅폼하고 전략적인 협력을 한다면 승산이 없는 것은 아닙니다."

김성조 상무는 나름대로 국내 IT 시장의 상황과 하지시스템의 위치를 구체적으로 예를 들어가며 설명을 하고 있다.

"김 상무의 판단은 이번 삼마 프로젝트의 수주 실패가 우리가 본 정치적인 이유만은 아니라는 것이지. 그런가?"

"네, 사장님. 환경이 급격하게 바뀌는데 시장을 주도할 핵심 솔루션이 없다는 것입니다. 후렉스 같이 하드웨어와 기술적인 컨설팅, 빅데이터 솔루션$^{Big Data}$, 데이터마이닝$^{Data Mining}$ 같은 핵심 솔루션과 고객들이 관심을 가질 전사적인 업무를 관리할 통합 솔루션이 없는 것입니다."

"그럼 우리가 한국 내에서 살아남을 방법은 뭐라고 생각하나?"

김성조의 다양하고 사실에 근거한 설명을 통해서 대표가 하지시스템의 나갈 방향에 어느 정도 관심을 가진다는 판단을 하게 된다.

"네, 지금 당장 해법은 어렵지만 시장에는 조금 전에 말씀드린 컨설팅폼들, 그리고 분석 도출된 프로세스를 시스템으로 구현할 수 있는 전문 개발 업체들이 있습니다. 그런 업체들과 전략적으로 결합하는 방법이 현재로써는 효과적인 대안이라고 할 수 있습니다."

"그럼 M&A^Merge & Acquisition: 인수합병라도 하자는 것인가?"

"필요하다면 그런 방법도 있지만, 본사에서 승낙하기는 어려우니까 지금은 전략적 협력 관계라도 다양하게 맺는 것이 좋을 것 같습니다."

"김 상무, 이렇게 하지. 먼저 내부 혁신 TFT^Task Force Team를 하나 만들어서 진행해보지. 직원들 동요하니까 일단은 비밀리에 진행하는 것으로. 그래서 하지시스템이 생존할 수 있는 전략 보고서를 만들어 보는 것이 좋을 듯한데. 그걸 기반으로 냉정하게 이야기해 보는 것이 어떤가?"

"네, 좋은 생각이십니다. 그러나 시간이 좀 필요할 것 같습니다."

김성조는 영실과 약속한 전국 일주 여행이 생각이 나 먼저 양해를 구해야 할 것 같다는 판단을 한다. 이 기회에 쉬지 못하면 앞으로는 절대 편안하게 쉴 수 있는 기회가 없을 것임을 잘 알고 있기 때문이다.

"다음 주부터 5~6명 정도로 팀 짜서 50일 정도 진행해보면 보고서가 나오지 않겠나?"

급하게 서두르는 모양이 김성조의 눈에는 꼬리에 붙은 불을 끄기에 급급한 모습으로 비친다. 그리고 급박하게 팀을 구성하고 졸속으로 일을 시작하는 것은 업무 전체를 초반부터 그르치게 할 수 있는 중대한 오류를 범할 가능성이 크기 때문이다.

"사장님, 제가 다음 주부터 2주 정도 쉬었으면 해서요. 그리고 삼마 제안팀들도 좀 쉬게 한 다음 일을 시작하는 것이 좋을 듯합니다. 다들 장시간 너무 고생들을 많이 했거든요."

"그건 좋은데 팀이라도 구성해놓고 휴가를 쓰는 것이 좋을 것 같은데. 내가 금요일 본사에 출장을 가는데 TFT 구성과 관련해서 계획을 보고하고 공식적으로 시작해보게. 목요일 저녁까지 대략 계획을 만들어봐. 내가 본사 임원들하고 이야기할 수 있게."

사장은 번개 불에 콩 구워 먹으려는 듯 밀어붙인다. TFT 구성을 위한 전략보고서라는 것이 마구잡이로 나올 수 있는 것도 아니지만, 나와서도 안 된다고 생각하는 사람이 김성조다. 많은 고민과 냉정한 시장판단, 흐름을 읽어야 하고 향후 5년 정도는 흔들림 없이 가야 하는 원칙이 되어야 하는데 너무 쉽게 생각한다는 것은 아직도 현실을 직시하지 못했다는 반증인 것이다. 거기다 내부 인력으로는 팀 구성 자체도 쉽지는 않다.

"그럼 사장님, 외부 컨설팅 인력 한두 명 넣어서 만들어도 되겠습니까? 우리 내부에서만 바라보고 분석하면 의미 있는 결과가 객관성을 보장받기 어렵고 외부인사의 냉정한 분석이 가감 없이 요구

되는 사안입니다. 우리 조직 전체와 향후 비즈니스를 꿰뚫어 볼 수 있는 사람으로 전문가 집단이 필요합니다."

김성조 상무는 외부 컨설팅 전문가에게 용역을 주는 것으로 해서 대표가 요구하는 진단계획서를 제시하는 것을 염두에 두고 하는 이야기다.

"비용이 많이 들지 않을까?"

"비용이 투입되는 만큼 냉정하고 품질이 높은 보고서가 나올 것이고 그렇지 않으면 그냥 제가 혼자 쓰는 것이 나을 것입니다."

"그럼 이렇게 하세. 이번 출장에서는 하지시스템의 생존과 관련된 전략컨설팅보고서를 만드는 것을 계획하고 있다고 이야기하는 수준에서 할 테니까 간략하게 보고할 수 있도록 자료를 만들어 주게. 물론 외부 외부전문가에게 핵심 사안을 맡기는 것으로 하고 본사에서도 관련 지원을 해달라고 이야기할게. 자네는 내부에서 참여할 인력하고 외부 컨설팅 인력을 차분하게 수배하면 될 거고, 또 나도 다음 주는 자리에 없으니까 김 상무도 직원들도 휴가 쓰면 될 것 같고. 자료 작성해서 메일로 보내 주게. 가능하면 일본어로. 본사 쪽하고 이야기는 해야 하니까."

오랜만에 화끈하게 의사결정을 하는 사장을 보고 김성조는 이제야 국내 시장에서 하지시스템의 심각성을 어느 정도 이해하기 시작했구나 하는 확실한 판단을 내린다.

"그럼 사장님, 정리해 보겠습니다. 먼저 대표님 출장 전까지 대강의 '생존전략을 위한 컨설팅 수행방안'에 대하여 2~3쪽 정도로 정리해서 메일로 보내겠습니다. 그 내용에는 내부 인력과 외부전문가 3명 정도를 포함시키고 일본 본사의 지원도 가능하면 비용 측면이 크겠지만 받는 것으로 하겠습니다. 저와 삼마 프로젝트 제안 팀원들은 2주 안에 모든 휴가를 마치는 것으로 하고 컨설팅은 그 이후에 진행하는 것으로 조직구성을 준비하겠습니다."

"그래, 회의록은 이대로 쓰면 되겠군. 이제 마치지."

"네, 오늘 삼마그룹 프로젝트 제안팀원들 회식이 있습니다. 같이 가시겠습니까?"

참석하지 않을 것이 빤하지만 그래도 예의상 물어본다. 실제적인 이유는 예산을 써야 하기 때문에 보고한 것이다.

"아, 나 약속이 있어. 고생들 했는데 잘들 보내게."

"알겠습니다. 동경에서 합니다."

회의를 마치고 자기 방으로 돌아온 김성조 상무는 7시가 넘어간 것을 보고 최신애 비서에게 나가자고 한다.

"최 비서, 우리도 가야지."

"네, 이사님. 다들 기다리고 있다고 연락 왔었습니다."

"그래, 빨리 가자. 우리가 제일 늦었지? 차는 가져가야겠지."

지금 입주한 건물이 하지시스템 건물이 아니다 보니 지하주차장에서 늦은 시각에 차를 빼려면 불편하다. 영실과 여행가는 약속을 지킬 수 있을 것 같아 마음이 편안하다. 최 비서와 지하로 내려가는 엘리베이터 속에서 밝은 표정의 김 이사가 최 비서의 눈에 조금 이상하게 비칠지도 모르겠다고 생각을 한다. 초상집이어야 할 분위기에 싱글벙글하고 내려가니 말이다.

"내 얼굴에 뭐 묻었어?"

"아뇨, 이사님. 기분이 좋아 보여서요."

"하하하, 회식하면서 이야기해줄게. 빨리 가자. 회의가 길어져서 속이 허해."

그들은 차를 가지고 지하주차장을 빠져나와 동경으로 이동하고 있다. 후렉스코리아 삼마 프로젝트팀의 회식자리는 승자답게 이야기꽃이 피어 시끌벅적하다. 다들 프로젝트를 수주한 탓도 있었지만, 세계 최고의 기업답게 이들이 노는 문화도 다른 사람들이 보면 좀 과하다 싶게 쾌활하고 자유분방하다. 어찌 보면 중구난방 개판인 것도 같은데 그 안에 질서가 잘 잡혀 있다. 비록 김호석 상무의 결정적 기여가 있다고는 하나 능력 있는 팀원들의 노력이 없었다면 이번 프로젝트는 어림도 없었을 것이고 그 힘은 이런 자유스러움에서 나올 것이다. 제안 내용에 무엇인가 있었기 때문에 삼마 관계자들의 관심을 끌어낸 것이다.

우연하게도 한쪽 다른 방에서는 하지시스템의 프로젝트 팀원들이 풀이 한껏 죽어서 좌장인 김성조 상무가 오기를 기다리고 있다. 여의도에 넓은 장소가 없는 것이 이들을 한 장소로 모은 것이다. 미국과 일본 국가 간의 문화 차이가 있지만, 소속 직원들의 노는 문화에서도 극명하게 차이가 난다.

하지시스템의 회식 장소에는 테이블 위에 물 밖에는 아무것도 없다. 경직된 예의와 질서가 있어 김성조를 기다리고 있는 것이 아니라 아무도 무엇을 할 것인가 의사결정을 할 수가 없기 때문에 김성조를 기다리고 있는 것이다.

자율적인 조직과 타율적인 조직 문화. 이것이 두 회사의 가장 큰 차이점인 것이다. 모든 의사결정을 그 자리의 선임자가 하는 것이 후렉스라고 한다면, 좌장이 없으면 그 어느 누구도 섣부르게 움직이지 않는 것이 하지시스템이다. 김성조가 방안으로 들어서자 무슨 사무라이 조직처럼 인사를 한다.

"늦어서 미안하네. 사장님과 미팅이 늦어져서. 먼저들 시작하지 미안하게 말이야."

이들은 사장하고 무엇인가 했다면 그 어떤 경우에라도 용납될 수 있기 때문에 몇 시간을 기다려도 상관이 없었을 것이다.

"시작하지. 최 비서, 뭐 좀 시켜봐. 푸짐하게."

"네, 상무님 곧 나올 것입니다."

"술부터 가져오라고 해. 일단 뜨거운 정종으로 몇 병 가져오라고 해."

이들은 뜨거운 일본 술을 가지고 분위기를 띄운다. 안주가 나오고 분위기가 올라가자 김성조 상무는 좌중을 조용히 시키고 굵은 목소리로 말문을 연다.

"오늘 우리는 엄청난 패배의 슬픔에 빠져 있어야 하며 창피하기도 하고 걱정도 많을 거야. 그러나 오늘 실패를 계기로 하지가 다시 태어나는 기회가 될 것으로 생각합니다. 그것은 오늘 사장님과 미팅에서 이번 건을 가지고 자성의 기회로 삼기로 했고, 외부 인력을 이용하여 하지시스템의 모든 현상을 냉정하게 진단하기로 했습니다. 다음 주는 모두 휴가를 써도 좋고 휴가를 갔다 오면 한 60일 예정으로 외부 컨설팅 전문가가 포함된 TFT가 구성되어 하지시스템의 미래 생존전략을 찾는 작업을 하게 될 것입니다. 이제서야 사장님이 현실을 똑바로 보신 것 같아요. 그런 관점에서 현재 상황이 그리 나쁘지만은 않다는 것이 나의 판단이기도 해요. 전화위복이라는 말이 들어맞게 진행되어 가야지."

그저 위로 차원에서 하는 회식이어서 침울한 분위기에 술만 마실 것으로 생각한 팀원들은 의외라는 듯이 어리둥절한 모양이다. 문책성 인사가 있을지도 모른다, 아니면 김성조 상무의 사직 인사나 들을 줄 알았는데 휴가에 진단프로젝트라니 의외라고 생각들을 한다.

"이사님, 대단하십니다. 다들 기죽어 있었는데."

최 비서가 다들 어리둥절해 하자 분위기를 바꾸어 보려고 한다. 김성조 상무의 이야기로 분위기가 고조되고 김성조 상무는 팀원들이 한 잔 두 잔 주는 술에 취해가고 있다. 건너편 방에 있는 후렉스코리아 삼마 프로젝트 팀원들은 방금 도착한 김호석 상무에게 삼마 프로젝트 수주와 관련된 최종 결정 사실을 듣고 노고에 대한 치사를 듣는다.

"오늘 삼마로부터 공식적으로 계약서 초안과 수주 사실을 알려왔습니다. 우리는 전체 프로젝트 금액은 530억이고 기간은 3여 년간에 걸쳐 하게 될 것입니다. 여러분 고생하셨습니다. 그리고 축하합니다. 건배합시다. 오늘 기분들 좀 내면서 취해 봅시다. 하하하,

부태인 부장 수고했어. 다른 팀장들도 모두."

김호석 상무가 오기 전 이미 술들이 거나해진 팀원들은 환호성을 지른다. 술의 종류가 틀리고 안주가 틀리다. 승자의 축배는 역시 여유가 있고 풍성한 법이다.

"상무님, 맞은편에 김성조 상무님의 하지시스템 팀원들이 들어와 있습니다."

"응, 그래. 내가 가봐야 하겠네. 원수 사이도 아니고."

술잔이 몇 번 돌자 김호석 상무는 앞으로 부태인 부장을 잘 도와줄 것과 자기 팀으로 복귀해서도 지원 부탁한다고 당부의 말을 한다. 옆자리의 부태인 부장에게 맞은편 하지시스템 김성조 상무를 만나야 한다고 전하고 오늘 잘 마무리할 것도 당부하고 일어선다.

"여러분, 내가 피해야지 더 열심히들 놀 것 아닌가. 아쉽지만 난 이만 가 보겠습니다. 하하하, 다들 나오지 마."

"안녕히 가십시오. 상무님, 하하하."

모두가 김호석에게 농담하듯이 인사를 한다. 맞은편 김성조 상무의 방으로 들어가기 전 전화를 건다.

"성조야, 나야. 많이 마셨나?"

"어, 웬일이냐? 우리 회식 중인데."

말투가 벌써 술을 많이 마셨는지 혀가 약간 꼬부라진 것 같은 느낌이다.

"응, 나 동경에 있지. 우리도 여기 있거든. 얼굴이나 보고 가려고."

"그래, 들어올래? 승자의 장수가 와서 위로의 말이라도 하고 가야지."

"가도 되겠냐. 하긴 죽일 원수도 아닌데 괜찮겠지?"

하지시스템 팀원들이 회식하는 룸으로 들어간 김호석 상무는 어색한 듯이 인사를 건넨다.

"안녕하십니까, 후렉스코리아 김호석입니다. 김 상무님 친구이기도 하구요. 이번 프로젝트 고생 많이 하셨습니다. 이런 일은 프로젝트에서 비일비재한 것이니까 별걱정은 하지 않습니다. 김 상무님 능력이 출중하니까 회복하실 것입니다. 근처 왔다가 인사하는 것이 도리일 것 같아 왔습니다. 감사합니다."

괜히 후렉스코리아가 옆에 있다고 하면 불미스러운 일이 생길까 봐 회식 중이라는 이야기는 하지 않는다.

"우리 후렉스코리아 김호석 상무님을 위해서 건배 한번 하자, 건배!"

김성조 상무가 김호석이 말하는 것을 멀뚱멀뚱 쳐다보다 팀원들을 부추긴다.

"건배! 축하합니다."

"감사합니다. 좋은 관계로 시장에서 다시 만났으면 좋겠습니다. 그럼 이만 가겠습니다. 김 상무님, 나 나갈게요."

오래 앉아 있는다는 것이 더 이상해지는 것 같아 자리에서 일어선다.

"호석아, 왜 나하고 2차 하러 나가야지. 하하하."

"아니야, 나 약속 있어서 가야 해. 나중에 또 보자. 오늘 고맙다.

다음에 우리 회식자리에도 한번 와라."

"자슥, 그런 걸 가지고 부담 가지냐? 다음에 우리가 이기면 내가 한번 갈게."

"나오지 말고 있어라. 난 간다."

동경을 나온 김호석 상무는 대리기사가 기다리고 있는 차에 올라타 집으로 향한다. 오늘은 같은 아파트이지만 서 사장의 집으로 가겠다고 약속을 했기 때문에 서둘러 나온 것이다. 약간 설레는 마음을 가지고 간다. 여의도에서 이 시간이면 집까지 30분 거리다. 이렇게 시간이 걸리는 것 같은 느낌이 드는 것을 보면 김호석은 자신이 서 사장에게 많이 기대하고 있는 것은 아닌가 생각을 해본다.

집 근처에 도착하니 벌써 10시가 넘은 시작이다. 길옆 일출은 아직 불이 켜져 있다. 아직 일이 안 끝났다는 이야기인가 아니면 주방장만 남아 정리를 하고 있는 것인지도 모르겠다. 지하에 차를 주차하고 키를 받은 김호석 상무는 자신의 집으로 가지 않고 서 사장의 집으로 올라간다. 문자로 온 비밀번호를 눌러 문을 열고 집을 들어가니 불이 켜져 있고 사람이 있는 인기척이 있다.

"나 왔어."

"어머, 오셨어요. 생각보다 빨리 오셨네요."

미색 나이트가운을 입은 서 사장은 조명 때문에 그런지 30대 중반의 젊음을 가지고 있다. 유혹의 눈빛이 뜨거운 것을 보니 심상찮은 밤이 될 것 같은 생각이 든다.

"가게 불이 켜져 있던데. 아직 퇴근 안 한 줄 알았어."

"몇 팀이 있었는데 계산만 먼저 하고 나왔어요. 주방장이 있으니까 마무리하고 갈 거예요."

"그래, 나 좀 씻어야 할 것 같은데."

"네, 욕실에 준비해 두었어요. 잠옷도 거기 있고요."

집안 구조가 똑같아서 헷갈리지는 않는다.

"그래, 잠옷은 무슨."

미지근한 물에 샤워하고 준비된 잠옷을 입고 나오자 와인을 준비해놓고 기다리고 있다. 여자가 사는 집이라 인테리어도 좋고 가구들도 아기자기하게 배치되어 안정감이 있고 따뜻해 보인다.

"나 내일 10시 반에 구로 연구소로 바로 출근해. 여기서 9시에 나갈 거야."

"어머. 그래요. 내일 오전은 되게 여유가 있겠네요."

"그렇다고 할 수가 있지. 좋냐?"

"그럼 좋지요. 이렇게 시간 내기가 쉽지 않은 사람인데, 호호호."

따라주는 와인을 한 모금 마셔보니 드라이하기도 한 것 같지만, 끝 맛은 스위트한 느낌이 살짝 섞여 있다. 분위기를 올리려면 역시 와인이 최고이고 뒷맛이 달콤해서 부담 없이 넘어가니 당연하게 기분도 업 되는 것이다. 술이 몇 잔 들어가니 옆에 바짝 붙어 있는 서 사장의 옆모습이 더욱 매혹적으로 보인다.

"애나 하나 만들까? 하하하. 사고나 한번 치고 싶다만 벌써 50에 가까우니."

"전 괜찮은데. 아직 젊어요. 호호호."

그러면서 김 상무는 서 사장의 가슴을 살짝 건드려본다. 벌써 서 사장의 반응도 스프링같이 통통 튕기는 상태임을 직감적으로 알 수 있었다.

"안방에도 TV가 있냐? 들어가자. 피곤하니까."

"그러세요. 여긴 내일 치워도 되니까 우리 들어가요."

서 사장의 나이트가운을 벗기자 앙증맞은 하얀색 팬티가 눈에 들어온다. 가슴을 움켜쥔 호석은 배꼽 주변을 부드럽게 애무하자 서 사장의 말초신경이 작동을 시작했는지 배가 꺼져 들어가며 허리가 올라온다. 한 손을 내려서 사장의 팬티를 내리자 검은 숲이 무성하고 샘은 충분하게 적셔져 있는 것이 호석을 받아들일 준비가 완벽해진 것을 알 수 있었다. 그러나 호석은 샘물을 다 마셔버리기라도 하듯이 입을 가져가 혓바닥을 적시기 시작한다.

"아!"

짧은 신음이지만 이미 서 사장의 정신은 혼미해지고 몸을 비틀며 호석의 애무를 즐기고 있다. 달구어진 서 사장은 호석을 완전히 삼키려는 듯 호석의 허리를 두 다리로 감싸 안고 호석을 다그치고 있다. 호석을 받아들인 서 사장은 진동머신과 같이 부르르 떨며 최고의 절정을 향하여 달리는 폭주기관차 같은 호석의 움직임에 완전 동화된 것을 알 수 있다. 이들은 몇십 년만에 만난 연인처럼 불타오르는 밤을 거의 뜬눈으로 새우다시피 하며 새벽에야 잠이 든다.

"호석 씨, 이제 일어나셔야 해요."

"으응, 몇 시인데?"

김호석은 간밤에 피곤함과 약간의 숙취가 겹쳐 몸이 무거워진 것을 느낄 수 있다.

"8시나 되었어요. 출근 준비하셔야지요."

서 사장은 무엇이 좋은지 가벼운 발걸음으로 아침 준비를 하고 있다. 생선을 굽는 냄새가 코끝을 간질이고 있다. 욕실을 나와 주방으로 간 김호석은 서 사장의 엉덩이를 가볍게 두드리며 애정을 표시한다.

"너무 많이 준비하지 마. 아침 잘 안 먹고 살았어."

그러면서도 무엇을 준비했나 궁금한지 살펴본다.

"별거 준비 안 했어요. 생선구이 하나에 찌개인데요, 뭘."

"이런 정성이 들어갔으면 지상 최고의 식단이 아닌가?"

아침을 챙겨주는 사람이 있다는 게 이렇게 좋은 것인가. 미국에 있는 아내를 잠시 생각한다. 20년을 아침을 못 얻어먹은 생활이다. 어쩌다 아침 한 번 챙기면 어찌나 생색을 내는지. 지금의 상황과 너무도 대조되는 일상이었지만 그다지 원망이나 불평은 없었다. 때론 호석 스스로가 아침 먹기를 귀찮아했으니까.

"식사하세요, 늦겠어요."

"시간 아직 충분해. 여기서 한 30~40분이면 들어갈 수 있을 거야."

맛있게 국을 떠먹으면서 먹는 생선구이는 가히 환상이고 감격적이다.

"진짜 맛있다. 고마워, 아침까지 챙겨주고."

"매일 챙겨 드릴 수도 있어요. 이 집에서 사시면 이것쯤이야 일이 겠어요? 놀라시긴, 농담이에요."

서 사장은 발가락으로 호석의 발등을 살짝 비비면서 장난을 치며 말을 한다.

"내 옷 가져다 놓은 것 있지?"

"그럼요, 웬 양복이 그리 많아요. 몇 벌 가져다 놨어요. 호호호, 잘했지요?"

"하하, 아주 다 옮겨 놓지 그랬어."

속셈은 뻔히 들여다보이지만, 이 여인에게 계산적으로 다가가지 않기로 마음먹으니 귀여워 보이기까지 한다. 내가 계산적이게 되면 상대방도 그걸 반드시 알게 되고 그래서 처음에 잘 나가다가 놓친 여인이 얼마나 많은가.

"나 토요일, 일요일 사람들하고 캠핑 가기로 했어. 1박 2일로."

"좋겠다. 어디로 가세요?"

"그냥 경기도 쪽에 오토캠핑장 시설 있는 가까운 쪽으로 가려고."

"제가 뭐 반찬 좀 챙길까요. 아님 매운탕거리라도."

이야기는 안 할 것이지만 다른 여자와 같이 놀러 가는데 서 사장에게 부탁하는 것이 마음에 내키지 않는다. 남자애들하고 가는 것이라면 오히려 부탁하겠지만 양심에 찔린다.

"아니야, 그냥 놀러 가는 건데 뭐. 다 사서 가면 돼. 애들 시키면 되니까."

"사 먹는 거하고 똑같아요? 제가 아이스박스에 생선구이 할 수 있게 다듬어서 매운탕거리하고 같이 넣어 드릴게요. 어차피 가면 술도 드실 거 아녜요?"

"그럼 고맙지만. 여자들도 있어. 그래서 이야기 못 한 거야, 미안해서."

"친구 모임인데 뭐 어때요. 얘기해줘서 고마워요. 그냥 가도 몰랐을 텐데."

김호석은 서 사장에게 순간 솔직해지고 싶었다. 뭐 숨길 것도 없지만 그런 것이 서 사장과의 관계를 건전하게 지속하는 방법이라고 생각했다.

"골드만삭스라고 미국 회사의 한국 지사장인데 내 대학 후배야. 저번에 왔던 신 부회장하고도 친한 친구고. 나중에 한 번 데려올게. 나를 오빠, 오빠 하는 친구지."

"호석 씨는 의외로 거짓말을 못 하는 사람이네요. 그런 거는 대부분 숨기고 사는 법인데."

"그냥 좀 솔직해지고 싶었어. 그런 거 자꾸 쌓이면 이상해지잖아. 비록 이런 수준에서 우리가 만난다 하여도 말이야. 그러니까 우리 편안하게 지내기로 하자. 우리가 결혼한 것도 아니고 상대방을 의식하다 보면 어색해지고 오래가지 못하는 법이니까. 서로 좋아하는 사람이 생길 수도 있고 그땐 서 사장을 자유롭게 놔 주고 싶어. 내가 너무 이기적인가?"

호석의 이야기를 듣고 있는 서 사장은 자신의 기대와 달랐는지 마음에 약간 부담감이 생기는 모양이다.

"아녜요, 저도 그게 좋아요. 서로 편안하게 지내다 보면 더 좋은 시간도 있을 것이고 하는 것이니 그런 것은 걱정하지 마세요."

의외로 서 사장 성격이 장사를 하며 여러 사람들의 비유를 맞추고 살다 보니 시원시원하다. 오늘 두 사람은 앞으로의 관계에 확실하게 선을 그어둔 셈이다. 아침 식사를 마친 호석은 그녀가 내어준 속옷과 양복을 입고 출근을 하기 위해 집을 나선다.

"좀 있으면 서 사장도 출근하겠네?"

"저는 11시쯤 할 거예요. 전화 주세요."

"그래, 특별한 일이 없으면 전화할게."

엘리베이터가 지하로 바로 연결이 되어서 다행이다. 주차장으로 내려온 김호석은 차에 올라 내비게이션을 켜 구로 공장을 입력하고 출발을 한다. 연구소장하고 이야기할 자료를 다시 한 번 확인하면서 만나서 잘 설득해야 할 텐데 하는 걱정이 든다. 한국의 문화를 잘 모르니 이번 사건을 어떻게 이해할까도 걱정이 된다.

오전의 업무 때문에 연구소로 같이 들어가지 못하는 강 비서에게 전화를 걸어 오후의 일정을 체크한다.

"네, 상무님."

"나 지금 연구소로 들어가는 길인데 별일 없지?"

"네, 하지시스템 김 상무님 전화 왔었습니다. 오늘 약속 변동사항 없는가 하구요. 그리고 부태인 부장 연결해 드릴게요. 삼마에서 계약서 수정해서 보내왔는데 상무님의 의견이 필요하다고 하던데요. 사장실에서 연락 왔기에 연구소 들어가셨다고 했어요. 그 외는 특별한 전화는 없었습니다."

"그래, 연결해 봐. 갑자기 내 의견이 왜 필요한 거야?"

"상무님, 부태인 부장입니다."

"무슨 일이야? 계약서에 문제라도 있나?"

"다른 것이 아니라 업무량이 3% 증가 이내에서만 우리가 케어한다고 했잖아요. 삼마에서는 영업대표가 5%까지 가능하다고 했다고 하네요. 그래서 제가 영업 쪽 김치권 부장한테 전화했더니 자기가 영업할 때 5%로 해서 계약한 사이트도 많았다고 해서 삼마 쪽에 이야기한 거라 하네요. 그렇다고 하면서 5%로 계약해도 문제없는 것 아니냐고 하는데 어떡할까요?"

"부 부장 생각은 어떤데. 자네가 판단해서 결정해야지. 전체 현업 업무를 과대하게 축소해서 업무 프로세스를 도출하지는 않았을 거 아니냐? 지금 돌아가고 있는 업무를 가지고 분석해서 업무 프로세스를 도출했을 것이고 To-be프로세스새롭게 만들어지는 개발될 프로세스라고 해도 늘어나는 업무량은 충분히 감안했을 거 아니냐?"

"그럼 이 건은 제가 알아서 하겠습니다. 5%로 해주되 영업 쪽하고 줄다리기해서 나중에 지원 좀 받아내는 것으로 하겠습니다."

"그래, PM이 알아서 하셔요. 이젠 나는 뒤쪽에 나와 있어야지. 그래야 나중에 문제 생기면 부 부장은 원칙을 주장하고 그래도 해결이 안 되면 내가 나서서 융통성을 발휘하는 것처럼 해결하는 거야. 역할 분담이 절묘하게 되어야 이번 건이 성공한다."

"네, 잘 알겠습니다. 죄송합니다."

장기프로젝트에는 주도권에 대한 싸이클이 항상 존재한다. 초기에 고객이 힘을 쓰다가 다시 수행하는 쪽에서 힘을 쓸데가 있고 또다시 주도권이 고객에 넘어가고, 또다시 수행하는 쪽으로 넘어오는 시기가 있는 것이다. 이런 흐름을 잘 예상해서 프로젝트를 컨트롤하고 고객을 적절하게 리드해야 하는 것이다.

"2시에 프로젝트 팀장 전체 미팅은 잘 공지가 되었는지 모르겠네."

"통보가 되었습니다. 연구소 가셨다고요?"

"응, 미팅 마치고 1시 30분까지는 사무실에 들어가니까 들어가서 보자."

"네, 일 잘 보시고 들어오십시오."

부쩍 자신이 하는 일에 자신감이 붙어 있다. 하긴 이런 대형 프로젝트에서 총괄 PM으로 모든 것을 책임을 져야 하는 위치로 가는 것이니 이젠 카리스마와 능력이 보여져야 할 때인 것이다.

"부태인 부장, 그리고 오늘 팀장 미팅에서 나도 협조 잘해달라고 할 테니까 팀장들에게 직접 당부하는 말로 하나 준비해놓아라."

"네, 알겠습니다. 상무님."

전화를 끊고 김호석은 연구소가 있는 구로 공장으로 빨려가듯이 들어간다. 정문 경비가 차량 번호를 아는지 거수경례를 한다.

"연구소장 만나러 왔는데 어디로 가야 하죠?"

"네, 상무님. 안쪽으로 들어가시면 현관이 있고 2층으로 올라가시면 됩니다."

"감사합니다, 수고하세요."

차를 뒤쪽으로 몰고 가니 넓은 주차 공간이 나온다. 한쪽 빈자리에 주차하고 경비가 알려준 대로 연구소장이 있다는 2층으로 올라간다.

"어머, 상무님. 안녕하세요, 저 김혜진이에요. 옛날에 컨설팅 사업부에 있던."

"어, 김혜진 씨 여기 있다는 이야기는 들었는데 잘 있었어?"

연구소에 근무하는 것을 강 비서를 통해서 알고 있었지만, 옛날 컨설팅 사업부에 있었던 모습하고는 많이 달라져 있다.

"상무님은 그대로세요. 멋있는 모습 그대로."

"하하, 고맙군. 연구소장님은 계시나?"

"예, 기다리고 계세요. 이리 오시죠."

비서를 따라 들어간 호석은 본사보다 연구소가 근무환경이 훨씬 좋다는 생각을 한다. 인테리어는 별로이지만 넓은 공간을 쓰고 있으니 쾌적한 것이 주요 이유일 것이다.

"소장님, 본사 김호석 상무님 오셨습니다."

"아, 김 상무님. 어서 오십시오. 이 상무입니다. 하하, 이원상입니다."

아직 한국식 인사치레가 서툰 모양이다. 호석 상무는 연구소장이 고지식하고 두려움도 있을 거라 설득하려면 고생깨나 하겠다는 생각이 든다.

"하하, 괜찮습니다. 저도 미국에 처음 가서 공부할 때 그쪽에서는 저를 웃기다고 하지 않았거든요. 오죽했겠습니까. 미국을 처음 갔는데."

자기 나라말을 너무 잘하는 외국인과 같이 이야기하면 어딘가 모르게 경계를 하게 된다. 그렇기 때문에 외국인은 적당하게 틀릴 줄도 알아야 상대방의 경계심도 풀리고 뭔가 도움을 베풀고 싶은 마음도 얻게 되는 기회가 생기는 것이다. 물론 이원상 소장은 미국 국적이지만 한국 사람처럼 느껴지는지라 경계해야겠다는 그런 감정은 생기지 않는다.

"앉으시죠, 연구소에는 처음이시죠?"

"네, 옛날에 몇 번 왔었습니다. 많이 좋아진 것 같습니다."

같은 후렉스코리아 조직이지만 미국 본사에서도 핵심이 되는 장비들은 한국이나 해외에서는 절대 만들지 않기 때문에 중요성이 떨어진 곳이라 자주 오는 곳은 아니다. 한국 사람들 머리가 좋고 애국심이 부정한 곳에서는 뛰어나기 때문에 그럴 것이라고 생각한다.

"가족들이 다 미국에 계신다면서요. 여기서는 기러기 아빠라고 하더라고요. 지내실 만하십니까?"

"하하, 그런 것도 알고 계시고. 지낼만합니다."

화제를 다양하게 섞어가며 서로에 대하여 신상털기라도 하듯이 수다를 떨고 있다.

"오늘 저를 만나자고 하는 용건이 무엇인지요."

갑자기 생각났는지 아님 본론과 벗어난 이야기를 너무 오래 했다는 생각이 들었는지 불쑥 화제를 돌린다. 김호석처럼 여러 부류의 사람을 만나 영업을 하려면 농담 같은 것으로 분위기를 만들어 가는 것도 잘해야 하는데 지금 봐서는 전혀 할 줄 모르는 사람으로 보였다.

"아, 네. 그럼 이야기 좀 시작할까요. 차 나오면 오면 바로 시작하겠습니다."

김혜진이 차를 날라다 테이블 위에 놓아 준다. 강 비서에게 미리 김호석 상무의 취향을 들었던지 녹차와 둥굴레차를 섞어서 가져온 것 같다. 다들 김호석보고 독특한 취향이라 한다. 녹차도 아니고 둥굴레도 아니고 무슨 맛으로 마시냐고. 그러나 회사에서 그런 것이지 김호석은 작설차나 연한 아메리카노를 즐겨 마시는 취향이다.

"다른 게 아니라 이 서류 한번 읽어 보시죠."

김호석은 양 대표가 보내준 미국에서 온 메일을 이원상 연구소장에게 건네준다. 한참을 읽고 난 이원상 소장은 무슨 일인지 대략 감이 잡히는 모양이다.

"나머지 전후 사정은 제가 설명해 드리겠습니다."

황 부사장과 여비서, 또 후렉스코리아 대표의 조치 사항과 지연 보고, 미국과의 관계 등을 전반적으로 설명한다. 이해가 되는지 안 되는지 차치하고 이원상 연구소장의 표정이 어둡지는 않다는 것에 다행이다 싶다.

"그래서 조사위원회를 맡아 이번 건을 진행해주셨으면 하는 것입니다. 실제로 미국 쪽의 기준에 부합되고 객관적인 조사를 진행하자니 국내에는 사람이 없습니다."

"상무님이 하시면 되잖아요?"

연구소장이 똑같은 말을 할 것이라 예상하고 김호석 상무는 밤새 고민하며 준비를 해왔다.

"제가 맡았으면 저는 좋지요. 위원회를 맡으면 미국 쪽에 인지도도 높이고 좋은 이미지도 한껏 올릴 수 있는 기회기도 한데 삼마그룹 프로젝트가 어제 결정이 되어서 당분간 시간을 낼 수가 없는 상황이 되었습니다. 아시죠? 저번 이사회 조찬 모임에서 나왔던 내용인데."

김호석 상무는 넌지시 위원장을 맡으므로 생기는 이점을 언급함으로 연구소장의 관심을 끌려고 시도한다. 또한, 이원상 소장이 오히려 후렉스코리아 내의 역학 구도를 잘 모르기 때문에 인맥관계에서 벗어나 독립적인 활동과 객관적인 조사가 가능할 것이라는 판단을 하고 이야기를 한 것이다.

"아, 그 프로젝트 수주하셨나요? 500억 정도 된다는. 축하드립니다. 대단한 능력이십니다."

"감사합니다. 이 건으로 양 대표께서 아주 머리를 썩고 있습니다. 양 대표께서도 이번 조사위원회 구성에서 배제돼 버렸으니 방법이 없습니다. 철저하고 객관적인 보고서를 만들어야 미국 쪽에 어필할 수 있다고 생각하기 때문에 연구소장님이 제일 적격이라고 결론을 내린 것이고 제가 찾아온 것입니다."

침묵이 흐르고 한참을 고민하는 표정의 이원상 소장이 무겁게 이야기를 꺼낸다.

"위원회를 맡는 것은 어려운 문제가 아닌데 그 일을 같이 할 인력들도 제가 다 접촉해야 하나요? 제가 아직 그런 조사위원들을 구성할 정도로 본사 쪽 인력들을 잘 모르거든요."

조사위원회를 맡을 생각은 있는 것이라고 판단한 김호석은 적절한 당근과 향후 연구소장이 국내에서 얻을 수 있는 이득과 관련하여 이야기하며 확답을 얻으려고 한다.

"밑에서 조사하는 실무조직은 감사팀과 관리팀에서 지원받으면 되는데 양 대표가 중립적인 사람들로 구성을 지시할 것입니다. 조사 기간이야 연구소장께서 만족할 만한 보고서를 우선으로 만들어야 하니까 일정계획을 잡으실 때 알아서 충분하게 잡으시면 될 것 같고, 보고서는 대표에게도 보고할 필요가 없고 미국 본사에 직접 하면 될 겁니다. 완전 독립성이 보장된 위원회라고 보시면 됩니다."

실무적으로 일하는 사람들이야 양 대표가 다 자기 사람들로 채워서 보고서의 수위를 조절하든 어떻게 할 것이라는 예상을 한다.

"그럼 저는 사무실을 어디에 두어야 하죠?"

"조사위원회는 별도의 폐쇄된 사무 공간에서 일할 수 있도록 본사에 공간을 만들어 제공할 것입니다. 황 부사장이 꽤 오랜 시간 근무했기 때문에 자료가 방대할 것입니다."

"제가 알기로는 부사장이 후렉스코리아에서 상당한 영향력을 행사한 임원이라고 알려져 있던데 조사 활동에 제한은 없겠습니까?"

"황 부사장이 지금은 결재권이 없으니까 큰 저항은 없을 것입니다. 후렉스코리아의 관리형태가 개인이 폐쇄적으로 장악할 수 있는 구조가 아니지 않습니까. 조사 기간도 최소한 3개월은 넘게 걸릴 것인데 연구소 업무는 문제없으시지요?"

조사위원회의 조직 체계를 미국에 보고해야 하기 때문에 연구소장이 위원장을 맡았다는 보고서를 보내서 한국 내 연구소 업무에 문제가 생길 수 있다면 승인이 나지 않을 수 있기 때문이다.

"네, 그다지 문제 될 것은 없습니다만."

"그럼 된 것 같군요. 소장님께서 위원회를 맡는 것으로 알고 있겠습니다."

누이 좋고 매부 좋은 방향으로 끌고 가기에는 연구소장만큼 적임자가 없기 때문에 김호석은 연구소장의 의지를 확정 짓기 위하여 은근히 밀어붙이고 있다.

"그럼 언제부터 활동해야 하는 것입니까?"

"11월부터 시작하면 될 것 같습니다. 몇 주 정도 여유가 있습니다. 지금부터 조직을 만들고 사무 공간이 갖추어지면 그때쯤 하면 될 것 같습니다."

"여유는 좀 있군요. 알겠습니다. 제가 해보겠습니다. 조건은 상무님께서 저를 많이 도와주셔야 한다는 것입니다."

이제 또 한 사람이 김호석 상무의 사람으로 들어온다는 것으로 생각하며 위원장 문제가 정리되자 이야기를 많이 해서 그런지 갑자기 시장기가 강하게 느껴진다. 전날 격렬한 사랑 놀음에도 에너지 소모가 많지만 민감한 사안의 미팅도 마찬가지인 것 같다.

"물론입니다. 제가 본사에 있는 한 최대한 지원을 하겠습니다. 식사나 하러 가시죠."

"무엇을 드시겠습니까?"

"아뇨, 전 공장식당에서 먹으려고 합니다. 아니면 다른 곳에 약속 장소를 잡았을 겁니다."

밖으로 나가면 오후 두 시의 팀장 미팅에 늦게 될 것이 빤하기도 하고 기왕의 발걸음에 공장의 분위기도 한번 보려고 하는 것이 이유라 할 수 있다. 프로젝트 착수 시점이 얼마 남지 않아 모든 일정이 매우 바쁘게 돌아가고 있다는 것이 가장 큰 이유일 것이다.

"그럼 내려가시죠. 맘에 드실는지 모르겠습니다."

공장의 구내식당은 특수계측장비를 조립하는 곳이라 그런지 환경도 공장직원들도 깔끔해 보인다. 식판을 들고 같이 줄을 서서 직원들과 같이 기다리고 있는데 공장장이 허둥지둥 내려와서 인사를 한다.

"상무님, 누추한 곳에 다 왕림하시고 어인 일이십니까?"

"박 이사 오랜만이야."

이사대우인 박승대는 계측기 사업부에서 장기간 근무하다가 공장장으로 올해 초 부임한 엔지니어 출신이다. 나이는 한두 살 어리지만, 직급으로는 까마득한 사람이다.

"오셨으면 저한테도 연락을 좀 주시죠. 식사 대접을 한번 할 수 있는 기회를 주셔야지요."

"연구소장님하고 업무 미팅이 있어서 왔어. 앞으로 연구소장님 잘 보필해야 할 거 같아요. 바쁘신 분이거든."

"상무님 말씀이라면 여부가 있겠습니까."

식사를 식판에 담은 세 사람은 임원들을 위해서 만든 자리로 가자는 공장장의 권유를 뿌리치고 직원들과 같이 앉아 식사한다.

"박 이사가 관리를 잘해서 그런지 깔끔하고 맛도 있고."

"하하, 상무님은. 영양사가 깔끔하고 식당 분위기도 그렇고 식자재 구매도 아주 잘하고 있지요."

식단을 영양사가 짜지만 일하는 분들의 손맛이 좌우할 것이다. 싱가포르 공장에 견학을 보내서 그곳 식당이 어떻게 운영이 되는지 보고 오는 것도 좋을 듯싶은 생각이 든다.

"여긴 직원이 많지 않아 가족 같겠어. 얼굴도 잘 알고."

"그런 편입니다. 연구 인력 30명과 현장직원 70명 정도로 모두 100여 명 정도밖에 안 되니까요."

편안하게 식사를 마친 일행은 공장장이 자기 방에서 차 한 잔 하자는 제안을 마다하고 일을 핑계로 헤어진다. 2시 미팅에 겨우 도착할 것 같은 생각에 긴장하고 운전을 하는데 주변에 쇼핑센터들은 왜 이리 많이 짓는지 여의도로 넘어가는 길은 항상 체증이 심하다. 사무실에 들어온 김호석 상무는 두 시가 다 된 걸 알고 강 비서에게 연구소장과의 미팅 결과를 보고하기 위하여 양 대표의 스케줄을 확인해 달라고 한다.

"사장님 스케줄 확인해줘. 나는 10분 정도면 끝나니까 그 이후에 비는 시간에 잡아줘."

"네, 알겠습니다. 상무님."

"어디지? 팀장 미팅이."

"사파이어 룸이에요."

급한 걸음으로 사파이어 룸으로 들어서자 프로젝트 관련 팀장들이 자리 잡고 있다.

"내가 제일 늦었군. 미안해."

그리 늦게 온 시간은 아니지만, 미리 엄살을 떨어놓고 시작하면 분위기가 부드럽게 풀리는 법이다. 부태인 부장이 사전에 이야기하진 않았을 것이다.

"다른 게 아니라 이번 삼마 프로젝트 건으로 부탁을 좀 하려고 모이라고 한 거예요. 이번 프로젝트 총괄 PM이 부태인 부장인데 각 팀의 협조가 없이는 성공하기가 어려운 프로젝트야. 경쟁이 심해져서 프로젝트 예산이 규모에 비해 그다지 크지 않고 반면에 할 일은 많지요. 각 팀은 인력지원 할 때 시간을 최대한 아껴서 쓰고 투입공수 대비 예산을 70% 정도만 배정할 거니까 감안해 주길 바랍니다."

모두가 어떤 과정을 거쳐서 수주가 된 것인지 아는지라 고개를 끄덕이고 있다. 그래도 실제로 투입이 되어 돈과 관련이 되면 업무와 상관없이 왔다 갔다 하는 친구들도 시간을 챙겨 쓰려고 달려들것이기 때문에 사전에 함부로 시간을 못 쓰게 못을 박고 움직이게 하려는 것이다.

"부태인 부장은 각 팀에 필요한 인력과 투입공수에 따라 비용 관련 자료를 만들 때 사전에 나에게 승인받고 작성할 수 있도록 하고 각 팀장들은 다시 한 번 이야기하지만 30% 이상 더 투입한다는 생각을 가지고 협조하도록 해야 합니다."

김호석이 이렇게 강력하게 이야기할 수 있는 것은 12월에 개인 평가가 있고 일단 평가 한번 잘못 받으면 내년 연봉뿐 아니라 최대 2년을 손가락을 빨면서 살아갈 수도 있기 때문에 김 상무 눈치를 보지 않을 수가 없다는 것도 감안하여 강하게 이야기한 것이다.

"또 한 가지. 지원인력은 가능하면 프로젝트 완급 조절과 인력 관리능력이 있는 선임급 컨설턴트를 지원해주길 바랍니다. 특성상 협력업체를 많이 써야 하기 때문에 관리능력이 있어야 하고 리스크 케어^{Risk Care: 위험 관리}를 할 수 있어야 한다는 것, 즉 PM급이 되어야 합니다. 내가 할 이야기는 이게 답니다. 뭐 다른 궁금한 사항이나 질문 있나요?"

김호석 상무가 생각해도 별 불만이 없을 것 같은 생각이 든다. 기본적으로 자기가 일한 만큼 돈을 받지만 조직의 장이 공식적으로 시간 사용 원칙을 제시하며 평가에 감안한다는 이야기니까 특별하게 이의를 제기할 사항이 못 되는 것이다. 사실 선임급 컨설턴트들은 자기회사를 운영하는 것하고 똑같이 시간 사용에 대한 이슈가 크지만 자기가 직접 수주한 프로젝트가 아니고 70% 정도 시간 사용이면 그리 나쁜 조건이 아니라고 생각할 것이기 때문에 큰 관심들은 없을 것이다. 다만 이번 연말 평가에서 부태인 부장은 연봉에서 아주 놀라운 혜택을 받을 것이라고 예상을 하면서 부러

위할 것이다.

"더 이상 질문 사항 없으면 이상이고, 각 개인 평가 작업도 준비해서 12월 중순에 있을 매니저와 면담에 잘 대응하시기 바랍니다."

슬쩍 평가 작업이 얼마 안 남았다는 것을 다시 한 번 상기시켜주고 회의실을 나간다. 집무실로 돌아온 김호석 상무는 사장과의 약속이 잡혔는지를 확인한다.

"상무님, 사장님께서는 외부에 계시는데 4시까지 사무실에 들어오신다고 합니다. 급하신 일이면 전화통화 가능하시다고 하셨대요. 어떻게 할까요?"

"응, 들어오시면 내가 올라간다고 연락 달라고 해."

"네, 알겠습니다."

일을 남겨두면 찝찝해하는 성격인 김호석은 노트북을 켜서 다양한 곳에서 들어온 메일을 확인하고 답장이 즉시 필요한 것들은 바로 해버린다. 서 사장으로부터 핸드폰으로 문자가 들어온다.

'일 잘 보셨어요?'

Send 버튼을 눌러 통화를 시작한다.

"점심 먹었어?"

"네, 전 먹었어요. 호석 씨도 식사하셨어요?"

"난 이상하게 아침을 먹었는데도 점심때 허기가 져서 허겁지겁 먹었어. 체력소모가 많았나? 몸이 갔나?"

"그러잖아도 우리 고객 중에 남편이 인삼밭하고 계셔서 제가 엑기스 좀 구해 달라고 했어요. 호호호, 제가 관리를 해야지요."

"하하하, 이거 힘없는 놈이라 낙인이 찍힌 것 같아 씁쓸한데."

"아녜요, 그런 뜻이. 그 나이에는 누가 챙겨야지 먹지요. 그렇지 않고 한두 해 그냥 가다 보면 기력 다 빠지잖아요."

"하하하, 고맙소이다. 그렇게 깊은 뜻이 있는 줄은. 나중에 힘 빠졌다고 문전박대하는 것은 아니겠지?"

"전 나이 안 먹나요. 몇 살 차이도 안 나는데요, 뭘."

"하하, 난 오늘 강남에서 약속이 있어 좀 늦을지도 모르니까 먼저 자요."

"저는 신경 쓰지 마시고 일 잘 보시고 조심해서 오세요. 술 드시면 대리하시고요."

전화를 끊자 강 비서가 문을 두드리고 들어온다.

"상무님, 오늘 강남에서 부태인 부장하고 약속 있으신 거 아시죠?"

"응, 알고 있어. 부 부장이 내 차 운전할 거야. 키를 부태인 부장을 챙겨줘. 그리고 비서로 쓸 만한 친구 하나 수배해 봐."

"누가요? 부 부장님이 곧 승진하시는군요? 그렇지요?"

"응, 완전히 결정된 것은 아니지만 삼마에 나가 있으려면 빨리 승진시켜야 할 것 같아."

오늘 양 대표를 만나면 연구소장 건과 부태인 부장의 승진 건을 이야기하려고 준비하고 있다. 이제 삼마 프로젝트의 중심에 서서 모든 업무를 처리해야 하는데 시기 좀 앞당겨서 승진시키려고 하는 것이다. 다른 사람들에게도 자극을 주어 진급을 하려면 부태인 부장처럼 상사에게 머리를 숙이고 들어와야 한다는 사인을 주려고 하는 숨은 이유도 있다. 솔직히 부태인 부장이 후배라 그런 것이 아니라 그 학벌에 겸손하고 성실하게 열심히 일했다고 호석은 평가하고 있다.

오늘 감리를 만나 교통정리를 하면 김호석이 전면에 나서서 하는 일도 많이 줄게 될 것이다. 김호석도 이제 여유를 가지고 대내외적으로 큰 그림을 그려가며 미래를 설계해야 하지 않겠는가 하고 스스로에게 질문을 던져본다. 부태인 부장이 이사를 달면 지금까지 고생을 많이 한 와이프가 제일 좋아할 것이다.

"강 비서, 이리와 봐."

"네, 상무님."

"부 이사 명함 하나 파주고 싶은데 금장으로 아주 중요한 곳에 쓸 수 있게 최고로 고급스럽게. 그리고 몽블랑세트 좋은 거로 이름 새겨서 준비해줘."

"네, 준비해놓겠습니다. 부 부장님 너무 좋겠어요. 선배 잘 만나서, 호호호."

강 비서가 자리를 나가자 김호석은 노트북을 켜고 오늘 미팅 결과와 부태인 부장을 진급시키기 위한 기안서를 직접 작성하기 시작한다. 부태인 부장은 김호석과 같이 일한 지 꽤 오래된 사람이고 스탠퍼드를 졸업하고 오라클에 입사한 사람을 후렉스 본사로 스카우트했고 호석을 따라 일본으로 다시 한국으로 들어왔으니 아주 특별한 관계라 할 수 있다. 미국에 살던 아내와 애들을 데리고 완전히 귀국하기가 쉽지는 않았지만, 선뜻 김호석의 제안을 수락하고 직업적인 연고도 거의 없는 한국으로 들어와 초반에 적응하느라 고생을 많이 하였다. 이제야 어느 정도 보상이라고 하는 것을 해줄 수 있어서 기분이 좋았다. 그동안 묵묵히 믿고 자신을 따라와 준 부태인 부장에게 큰 빚을 지고 있다고 생각했고 한구석에 늘 부담으로 자리 잡고 있었던 것이 사실이었다.

인사자료와 미팅 보고서를 챙긴 김호석 상무는 양 대표가 들어오길 기다리고 있다. 강 비서로부터 양 대표가 사무실에 들어왔다는 전갈을 받자마자 일어나 양복 상의를 챙긴 김 상무는 바로 위층의 대표이사 방으로 올라간다.

"사장님, 미팅은 잘하셨습니까? 저도 연구소장과 이야기 잘 끝냈습니다."

"아, 그래요. 역시 김 상무에게 일을 맡기면 안심이 되는군요. 수고하셨어요."

"무슨 말씀을요. 그렇게 말씀하시니 감사합니다. 연구소장은 승낙했고 하부조직도 대표이사께서 지정하여 만들어 주실 것이라 이야기했습니다. 이후는 사장님께서 생각하신 대로 운용하시면 될 것 같습니다."

"그래요. 3~4주 후부터 가동한다고 이야기를 했나요. 본사에서 근무해야 하고."

"네, 사장님 그 부분도 상세하게 전달했습니다."

김호석은 삼마그룹 프로젝트 수주 사실과 부태인 부장 이사 승진 문제를 협의하려고 틈을 보며 서둘러 조사위원회 운영과 관련한 이야기를 마친다.

"그리고 사장님 삼마그룹 프로젝트 공식적으로 수주했습니다. 어제 통보받았습니다. 삼마에서 계약서 초안을 받아 관리팀에서 검토하고 있습니다."

후렉스코리아에서 부서별 업무는 독립적이고 최고 책임자인 사장은 전체 경영과 후방 지원만 하는 것이 제도적으로 잘 구분되어 있다. 일종의 요식행위 같은 절차이지만 임원의 승진 문제이기 때문에 김호석 상무는 부태인 부장의 이사 승진 문제를 전에 없이 상세하게 설명한다.

"대규모인 줄은 알았지만, 고생했습니다. 우리나라에선 창사 이래 최대 규모 프로젝트고 모두들 주목하고 있는 것이니."

"네, 사장님. 그래서 드리는 말씀인데 이 프로젝트 우리 측 총괄 PM이 부태인 부장이고 삼마그룹 쪽에서는 신승조 상무이기 때문에 부태인 부장을 이사로 승진시켜 양 사가 레벨을 맞추는 것이 좋을 것 같습니다. 부태인 부장은 올 12월이면 이사 진급이 가능한 근무 연수도 되고 실적으로 봐도 무리는 없다고 보지만 프로젝트 시작 전 승진시켜 현장으로 보내는 것이 대내외적으로 좋을 듯 싶습니다."

부태인 부장의 진급을 위해 김호석 상무는 여러 가지 이유를 대며 강한 의지를 표현하고 있다. 양 대표는 어차피 김호석 상무 쪽에서 연말에 요청이 오면 결제하는 것이 관례인데 좀 더 빠르게 간다 해도 무슨 상관이 있겠는가 생각을 한다. 또한, 양 대표는 김호석 상무의 위치나 자신을 도와주고 있는 충성심 등을 생각하며 무언가 자신도 김호석에게 보답해야 한다는 마음은 가지고 있었다.

"그래요. 격이 안 맞으면 김 상무가 가야 하는 일이 많아질 것이고 가끔 삼마그룹 신 부회장하고 같이 움직이기도 해야 하니 좀 어색한 모양새가 되기도 할 거야."

양 대표는 자신이 상황을 다 파악하고 이해하고 있다는 듯이 자신이 알고 있는 상황을 이야기하며 관리능력을 은근히 내세운다.

"그렇습니다, 사장님. 여기 승진과 관련된 기안서입니다."

"어디 좀 볼까요."

부태인 부장의 인사자료를 살펴보고 나자 만족한 듯이 이야기한다.

"이 친구 일 잘하는 사람이군. 일본과 미국에서도 근무한 경력이 있고 김호석 상무가 추천하고 충분한 능력이 되니 승진시킵시다."

양 대표는 은근히 김호석 상무가 도와준 일에 대한 보답이라는 냄새를 풍기면서 결제를 한다. 조직이라는 집단에서는 거저 주는 것이 없는 것이다. 비록 상하관계가 있다고는 하나 무엇인가 상대편이 열심히 자기 일을 도와주었으면 상대방도 그에 상응하는 것을 해주어야 하는 것이다.

"감사합니다. 사장님. 다음 주 월요일 보드 미팅에 인사하도록 할까요? 삼마 프로젝트에 대한 수주 사실도 본인이 직접 이야기하라 하고요."

"그래, 그게 좋겠구만. 나중에 축하 자리는 별도로 가지면 되겠지. 삼마그룹에 나가 있으면 시간이나 나겠어요?"

"네, 그렇게 조치하고 인사부에는 제가 내려보내겠습니다."

오늘의 일과를 마쳤다고 생각한 김호석 상무는 오전 연구소장과의 미팅에서 나온 이야기를 덧붙인다.

"사장님, 연구소장은 제가 사무 공간을 별도로 만들겠다고 이야기했고 연구소 업무를 확인했더니 특별한 이슈는 없다고 하더라고요. 위원회 조직을 본사 승인을 받으시려면 현재 연구소의 업무도 확인해야 할 것 같아서요. 그리고 주 근무지는 조사위원회 쪽이라고 이야기했기 때문에 공사도 바로 들어가야 할 것 같습니다."

"아, 잘했군요. 김 상무가 내가 해야 할 일까지 챙겨주니 무엇으로 보답해야 하나. 고맙네."

"하하, 사장님. 저녁 식사나 한번 초대해 달라고 전해 주십시오. 사모님한테."

"하하, 그러세. 내가 집사람에게 이야기해 놓겠네. 집사람이 좋아할 걸세. 자네를 아들처럼 생각하니까."

김호석이 화제를 바꾼 이유는 이사 승진 건은 이미 확정된 것이나 똑같은 주제를 계속 끌고 있는 것은 생각을 깊게 하게 만들어 자신의 결정을 후회하게 만들지도 모르기 때문이었다.

"인사 명령은 사장님께서 연구소장에게 직접 내리시기 바랍니다."

"아, 그래요. 내일 내가 미국 본사에 레포팅을 할 것입니다. 미리 승인을 받아야지요. 연구소장이 미국 국적이지만 본사에서도 좋아할까요? 그래도 일단 자기 쪽 사람들이라 판단할 테니까 그리 부담은 없을 거야."

"네, 그럴 것입니다. 자신은 여기 아는 사람이 아무도 없다고 걱정해서 사장님께서 그것 때문에 부탁하는 것이라고 이야기했습니다."

"잘했어요. 보고서를 만들기 위해 조사는 어차피 우리 쪽 사람이 해야 할 테니까. 다 형식적인 절차 아니겠어요."

양 대표의 의도대로 보고서의 수준이 잘 결정되면 적당한 수준에서 황 부사장의 거취가 결정될 것이며 마무리가 잘되면 부사장은 후렉스코리아와 적대관계가 아닌 협력 관계를 유지하며 관련 사업도 할 수 있을 것이다. 그만큼 황 부사장의 후렉스코리아와 국내 업계에서 차지하는 비중이 만만찮은 것임을 누구나 다 잘 알고 있는 것이다.

"이제야 위원회 건은 잘 마무리가 되는군. 걱정 많이 했는데. 미국 쪽에서는 다그치지 정작 맡을 사람은 없지 고민 많았어요. 일전에 삼마그룹 와인 파티에서 삼태그룹 부회장을 봤다면서? 모임에 나갔더니 김 상무 이야기를 하더구만."

신 부회장 후계자 발표 때를 말하는 것이다. 소문은 엄청 빨리 달린다. 그런 경제계 수장들이 모이는 장소에 양 대표조차도 초대받지 못하는 자리에 김호석 상무가 참여했다는 것에 놀랐다는 눈치다.

"네, 신 부회장이 불러서 가봤더니 그런 파티더라고요. 삼태그룹 부회장님께 인사드렸더니 사장님 근황을 물어보셨는데 말씀 못 드려서 죄송합니다."

"죄송하긴 그런 걸 일일이 보고할 필요가 있는가. 부회장이 매우 좋게 평가하더구먼. 그래서 내가 후렉스코리아 대표감이라고 말해 줬네."

미팅에 자기보다 잘난 친구 안 데려가듯이 양 대표가 아직 쩡쩡하게 대표직을 유지하고 있는데 김호석을 그렇게 소개했을 가능성은 희박한 것이다. 자기들의 자리를 넘보며 언제든지 치고 올라와 차지할 가능성이 큰 사람인데 괜한 이야기를 했다가 경제계에 소문이라도 나면 그렇게 굳혀질 가능성도 있기 때문에 그런 우를 범하지는 않았을 것이다. 더군다나 와인 파티에서 5분도 안 만난 상태에서 부회장이 그런 이야기를 할 이유도 없었을 것이다.

"감사합니다, 사장님."

아닌 줄 뻔히 알면서 진심으로 감사하는 김호석은 여우가 아니라 발톱을 숨기고 있는 사자 새끼인 것이다.

"사장님, 오늘 약속이 있어서 나가 보겠습니다."

"아, 내가 시간을 너무 잡고 있었군. 그렇게 합시다. 수고했어요. 자주 좀 올라와요."

시간을 너무 잡고 있었던 것이 미안했던 모양이다. 그래도 자주자주 와서 보고하라는 뼈있는 이야기는 잊지 않고 한다. 그러나 김호석은 진급 결정 사실을 아끼는 후배인 부 부장에게 전해 주고 싶은 마음이 더 컸다.

"그럼 내려가 보겠습니다."

논공행상

사장실을 나온 김 상무는 사장 비서에게 결재 서류를 2부 복사 해달라고 부탁을 한다. 인사부에 직접 넘겨주고 내려가려는 것이 다. 후렉스코리아에서는 이사가 되면 여러 가지 대우가 바뀌는데 대표적인 변화가 전용 사무실이 생기고 여비서가 1명 보좌한다. 물론 어느 부서에 어떤 조직구조로 되어 있느냐에 따라 달라지지만, 결재권한을 행사할 수 있으며 차량 기사, 골프회원권, 한도가 정해지지 않은 법인카드, 해외출장 시 거리와 관계없이 기본적으로 비즈니스클래스 지원 등 수십 가지가 제공된다. 그보다도 가장 중요한 것은 연봉에 대한 변동 폭이 커지고 실적에 따른 스톡옵션의 조건이 많이 바뀐다.

사무실로 내려온 김 상무는 강 비서와 부태인 부장을 같이 부른다.

"강 비서, 내일 회사 게시판에 부태인 이사 승진 사실 공지하고 빈 사무실로 자리를 옮겨 달라고 해. 그리고 인사부에는 내가 한 부 보냈는데 오늘 자로 승진이야."

감동을 받았는지 충격을 받았는지 부태인 이사는 어안이 벙벙 실감이 나지 않는 모양이다.

"상무님, 농담하시는 것 아니죠? 갑자기 이사라뇨?"

"부 이사님, 축하드려요. 얼마 전부터 상무님이 준비하고 계셨어요."

강 비서가 끼어들어 김호석 상무가 애를 많이 썼다는 뉘앙스로 이야기해준다.

"부 이사가 열심히 일했고 고생 많이 했기 때문에 당연하게 된 것이지. 축하하네. 그리고 강 비서가 당분간 부 이사 일을 좀 챙겨 줘. 그게 힘들면 여비서를 빨리 채용하든가. 누구 특별하게 쓸 사 람 있나, 부 이사?"

"아닙니다, 상무님. 강 비서에게 부탁하겠습니다."

아직 제정신이 아닌 부 이사는 감격스러운 모양이다.

"하여튼 강 비서가 인사부하고 이야기해서 챙길 것은 알아서 해 주시고 삼마 프로젝트에 나가 있을 거니까 여비서는 당장 필요하 지 않지만 그래도 빨리 구해야 할 거고 삼마에서 쓸 여직원들도 알아봐야 하고."

"네, 그렇습니다. 제가 정신이 없네요. 삼마 건으로 바쁜 데다 이 런 일이 생기니까요. 감사합니다, 상무님."

"자, 그리고 우리 약속 시간 가까워 오니까 나가야 해. 내 키 줄 테니까."

"네, 알겠습니다. 차 정문에 대겠습니다."

"부 이사 침착해라. 그리고 와이프한테 전화해 줘라. 고생 많이 한 와이프가 제일 좋아할 사람 같은데."

남편 따라 들어온 한국에서의 새로운 생활은 부 이사 와이프에게는 진짜 힘들고 고달픈 시간이었다. 애들이 한동안 적응을 못해 고생했고 겨우 외국인 학교에 보내고 나서야 진정이 되었다. 조그마한 전셋집에 살다 보니 주기적인 이사 또한 어려웠고 시부모님과 오랫동안 떨어져 살아서 돌아가시기 전까지 서먹서먹한 관계로 지냈던 것도 고통이었다. 부태인 이사 입장에서도 아내의 고통을 뻔히 알고 있었지만, 고부간에 끼어들기 어려웠던 것도 큰 아픔이었다. 지금은 돌아가셨지만 참 힘들었던 시기였고 돌아가시고 나니 제대로 못 해드린 것이 후회스럽다고 이야기하는 착한 며느리다.

"네, 상무님. 당연히 알려야지요. 먼저 나가겠습니다. 전화 드리면 내려오세요."

"그래, 빨리 가자."

부 이사가 내려간 사무실에서 김호석은 잠시 감리를 만나 무엇을 이야기해야 할 것인가 하나하나 고민을 해본다. 감리가 협조를 잘하면 특별한 큰 문제 없이 프로젝트를 진행해 갈 수 있을 것이다. 김성조 상무가 역할을 잘해줄 것이라 생각은 하지만 만에 하나 감리가 문제를 일으킬 경우에 대한 대비책도 부 이사에게 준비하라 지시를 해야 할 것 같다. 전화 울리는 소리가 들리고 강 비서가 들어온다.

"상무님, 차량 1층에 있다고 하는데요."

"응, 금방 내려갈 거야."

서둘러 책상 위를 대충 정리하고 노트북을 끈 다음 강 비서에게 정리를 부탁하고 사무실을 나와 부 이사가 대기하고 있는 정문으로 나간다.

"가자, 좀 늦겠는데."

"약속 시간에 비슷하게 들어갈 수 있을 겁니다."

차량은 63빌딩을 끼고 돌아 올림픽대로를 진입하여 강남 쪽으로 방향을 잡는다.

"부 이사 실감이 안 나지?"

"하하, 이사라는 단어가 좀 어색합니다. 익숙하지가 않아서요."

기분이 최고일 것이다. 부장과 이사의 차이로 말하면 회사에서는 하늘과 땅 같은 차이인 것이다. 고생이 한꺼번에 보상되는 것 같겠지만 딱 한 달이다. 본인의 고유 업무 외에 공식 비공식 업무가 엄청 늘어나고 모임, 세미나 등 늘어난 스케줄에 적응하다 보면 시간과 몸이 모자랄 정도로 정신이 없을 것이다. 회사란 곳이 거저 돈 주면서 놀리지는 않는 것이다.

"아, 매주 월요일 조찬 미팅 있는 거 알지? 거기에도 참석해야 돼. 첫 번째니까 나와서 공식적으로 인사하는 자리야. 예의 잘 지키고 삼마 프로젝트 보고도 간단하게 하고."

임원 승진을 하면 회사의 경영에 직간접적으로 관여하게 되고 경영과 직접 관련된 고급 정보에 접할 기회가 늘어나는 것이니 조금은 교만해질 수도 있다.

"하하, 감사합니다. 상무님. 이 은혜를 어떻게 보답해야 할지 모르겠습니다."

부 이사는 웃음보가 터진 듯이 싱글벙글이다.

"은혜는 무슨. 부 이사는 이번 프로젝트에 최선을 다하면서 챙길 거 잘 챙기고."

김호석 상무도 자신이 부장에서 이사로 진급할 때 상황을 떠올린다. 애들은 커가고 생활비는 늘어나고 여유 하나 없던 시절에 형님들의 도움을 얼마나 많이 받으며 살았던가. 그때 이사 승진은 실로 치열한 생존경쟁을 통해서 자력으로 올라왔다 해도 과언이 아니다. 살벌한 국내 인맥으로 가득한 경쟁자를 뚫고 승진하기까지 눈물겹게 일했고 미국 본사로 다시 가고 싶다는 생각을 하루에 열두 번도 더하고 살았다. 지금 부 이사처럼 앞에서 끌어주는 선배라도 한사람 있었다면 큰 위로라도 되었을 것이다. '맨땅에 헤딩'이라는 말이 얼마나 아프게 다가오던지 그때를 생각하면 아직도 힘이 들 때가 있다.

"부 이사, 너 보면서 내가 커왔던 거 생각하면 눈물 나오려고 한다."

"상무님이 진짜 고생 많이 하셨죠. 한국은 불모지대였잖아요. 인맥, 학맥이 전혀 없었잖아요. 차라리 본사 쪽이 더 좋았을 거예요."

"그렇지, 자넨 행복한 거야. 이거 잘 만들어서 가야 돼. 우리 학교 졸업하고 이곳에 신입으로 들어올 일도 없겠지만, 사람은 지속적으로 만들어 가야 돼. 승진시킬 사람들은 확실하게 챙겨야 하고."

그렇다. 조직사회에서는 학맥 구축이 여의치 않으면 새로운 인간관계를 통해서라도 라인을 구축해야 한다. 그 구축에 가장 필요한 것이 적절한 자리와 돈일 것이다. 지금 사람들이야 눈치가 빠르고 실리를 따져 움직이는 사람들이니까 어느 때고 배신하지 않고 자기편이 되어줄 확실한 사람을 잘 관리해야 한다. 없어져야 할 병폐 중에 가장 우선순위에 있다고들 하지만 정치, 경제, 사회 등 모든 분야에서 여전히 없어져야 할 그것이 힘인 것은 누구도 부인할 수가 없다.

"네, 상무님. 전략적인 사고로 잘 개척하겠습니다."

은하에 도착한 김호석 상무와 부태인 이사는 웨이터의 안내를 받아 김성조와 삼마 프로젝트 감리 내정자가 기다리는 방으로 안내되었다.

"김 상무, 이거 내가 좀 늦었네. 사무실에 일이 늦게 끝나는 바람에, 미안해."

와인이 몇 잔째 비워진 것 같이 빈 와인 병이 있고 너저분하게 접시의 안주가 흐트러진 것을 보면 김성조와 감리는 일찌감치 자리를 잡은 모양이다.

"늦기는 우리나라 교통 환경에는 이 정도야 기본 아닌가. 어서 오십시오. 부태인 부장님."

"아, 네. 상무님, 그동안 잘 계셨습니까?"

부태인 이사는 삼마 프로젝트 제안 준비를 하며 몇 번 봤고 김호석 상무의 친구이기 때문에 각별하게 예의를 지켜가며 지내왔지만 이렇게 자리를 같이하기는 처음이다. 인간관계를 떠나 삼마그룹 프로젝트의 경쟁상대라 생각했기에 특별히 말을 걸 이유가 없었던 것이다.

"네, 이렇게 밖에서 보는 것은 처음이지요. 삼마에서 피 터지게 경쟁하는 사이에 친하게 대화를 하는 것도 이상하고, 하하하."

"성조야, 이제 부장이 아니라 부태인 이사님이야. 오늘 날짜로 승진했어."

"아, 그래요? 축하합니다. 이거 경사가 겹치는군요. 후렉스코리아 이사는 대우 좋기로 유명하잖아."

세계 최고의 회사답게 후렉스코리아의 임원들은 대우가 좋기로 업계에서도 유명하다. 외국계 회사에다가 세계 최고 명성답게 최고의 대우를 해주는 회사다. 그래서 임원들은 실력만 있는 것이 아니라 회사에 대한 충성심이 남달라 모든 업무에 최선을 다한다. 자신이 열심히 하지 않으면 최고의 대우를 받을 수 없다는 인식을 확실하게 하고 있기 때문이다.

"그래서 부 이사가 오늘은 술을 살 것 같은데 모르겠네."

김호석 상무가 지나가는 농담으로 이야기하자 김성조 상무가 재미있게 받아 이야기한다.

"그러면 되나. 오늘은 우리가 축하주를 사고 다음에 날 잡아서 한턱내는 것이 순서지."

그들만의 대화를 진행했다는 생각에 김성조 상무가 옆에 있는 삼마 프로젝트 감리를 담당할 사람을 소개해준다.

"여기 PMC^{Project management Cooperaton: 프로젝트 관리전문회사}의 김병기 사장 그리고 여긴 후렉스코리아의 김호석 상무, 프로젝트 총괄 PM 부태인 부장, 아니 이사. 이거 한턱내기 전에 이사라는 호칭을 쓰면 안 되는데."

김성조 상무의 농담에 분위기는 한결 부드러워졌다.

"김호석입니다. 반갑습니다. 말씀은 많이 들었는데 오늘에야 뵙는군요."

김호석 상무는 명함을 주며 인사를 나누고 부태인 이사를 소개한다.

"여기 프로젝트 총괄 PM 부태인 이사입니다. 앞으로 김 사장님과 같이 일하게 될 사람입니다."

"부태인입니다. 잘 부탁드립니다."

"네, 김병기입니다. 제가 잘 부탁드려야지요."

첫 미팅에서부터 심각한 대화를 할 필요가 없고 어차피 감리비용을 후렉스코리아가 받은 프로젝트 비용에서 지급하니까 엄밀하게 말하면 협력업체에 불과하기 때문에 일부러 무시할 필요가 있다고 판단했다. 단지 김호석과 김성조의 계약에 의해 지위가 부여되어 인정을 받고 있다는 것 외에는 감히 같이 자리하지 못할 인력에 불과하고 솔직한 김호석과 부태인의 판단은 잘 부탁해야 할 필요성조차 느끼지 못하고 있는 것이다. 그러나 김성조의 입장과 프로젝트의 성공에 형식적인 과정이다 보니 할 수 없이 하는 것이고 이익이 걸려있는 관계 때문에 예의를 갖추고 자리를 만든 것이다.

성질대로면, 아니 정상적이면 김호석 상무에게 아쉬운 소리를 해야 하는 관계인 것이다.

"자, 이러지 말고 우리가 사전에 만난 것은 나와 김호석 상무의 관계로 이루어지는 것이고 김병기 사장이 이번 일을 후렉스코리아와 잘 협조해서 프로젝트가 성공으로 진행되어야 한다는 것이 결론적인 이야기입니다. 어려운 점이 발생하면 나와 김 상무가 같이 만나 풀면 되는 것이니까 오늘은 상견례라 생각하고 편안하게 한잔 합시다. 그렇지요, 김호석 상무님?"

성조는 자기 와이프 될 사람의 가게에 와서 그런지 한결 편안해진 상태로 이야기를 풀어간다.

"선배님, 그래도 제가 명색이 감리로 가는 것인데 갑의 입장에서 일하는 모습이 있어야 하지 않겠습니까? 또 저의 위치도 있고요."

김병기가 끼어들면서 하는 이야기에 이런 놈이 있나 하는 생각도 들었지만 지나가는 이야기라 생각하면서도 김호석 상무는 김병기 사장이 의외로 깐깐한 사람일 것이라 판단했다. 계약이 이루어진 상황을 설명해 주었을 텐데도 이런 엉뚱한 소리를 해대는 것을 보니 괜히 성조에게 추천을 의뢰한 것이 실수가 되는 것이 아닌가 하는 후회가 들려고 한다.

"자, 우리 김성조 상무님. 물론 후배 되시는 김병기 사장님이 형식적으로는 갑의 입장에서 삼마 프로젝트를 풀어가는 것은 맞는 이야기입니다만 이 프로젝트가 어떻게 만들어졌는가는 잘 아실 것이라 생각해요. 김 상무와 같이 의논하여 김 사장님을 프로젝트에 포함시키는 이유는 좀 협조적으로 그렇지만 엉터리 프로젝트를 수행하자는 것이 아니라 갑과 을 사이의 문제나 진행상 도와줘야겠다고 생각하는 부분에 협조를 받겠다고 시작한 것입니다. 그러니까 역할이 어떻게 되어야 할 것인지는 천천히 너무 부담 갖지 말고 생각해 보시고 오늘은 편안하게 한 잔 합시다."

김호석은 감리가 기를 펴기 위하여 자신의 위치를 찾으려고 하는 의도를 알아차리고 이 프로젝트의 의미가 김성조와 김호석 사이에만 오너십이 있다는 것을 확실하게 못을 박아버린다. 까불지 말고 프로젝트에 고분고분 잘 도와줘야 한다는 뜻을 전달하고자 하는 것이 김호석의 의도다.

"그래, 김호석 상무 이야기가 맞습니다. 김병기 사장도 잘 이해했을 거야. 자, 한잔합시다. 오늘은 상견례니까."

김성조가 인터폰으로 웨이터를 부르자 유영실 사장이 오늘은 한껏 정장으로 맵시를 내고 먼저 들어온다.

"안녕하세요. 어머, 호석 씨도 오셨네요. 여기 젊은 분은 누구세요?"

"아, 우리 회사 부태인 이사입니다. 제 대학 후배기도 합니다."

김호석은 국내 최고 대학인 한성대 출신 김병기 사장이 들으라고 일부러 큰 소리로 부태인 이사를 스탠퍼드 후배라고 소개한다.

"어머, 앞으로 우리 가게에 많은 도움을 주실 분일 수도 있겠네요. 저 유영실입니다. 잘 부탁드려요. 김 상무님도 저희 가게 단골이시니까 잘 오셨어요."

"유 사장, 우리 술 좀 줘야지. 이렇게 가만두지 말고."

"네, 준비하고 있어요. 성조 씨."

김호석 상무가 어느 정도 이야기는 해 주었지만, 눈으로 확인하니 보통 사이가 아닌 것은 맞는 것 같다. 8등신의 아가씨들이 들어와 앉는다. 텐프로답게 출중한 미모의 아가씨들이 들어왔고 예외 없이 유리가 김호석 상무의 곁으로 앉는다. 웨이터가 술과 안주를 가져와 세팅하자 아가씨들이 분주하게 움직이고 비로소 술자리가 시작된다. 술좌석이 무르익고 다들 거나해지자 마음이 풀어지고 프로젝트와 관련된 이야기를 정신없이 나눈다.

"부 이사님, 이번 프로젝트 성공에 자신 있으세요?"

밑도 끝도 없이 김병기 사장이 갑자기 프로젝트의 성공 여부를 묻는 말에 부 이사는 웃긴다는 듯이 대꾸한다.

"성공한다는 확신도 없이 프로젝트에 뛰어드는 사람도 있습니까? 하하하."

그러자 약간 기분이 상했는지 김병기 사장이 목소리를 조금 깔면서 이야기를 한다.

"전 프로젝트라는 것이 특히 삼마 프로젝트 같은 전사 프로젝트가 To-be 프로세스에 대한 정확한 도출이 안 되고 부실한 프로세스 설계 결과물을 가지고 있다면 이를 구현하는 과정이 백 퍼센트 실패할 것이라 생각하거든요. 고객의 입장에서는 정확한 설계인지,

또 설계된 대로 구현이 되었는지 아닌지 잘 모르는 게 사실이잖아요. 그래서 고객들은 프로젝트에 감리를 쓰기를 원하고 그 전문가가 자기들의 가렵고 부족한 부분들을 커버해주기를 기대하는 것이라 봅니다."

김병기의 업무 추진 스타일을 엿볼 수 있는 말인 것 같아 부태인 이사는 이참에 김병기의 역할에 제한을 두어야겠다는 생각을 하며 말한다.

"중요한 것은 삼마 프로젝트의 To-be 프로세스 재구축은 삼마 DS와 후렉스코리아가 같이 도출한다는 것이고 삼마DS에서 도출한 기존 프로세스에 새로운 개념의 정보기술을 적용하여 기존의 프로세스와 다른 좀 더 개선된 To-be 프로세스를 도출하는 것이죠. 물론 후렉스코리아의 비즈니스 컨설턴트들은 해당 분야의 전문가라고 해도 과언이 아닐 정도로 경험과 실력을 갖추고 있기도 합니다. 김 사장께서는 삼마와 같이 기존 도출된 프로세스를 확정하는 과정에 참여하여 그것을 승인하는 역할을 해주어야 합니다."

부 이사는 이번 프로젝트에서 김병기 사장이 일정 부분의 책임이 있으며 잘못될 경우 응분의 대가도 같이 나눠야 할 것임을 이야기한 것이다. 김호석은 부 이사의 말에 귀를 기울이고 있었다. 김병기 사장을 압박하기 위해 하는 말이라 생각하며 나름 많이 성장했다는 결론을 내고 흐뭇해한다.

"김 사장께서 우리 부 이사 많이 도와주세요. 그에 대한 보답을 우리도 잘할 테니까요."

유리가 오랜만에 온 김호석의 옆에 앉아 시중을 들고 있는데 저번 일로 기분이 많이 상해 있는 표정이다.

"유리야, 화났냐? 저번 일로, 하하하."

"아녜요, 상무님. 제가 화낼 자격이라도 있나요. 이렇게라도 찾아와 주시니 감사할 따름이죠."

튀어나오는 말에 화살이 장전되어 있는 느낌이다. 표현은 안 하고 있지만, 화가 잔뜩 난 상태임을 느낄 수 있었다.

"하하하, 만남은 인내도 필요한 거란다. 오늘은 한 잔 마시자."

"좋아요. 저 원래 술을 잘 안 마시는데 상무님 오시면 꼭 술 마시게 돼요. 열 받아서, 호호호."

부태인은 김 상무와 유리를 보면서 김 상무의 취향을 보면 아주 가까워지기는 틀린 상대라는 것을 알 수 있었다. 김병기 사장과 부 이사는 뭐가 논쟁거리가 되는지 때론 핏대를 세워가며 이야기하고 있다. 어차피 미래에 부딪혀서 조정할 거라면 지금이 적기일 수도 있다 생각하지만, 천천히 해도 충분히 조정할 수 있는 기회가 있을 것이라고 판단한 김호석 상무는 부태인 이사에게 술을 권한다.

"부 이사, 한잔해라. 축하주야."

술을 따라주며 대화에 끼어 들은 김호석 상무의 의도를 알아차린 부태인도 일상의 화제로 돌아온다.

"네, 상무님. 감사합니다."

"파트너 이름이 뭐냐? 예쁘게 생겼구나. 부 이사 오늘 잘 모셔라. 마나님도 오늘은 이해할 거야. 안 그런가?"

"전 초윤이에요. 하초윤. 잘 부탁드리겠습니다."

발랄하게 인사하는 모습이 상큼해 보이고 학교깨나 다닌 것 같은 느낌이다. 요즘 젊은이들이 돈을 벌기 쉬운 곳으로 몰려드는 것은 알고 있었지만, 이 정도로 심각한 줄은 모르고 있었다. 유리는 이미 확인되어 있지만 여기 3명의 아가씨들도 만만찮은 공부깨나 한 명문대학 출신들로 보일 정도로 매너나 언어의 선택이 고급스럽다.

"초윤아, 옆에 파트너 잘 모셔라. 꽁생원처럼 집과 회사만 왔다 갔다 하지 말고. 자네 고객들 모시고 이곳도 자주 이용하고 좋은 게 좋은 거 아니냐?"

유영실을 위하여 정치적인 말 한마디쯤 정도는 해주어야 저번의 공짜 접대 술값을 하는 거 아니겠는가 하는 생각이 들어서다.

"어머, 상무님. 이제 영업까지 해주시게요? 부 이사님, 잘 부탁드려요."

"하하, 시간 되면 오겠습니다. 꼭이란 약속은 드릴 수 없지만 말입니다."

그래도 이곳의 좌장이 김호석 상무인 것을 아는지라 유리도 어깨에 힘을 주고 있는 것 같이 보인다. 다들 술들이 거나하게 취한 것이 마이크를 잡고 흐느적거리는 모습에서 발견할 수가 있다.

"상무님, 우리 2차 가요. 아니, 그런 2차 말고 나가서 한 잔 더 하시자고요."

"하하, 가려면 부 이사하고 같이 가야지. 어디로 갈까?"

부 이사를 챙겨가야 온전하게 집으로 갈 것 같은 판단에 부 이사 핑계를 댄다.

"부 이사, 우리 여기 끝내고 한잔 더 하러 가자. 오늘 기분도 좋은데. 성조야, 너도 같이 나갈 테냐?"

"오늘 두 분이 기분이 좋은 날이신데 내가 끼면 되나요. 부 이사님 다시 한 번 더 축하드려요. 그리고 앞으로 잘 부탁드립니다."

같이 안 갈 것이라는 것을 알고 있었다는 듯이 두 번 다시 권하지는 않는다.

"유 사장님, 대리기사 하나 불러주세요."

유 사장은 인터폰을 쓰지 않고 자신이 직접 이야기를 하려는지 나간다.

"부 이사, 우리 어디로 가서 한잔 더 할까?"

"상무님, 그냥 집에 들어가도 괜찮은데요. 시간도 벌써 10시가 넘어가고 있고요."

가정적인 부태인 이사는 오늘 승진의 기쁨을 아내와 나누고 싶은 마음에 빨리 이 자리를 파하고 싶은 생각이 간절하다.

"그럼 어디 가서 간단하게 입가심이나 하고 들어가자. 유리야, 니들이 정해라."

"성조야, 우리 가야겠다. 오늘 잘 마셨다. 부 이사가 날 잡아서 연락 한 번 할 거야. 그때 다시 만나자고."

"호석아, 나 내일부터 2주간 내내 휴가야. 나도 오랜만에 좀 쉬어야지."

김성조는 자기의 부재를 호석에게 알리고 갔다 와서 만나자고 이야기한다.

"그러냐? 그럼 상세한 계약은 김병기 사장하고 하면 되겠네. 인수인계 잘하고. 어디로 가는데?"

김호석 상무는 김병기에게 교육을 잘 시키라는 뉘앙스로 김성조에게 이야기한다.

"응, 나 영실이하고 전국 일주나 하려고. 둘이 오래전에 약속한 것이거든."

"어이, 좋겠는데. 역시 여유가 있고 좋구나. 잘 갔다 오고. 오면 연락 주라."

카운터로 나오자 유영실이 다가와서 작은 목소리로 말을 한다.

"상무님, 언제 시간 내셔서 저녁이나 한번 하시죠. 부탁드릴 것도 있고 해서요."

"네, 좋죠. 영실 씨가 하자는데 제가 감히 거절이 가능한 이야기입니까? 하하하."

무엇 때문에 식사하자고 하는지 궁금해지지만, 성조가 알고 있는 약속인지 걱정스럽다. 호석의 성격이 여자 문제로 다른 사람들의 오해를 사는 것은 딱 질색하는 사람이기 때문이다.

"호호호, 호석 씨. 오늘 많이 취하셨네요. 기분이 좋으신가 봐요."

"기분 좋은 사람이야 영실 씨 아닙니까? 성조가 그러던데 허니문 떠난다고. 나는 가서 사무실이나 지키며 두 분 빨리 올라와 불러주길 기다리고 있겠습니다."

"호호호, 옆에 좋다는 사람은 뿌리치시며 웬 궁상을 떨고 계십니까?"

김 상무와 부 이사는 계단을 올라와 밖으로 나온다. 대리기사가 호석의 차에 시동을 켜놓고 기다리고 있다.

"사장님들, 어디로 모셔야 하나요?"

"아, 여기 숙녀분들에게 물어보세요."

이 시간에 어디를 가야 할 것인지 결정하기가 어려워 말을 꺼낸 유리에게 정하라고 한다.

"아저씨, 우리 해장국 먹으러 갈 거니까 여기에서 기다리시면 우리가 식사하고 전화 드릴게요. 그때 방배동 쪽으로 갈 거예요. 미안해요."

이들도 김 상무나 부 이사가 특별한 일이 없을 것 같은 느낌이 들자 그저 저녁 해장국이나 먹으려고 하는 것 같다.

"상무님, 우리 요기 앞에 가면 생태탕집 있는데 그곳으로 식사하러 가요. 대리 아저씨는 맞은편에 생태탕집 아시니까 전화 드리면 집 앞에 차 대시면 될 것 같아요."

"그래, 우리 밥이나 먹고 집에 가자. 내일 일도 많은데 그렇지, 부 이사?"

"네, 상무님 맞습니다. 내일 일이 무척 많습니다."

부 이사에게 오늘 진급한 것을 와이프하고 자축할 수 있게 시간을 주어야 할 것 같아 김호석 상무도 이 자리를 빨리 끝을 내고 싶어 하는 눈치가 역력하다.

"가자, 빨리 식사하고 숙녀분들 다시 돌아와야지. 그치, 유리야?"

유리, 초윤 데리고 다니기에는 너무 예쁜 숙녀들과 두 남자는 지하차도 건너편에 있는 생태탕집으로 간다. 너무 젊고 예쁘다는 것에 부담이 간다는 생각이 김호석, 부태인 두 사람에게 동시에 들었던 것이다.

"상무님, 부담 가시죠. 지금?"

"너도 알고 있었구나. 우리 빨리 먹고 가자."

마누라로 데리고 살 사람도 아닌 젊은 여자들은 손님이나 접대하면서 술집에서 보면 그만이라는 생각을 한다.

"그리고 비즈니스와 관련된 이야기는 은하에서 하면 안 된다. 유영실 사장이 보통이 아니고 거기엔 성조가 있어. 명심해라."

"상무님, 무슨 이야기를 비밀스럽게 하세요."

"재미없지? 업무 이야기만 해서 미안하다. 요즘 엄청 바쁘거든. 우리 부 이사 여기 가끔 오면 잘 챙겨줘라. 간혹 실수할 때라도 말이야. 초윤이라 했나? 우리 부 이사 잘 해줘. 술 너무 먹이지 말고."

"네, 상무님. 잘 알겠습니다."

식당에 들어가 생태탕을 시키면서 생태탕의 생명인 내장을 추가로 하여 주문한다. 김호석은 소금에 끓이는 지리탕만을 먹어왔기 때문에 이렇게 벌겋게 끓이는 생태탕은 처음 본다. 바닷가 옆이라 너무 싱싱하기 때문에 가능했을 것이다.

"술이 확 깨는데. 부 이사, 괜찮지? 대후렉스 임원들이 이거 하나

놓고 기분 좋아서 낄낄대며 먹고 있으니 재미있지?"

여자애들도 배가 고팠는지 무척 맛있게 먹는다.

"니들 옷에 안 묻게 먹어라. 끓는 물 튀면 안 빠진다."

"어머, 상무님. 그거 경험에서 나오는 말씀이죠. 호호호, 홀아비만 아는 건데."

식사를 끝내고 밖으로 나온 일행은 김 상무의 차가 기다리고 있는 것을 확인하고 근처에 지나는 택시를 잡아 부태인 이사를 먼저보낸다. 그리고 유리는 택시의 번호를 적어 김 상무의 호주머니에넣어둔다. 고객의 안전을 위해 최선을 다하는 모습은 보기가 좋다.

"니들은 걸어가도 되나. 내가 데려다주고 갈까?"

"아네요, 상무님. 걸어가는 게 훨씬 더 빨라요. 전화 주실 거죠?"

"그래, 다음 주는 식사 한 번 하자. 꼭."

"네, 좋아요. 꼭 연락해주세요. 아님 제가 전화할 거에요."

김호석 상무에게 확답을 받아내려고 애쓰는 유리의 행동이 안쓰럽게 보인다.

"그래, 유리야. 다음 주에 꼭 전화하마. 잘 들어가. 난 간다."

기사에게 방배동으로 갈 것을 이야기하고 뒷좌석에서 머리를 뒤로 기대어 편안한 자세를 잡는다. 이제 삼마 프로젝트에서 김 상무는 보조적인 후원자로서 역할을 할 것이라고 마음을 먹으면서앞으로 시간 운용에 여유가 좀 생길 것 같은 생각에 조금은 들뜨는 기분이다. 김 상무가 해야 할 많은 역할이 이제는 부태인 이사에게 넘어가게 되는 것이다.

집으로 올라가는 길목의 일출은 불이 꺼져 있고 주차장도 텅 비어 있다. 집으로 올라갔겠지 하는 생각으로 오늘은 어디로 갈까 하고 고민하다가 서 사장의 집으로 발길을 옮긴다. 지하주차장에 차를 주차시키자 대기시간이 길었다고 생각해 섭섭하지 않게 지갑에서 꺼내어 팁까지 챙겨준다.

오랜만에 초인종을 눌러본다. 혼자 살면서 매번 비밀번호를 눌러 집으로 들어가는 그런 일들을 자주 하고 싶지 않다는 무의식적 생각이 자리 잡고 있는 이유일 것이다.

"어머, 늦으셨네요. 술도 많이 드시고."

"응, 한잔했어. 집으로 가려다 거긴 아무도 없어서 김유신처럼 왔어."

"호호호, 말은 어디 있어요."

장사를 한 사람치곤 의외로 센스가 있고 순발력이 있다.

"하하, 지하 마구간에 넣어두었지. 욱해서 내가 부숴버리면 큰일이잖아. 하하하."

여기에 들어오면 편안함을 느끼는 김 상무는 그녀가 받아주는 따뜻한 목욕물에 몸을 맡기고 생각에 잠긴다.

"등이라도 밀어 드릴까요? 이것은 갈아입을 옷이에요."

"등은 무슨. 샤워만 하고 나갈게."

항상 깨끗하게 다려져 있는 속옷은 기분 좋게 만든다. 따뜻함이 배어있는 서 사장의 도움에 아내도 아닌 사람인데 나중에 어떻게 관계를 정리해야 하나 고민을 한다. 따뜻한 온기를 느끼며 단잠을 자고 난 김호석은 자신의 일을 서 사장이 해주니 시간이 한결 여유로워졌다. 아침을 챙기랴 전날 작업하던 흐트러진 자리의 서류 챙기랴 이것저것 분주하였는데 이런 수고를 서 사장이 해주고 있으니 여유로울 수밖에 더 있겠는가?

"거실에 신문 있어요. 씻으시고 보세요."

"알았어."

아침 밥상이 은근히 기다려진다. 자리 잡히면 깰 수 없고 없으면 불편해지는 습관이다. 분주하게 움직이던 서 사장이 식사하라고 부른다. 같이 식사를 하면서 요즘 가게에 들르는 단골손님들이 자기가 예뻐지고 웃음이 많아졌다고 이야기한다고 한다. 호석이 봐도 얼굴도 좋아지고 표정도 한결 밝아졌다.

"그래, 그건 사실이야. 환해졌어."

"호석 씨 만나고 나서부터니까 내가 감사해야지."

"하하하, 감사는 내가 해야지."

아침 식사를 마친 김호석은 커피까지 마시며 아파트 베란다를 통해서 밖을 내다보는 여유까지 부려본다. 출근을 위하여 주차장으로 내려가는 엘리베이터 안은 유치원과 학교에 가는 작은 꼬마들이 가득 차 있다. 머리가 다 컸다는 판단에 학비와 용돈을 주고 특별하게 간섭이나 연락을 하지 않고 있지만, 미국 최고라 하는 명문대에 들어가서 공부하는 애들이 불현듯 생각이 난다. 그놈들은 미국에서는 전화를 받는 사람도 돈을 받네 마네 어쩌고 하면서 은근히 용돈을 더 달라는 부담을 주니 맘대로 할 수도 없지만, 사실은 시차로 인하여 억지로 시간을 맞추지 못하면 연락조차 어려운 것이 현실이다. 오늘은 메일이라도 보내서 어떻게 살고 있나 확인 해야겠다고 생각하며 시끄럽게 재잘대는 애들의 얼굴을 미소 지으며 바라본다.

연희하고 내일 가는 캠핑 준비도 해야 한다. 매운탕거리하고 다른 반찬은 서 사장이 준비한다고 하니 별도로 준비해야 할 것은 없는데 SUV 한 대 렌트하는 것과 집에 처박혀있는 캠핑 장비를 챙기는 것이다. 준비품목을 머릿속에 준비하며 출근을 한다.

오늘은 회사에서 특별한 일정은 없지만, 일부 밀렸던 결재와 연구소장이 이끌 조사위원회 구성에 어떤 형식이라도 도움을 주어야 한다는 생각에 방법을 찾아야 하고 그간 바쁘다는 핑계로 정리하지 못한 사소한 일들을 정리해야겠다고 생각한다. 일주일 내내 약속이 많은 이유도 있었지만, 개인적으로 정리를 바로바로 하지 못한 것들이 많다.

사무실에 들어서자 강 비서는 요즘 김호석 상무의 옷차림이나 표정의 여유로움에 신변에 중대한 변화가 생기셨나 하는 눈길을 보내지만 워낙에 쾌활한 스타일인지라 그러려니 한다. 김호석의 요즘 신수는 훤하다 못해 날아갈 것처럼 날렵해 보이는 것은 사실이고 김호석 자신의 생각에도 여유가 많이 생겼다.

"상무님, 출근하셨어요? 좋아 보이세요. 어제 많이 드셨다 그러던데, 부 이사님이."

"하하, 내공이 쌓여서 취한 척한 거지. 아직 멀었어. 부 이사는."

그렇다. 어제는 요령껏 마셔서 그렇게 취하지는 않았다. 술집 아가씨들이 술을 버린다고 하지만 호석은 술집에서 술을 슬쩍슬쩍 버리는 스타일이다. 우롱차를 술잔에 따라주고 가능하면 술을 권하지 않는 아가씨는 팁을 별도로 더 챙겨주고 나올 정도다.

"역시, 부 이사님은 엄청 피곤해 보이던데."

부 이사는 마시기도 많이 마셨지만, 어제 집에 가서 자축하며 와이프에게 봉사깨나 했을 것이다. 승진에 기분이 둘 다 업 되었을 것이니까.

"이제 요령이 생기겠지. 당분간 강 비서가 잘 챙겨줘. 고생 많이 한 거 알잖아."

"상무님, 저도 좀 챙겨주세요. 저도 고생 많이 했어요."

뼈있는 한마디를 던지고 강 비서는 부 이사 자리 쪽으로 사라진다. 출근하며 생각해 두었던 업무를 처리하기 위하여 변함없이 자신의 시스템에 접근하니 밤사이에 들어온 메일과 온라인 결재 서류가 가득 눈에 들어온다. 다국적 기업이다 보니 한국근무시간에 온 메일, 해외근무시간에 들어온 메일들이 김호석이 빨리 열어봐 주기를 애원하고 있는 것 같아 하나하나 열어본다.

김 상무, 프로젝트 결정되었다고 전화도 안 하냐? 이제 끝이라고? ㅎㅎ 차나 한잔하자.

최대 고객인 신 부회장의 메일은 늘 한두 줄이고 어떤 때는 영어로 단어 하나 딸랑 적어 보낼 때도 있다. 조금 소홀했다는 생각이 들어 우선 답신을 한다.

네, 선배님 오전에 차 한 잔 주시면 들어가겠습니다. 연락 주십시오.

사람을 편하게 해줄 때는 한없이, 아니면 극한의 반대상황을 만드는데 천부적인 재능을 가지고 있는 신 부회장이 삼마그룹을 맡으면 많은 변화와 성장을 할 것이라고 김호석은 판단하고 있다. 한 가지 바뀌어야 한다면 기존의 인재를 구하는 방식을 벗어나 아낌없이 비용을 쓴다면 우수한 인재들이 몰리게 될 것이라는 것이다.

애들 엄마로부터 온 메일은 언제부터 일해야 하는가를 물어온다. 알아보고 메일 주겠다는 간단한 단문을 적다가 너무 성의가 없다는 생각에 고쳐 쓴다.

미국에 들어가서 당신을 만나고 싶어 하던데 내가 당신 전화번호 연희한테 알려줄게. 애들하고는 연락 좀 하나?

하여튼 둘 사이에는 무언가 차가운 냉기류대가 가로막혀 부자연스러운 것은 사실이다. 애들한테도 메일을 보내기 위해 워드를 연다. 가끔 메일이 깨져 못 받았다고 핑계를 대니까 김호석은 워드로 타이핑해서 이것을 PDF 파일로 변환한 다음 안전하게 첨부파일로 보낸다. 이것저것 근황과 생활은 괜찮은가 물어보고 뭐 필요한 거 없냐고. 전화 좀 하라고. 전화비는 별도로 지원해주겠노라고 보낸다. 보고 싶으니 할 수 없이 아쉬운 소리를 해야 한다. 씁쓸하기도 하고 기러기 아빠의 비애를 다시 한 번 실감한다.

"강 비서."

강 비서가 다른 곳에서 일하는지 응답이 없다. 부 이사가 이사를 하는 것 같아 나가보니 새로운 집무실은 공간은 넓지 않지만, 부장 자리와는 격이 틀려 보인다. 의자도 달라지고 구조는 밖을 내다볼 수도 있고 외부와 문으로 차단되어 있으니 업무를 보기에는 그만인 것 같다. 부 이사가 느끼기에도 조용하다는 것에 이전과 가장 큰 차이점을 느낄 것이다. 직원들과 같이 땀을 흘리면서 개인 장비와 책, 파일박스을 옮기고 있다.

"공간은 쓸 만한가?"

"네, 상무님. 아주 훌륭한데요. 하하하."

이번 프로젝트로 자기들이 모시던 부장이 이사로 승진했으니 연쇄적으로 인사가 있을 것이 예상되고 직장인들의 가장 큰 기쁨이 승진이기 때문에 거는 기대들이 많을 것이다. 그 자리에 누가 올라가나 아니면 다른 곳에서 오나 하고 다들 예상을 하며 말들이 많을 것이다. 담당 매니저인 부태인 이사의 의견이 가장 중요하겠지만 삼마 프로젝트에 대한 논공행상을 따지기 위해서는 내부 팀에서 승진이 당연하다는 생각을 하고 있다.

"부서를 나눌 건가? 아니면 전과 같이 부장들에게 업무 분담만

할 건가?"

삼마 프로젝트팀에는 임원이 없었다. 김호석 상무가 직접 컨트롤하고 있었던 것이 이유였지만 이제 부태인 이사가 최고 관리자로 왔으니 부 이사가 알아서 쪼개든 합치든 하게 될 것이다. 이것이 후렉스웨이라고 하는 조직 문화의 유연성이 위기 때도 강력한 대응력과 생존력을 보여주는 힘인 것이다. 더 이상 김호석 상무가 부태인 이사의 영역에 관여하는 것은 원칙에도 위배되는 큰 실수가 되는 것이다.

"네, 여기 정리되는 대로 준비한 자료를 가지고 안을 말씀드리겠습니다."

"그래, 오전에 신 부회장에게서 연락기다리고 있거든. 내가 삼마에 들어갔다 와야 하니까 들어와서 하자."

"네, 알겠습니다."

"부 이사도 들어가 봐야 하는데. PM이 후배라고 하면 바로 시간 잡으실 거야. 난 점심 먹고 들어올지도 모르니까 오후에는 시간 비워둬."

부태인 이사는 신 부회장하고 10년 정도 차이가 나기 때문에 개인적으로 만날 기회가 없었을 것이고 이야기는 들어서 알고 있었겠지만 쉽게 접근할 위치에 있던 사람도 아니었기 때문일 것이다.

"네, 차이가 많이 나시는 선배님이라 말씀으로만 들었습니다."

"그래, 내가 오늘 이야기할 거야. 같이 들어가면 좋은데 허락을 받고 하는 게 모양이 좋을 것 같아. 나 혼자 들어간다."

"네, 다녀오십시오."

때맞추어 신 부회장으로부터 전화가 왔다.

"김 상무, 빨리 들어와 봐. 점심도 비워 놓고."

"네, 선배님. 바로 들어가겠습니다."

자신의 사무실로 돌아온 김호석은 자리를 정리하고 자신의 일정표를 꼼꼼하게 챙겨 보며 특별한 스케줄이 없는지 확인한다.

강 비서에게 삼마에 들어간다고 이야기하고 차량을 부탁한다.

"네, 상무님. 다녀오세요. 관리실에 연락해 놓겠습니다."

차를 타고 삼마로 들어가는데 연희로부터 전화가 온다.

"연희야, 나다. 말해라."

"어디야, 오빠?"

"나 지금 삼마로 들어가는 중이야. 왜?"

급한 일은 아닌 것 같은 목소리고 어차피 내일 만나기 때문에 전화를 안 했더니 전화가 온 것이다.

"응, 나 호텔에서 일 보고 있는데 오후에 시간 있어요? 얻어 놓은 사무실에 가서 인테리어 업자 만나기로 했거든. 같이 갔으면 해서."

"그래, 약속이 있어도 깨야지. 하하. 몇 시에 올 거냐? 사무실로 올라와라."

그날 본 직원들이 생각나 사무실에 한 번 올라와서 인사를 시키는 것이 낫겠다는 생각이 번뜩 들었다.

"그럴까, 오빠? 뭐 맛있는 거 좀 주시나? 세 시쯤 들어갈 건데."

"시간은 괜찮아, 신 선배하고 점심 약속 있어서 가는 중. 내일 캠핑 가는 거 계획도 짜야지. 장도 같이 보고."

"그래, 오빠. 내가 우리 들어갈 건물 관리실에 4시에서 5시 사이에 들어간다고 해놓을게."

모두가 스케줄에 맞추어 움직이는 게 몸에 밴 사람들이라 허투루 허비하는 시간이 하나도 없는 것 같다. 노는 것 같아 보여도 그들의 만남에는 각각의 이익이 다 포함돼 있는 중요한 경제 활동 중 하나인 것이다.

"그래, 사무실에서 보자."

"네, 사무실에서 봐요."

가지치기의 시작

삼마 본사에 도착한 김호석 상무는 꼭대기 층의 신 부회장 집무실로 가기 위하여 엘리베이터를 탔다. 비서도 그렇고 부회장실 주변은 늘 적막감이 흐른다. 이 넓은 공간에 딸랑 5명이 근무하니 조용할 수밖에 없고 최고 경영자의 공간이니 당연하다는 생각도 들지만, 이러한 공간이면 후렉스코리아는 40명 정도가 근무하는데 인원에 비해 너무 넓다는 생각을 자주 하게 된다. 한국의 회사는 이런 비효율적 항목에 비용지출이 비정상적으로 많은 것이 사실이다.

"부회장님 계신가?"

"네, 상무님. 기다리고 계십니다."

호석을 알고 있는 여비서는 외부에서 온 손님이라는 부담도 느끼지 않는 것 같다.

"선배님, 오늘은 바쁘지 않으신 모양입니다. 이 후배도 챙겨주시고, 하하하."

"어서 와라. 내가 할 소리를 하는구나. 잘 알면서."

신 부회장은 한국에 들어온 지 얼마 안 되었기 때문에 아직은 국내 인맥이 호불호를 따질 정도로 구축되어 있지 않아 활발한 편은 아니고 만나는 사람들도 제한적이다. 물론 선후배와 친인척 간 인맥 또한 만만치 않지만, 업무와 관련되어 그룹 내 조직의 장악이 완벽하지가 않다는 것과 알게 모르게 동생들의 견제가 강하기 때문에 드러내놓고 인간관계를 구축하기는 한계가 있을 것이다.

"선배님이 저를 이곳으로 부르는 것은 다른 이유도 있으실 것 같은 느낌입니다."

"하하, 넌 역시 눈치가 빨라. 앉아라."

"선배님이 한국에서 안정이 빨리 되셔야지 저도 조금 안심이 될 것 같습니다."

신 부회장은 조급증 비슷한 완벽주의를 추구하기 때문에 일 처리에 불안해하는 증세가 곳곳에서 조금씩 노출된다. 심각하지는 않지만 일 처리에 있어서 늘 과도한 신경을 쓰는 것이 다른 사람을 불편하게 하기도 한다. 또한, 결혼 생활은 신 부회장 자신의 의사와 달리 아버지의 뜻에 의해 평범하게 이루어진 것인지라 형수에 대한 관심은 늘 뒷전이지만 자식에 대한 욕심은 과하다 할 정도로 심하다. 이렇게 어딘가 모르게 늘 불안한 생활을 하고 있는 것 같아 안쓰러운 생각이 드는 것이다.

"그렇게 되려면 김 상무가 많이 도와줘야지. 이참에 우리 그룹으로 들어오던가. 전권을 줄 테니까 젊은 인재들의 피로 꽉 채워봐.

요즘 내부 좀 살펴봤더니 동생들이 엉망으로 만들어 놨어. 급속한 성장이 애들의 콧대만 높여놓았어. 빈 허깨비들이 외부 환경에 의해 실적이 좋아지니까 자기들 능력으로 된 줄 안다니까."

그나마 신 부회장이 서서히 그룹의 현황을 잘 파악해 가고 있는 것 같아 다행이다 싶다. 기업이 잘 나갈 때 바로 미래를 설계해야지 넋 놓고 있다간 상자 속에 빠져 어찌할바를 모르다가 순식간에 무너지는 것이다. 삼마그룹의 기존 경영진들은 현실에 안주하려는 생각으로 혁신적 사고가 부족하다는 느낌을 많이 받았다. 가끔 들어와 이야기를 해보면 프로세스를 재구성하는 데 있어 매우 귀찮아하였고 새롭고 혁신적인 프로세스 구축에서는 업무만 늘어날 것이라는 고정 관념에 사로잡혀 움직이려고 하지 않는 것을 볼 수 있었다.

"선배님께서 정확하게 보고 계시는데 제가 도와드릴 일이 있겠습니까?"

"너 말투에는 알고 있었다는 듯이 이야기하는구나. 그러면서 조용히 있었냐?"

"그거야 선배님 오시기 전에는 누구에게 이야기할 기회가 있었나요? 그나마 선배님이 들어오셔서 저희 쪽으로 프로젝트가 결정되니까 여기에 들어오게 된 거고, 이렇게 선배님하고 공통의 관심사를 말할 수 있게 된 거죠."

후렉스코리아가 하지시스템과 프로젝트 수주 경쟁을 하면서 처음 제안할 때 프로젝트 수주 가능성을 낮게 보았고 그래서 삼마

DS에 넘겨준 대강의 개발전략은 기존 레거시 시스템^{Legacy System: 기}
^{존 사용하고 있는 메인프레임 시스템}을 단순하게 오픈시스템^{Unix System: 개방형 컴퓨}
^{팅 환경}으로 이전하여 사용하는 수준밖에 되지 않는 것이었다. 하지
시스템과 장기간에 거쳐 밀착된 삼마DS의 핵심라인은 그만큼 현
상유지 의지가 강해 보였던 것이다. 그래서 초기 예산이 과도하게
들어가는 프로세스 개선을 제안하는 것은 자살행위와 마찬가지라
판단하였고 성의 없이 체면치레의 제안을 한 것이었다. 그러다 신
부회장이 국내로 들어오게 되었고 혁신의 의지가 높았던 신 부회
장이 김호석 상무의 자문을 받게 되자 상황이 급변하게 된 것이었
다. 결국, 그때 제안된 프로젝트 예산을 무리하게 줄일 필요가 없
이 다시 제안한 것이 업무량이 확 늘어난 것에 비추어보면 전화위
복이 된 것이다.

"하긴 내가 처음 와서 신정보시스템이라고 제안된 것을 봤더니
하지시스템도 그렇지만 후렉스코리아는 성의가 하나도 없이 제출
했더군. 하지시스템도 그냥 돈을 거저먹겠다는 심보 외에는 특별
하게 보여주는 것이 없었어."

김호석 상무도 처음부터 수주 자체를 기대하지 않은 것도 있었
지만 하지시스템의 개발 계획을 입수하여 검토하고 수준을 대충
맞추어 낸 것은 사실이다. 신 부회장과의 친분을 생각하고 삼마의
미래를 생각해서라도 양심상 하지시스템과 똑같이 저질 프로젝트
를 수행할 수는 없다는 생각이 들었지만, 당시 분위기가 워낙 일방
적이었고 제안 요청도 들러리를 세웠다는 것에 불과했기 때문이

다. 다들 제안 자체를 내지 말자는 의견이 우세했고 정치적인 프로젝트라고 생각했지만, 김호석 상무와 신 부회장의 인연이 그나마 김호석 상무를 움직였고 그것이 여기까지 이어진 것이라 판단하는 것이 옳을 것이다. 혁신이라는 단어가 다시 발송된 제안요청서에 포함되었고 최종제안에 반영된 지금의 상황에서 보면 김성조 상무가 하지시스템 대표에게 정치적 결정이 아니더라도 하지시스템은 탈락했을 것이라 이야기한 것이 사실인 것은 하지시스템의 제안에 근본적인 문제와 취약점이 있었다는 것을 잘 알고 이야기한 것이었다.

"같은 업계에 있는 사람으로 죄송하게 생각합니다. 그래도 이번에 전화위복이 되었으니 다행이죠."

"그래, 그건 사실이야. 이제 인사 쇄신을 통해서 인적 청산을 시작하려고 해. 인원도 줄이고 젊은 피도 수혈하고. 그래서 하는 이야긴데 우리 선후배 중에 컨설팅 쪽 대표로 있는 분이 계신가?"

"대표는 없지만, 보통은 파트너 체제로 움직이는데 파트너로 있는 제 동기가 몇 명 있긴 있습니다만…."

신 부회장은 무엇인가 새롭게 시작할 때 나타나는 버릇처럼 조바심 나는 행동을 보이기 시작하고 있다.

"그럼 후렉스코리아에서 컨설팅폼 하나 잡아서 우리 회사 경영진단 좀 하면 어떠냐?"

김호석은 잠시 신 부회장이 이야기하는 경영진단 컨설팅 프로젝트를 이 시점에서 하는 것이 유리한지 아닌지를 빠르게 계산을 해본다. 성공하면 충신이고 실패하면 모든 책임을 후렉스코리아가 져야 한다는 부담이 있다.

"선배님, 후렉스코리아가 맡는 것은 문제가 없으나 내부에서 너무 몰아주는 것 아니냐는 여론도 일지 않겠습니까? 일종의 반발심리 같은 그런 것이지요."

"아니야, 내 생각에는 프로젝트를 후렉스코리아에 맡겨서 시스템 구축 효과에 대해서도 책임을 지게 하는 것이 명분이 있지. 그런 이유로 앞단도 후렉스코리아가 하는 것이 좋겠다는 게 내 생각이고 이유도 타당한 것이지."

신 부회장의 배려에 의해 프로젝트는 수주했지만 그렇다고 책임도 없이 거저 주는 프로젝트는 아닌 것이다. 어떤 형태로든 후렉스코리아의 허리를 짜서 쓴 돈 만큼의 효과를 보겠다는 의지와 책임을 씌우려는 의도인 것이다. 가장 상단의 경영 컨설팅을 전문 컨설팅폼에 주는 것이 아니라 후렉스코리아가 컨설팅폼을 안고 가라는 의미는 프로젝트의 모든 것에 책임을 지라는 의미가 큰 것이다.

"선배님, 그렇게 되면 프로젝트에서 하는 업무와 중복되는 부분도 있어 이중 비용이 들어갈 수도 있습니다. 선배님의 의도는 인사관리 시스템과 연관된 업무의 유기적 관계를 구축하여 프로세스를 혁신하시려는 것 같은데 컨설팅 결과를 나중에 개발되는 시스템에 접목되어야 하는 것 아닙니까? 그런 의도라면 비즈니스 컨설팅도 지금 시작해야 하고 컨설팅 산출물을 후렉스코리아 프로세스 개선안 도출팀에 넘겨주어야 하는데 그러면 일정 업무는 중복이 불가피하게 발생할 수도 있습니다."

"당연하게 어느 정도 필요할 거라는 생각은 하고 처음부터 먼저 컨설팅을 요구하지 않은 우리 쪽 실수를 인정하고 하려는 거야. 지금의 프로젝트가 프로세스 혁신이라는 거창한 타이틀은 있는데 실제로는 기존 프로세스 리모델링 수준에 불과해서 지금이라도 똑바로 개선하려고 하는 거야. 그쪽은 컨설팅폼을 운용한 경험도 많으니까 김 상무가 그림 좀 잘 그려봐라."

여비서가 들어와 식사는 어떻게 하실 거냐고 물어본다.

"김 상무, 어떻게 할까? 우리 회사 식당에서 먹어라. 식당에 연락해서 두 사람 준비해 놓으라고 해."

"네, 부회장님."

밖으로 나가기도 않고 시간을 아껴 쓰려는 신 부회장의 의지가 경영권 장악을 위한 정지작업을 시작했다는 강렬한 느낌이 들게 한다. 김호석 상무는 이 일을 부태인에게 또 맡기려고 하니 부담을 너무 지어주는 것 같기도 하고 인력 수급에 문제가 생기는 것이 아닌가 걱정이 된다. 그러나 후렉스코리아 입장에서는 재계 3위 그룹에 상단의 경영 컨설팅부터 시스템도입까지 전체를 구축해서 성공한 사이트로 만든다면 한국에서 시스템 개발의 역사를 다시 쓰는 것이고 김호석이나 부태인의 몸값을 극대화하는 더없는 기회가 될 것이라고 판단한다.

"일단 식사하면서 이야기하자. 김 상무도 한가한 사람이 아니니까. 내가 제안한 내용에서 빠져나갈 생각하지 마라."

프로젝트 제안을 거절도 할 수 있겠지만 절대 그러지는 않을 것이라는 것을 뻔히 아는 신 부회장은 자신이 제안한 프로젝트가 성공하면 좋지만 실패하면 김호석 상무를 삼마로 손쉽게 끌고 올 수 있으리라는 판단을 숨겨놓고 큰 그림에서 제안을 하는 것이었다. 신 부회장 입장에서 그룹의 조직 전체를 이끌어 가는 데 김호석 상무 같은 인재가 절실하게 필요한 것이었다.

"하하, 선배님은. 제가 미꾸라지입니까? 힘이 철철 남아도는 메깁니다, 메기. 하하하."

서로가 비유를 들어 농담처럼 이야기하지만 여러 가지 은유적 표현이 들어있다. 병법에서 성동격서 전략을 쓰듯이 함정을 파는 쪽과 실리를 챙기려는 양측의 밀고 당기는 교묘한 전략이 숨어있다.

"하여튼 삼마그룹 경영진단 컨설팅 프로젝트 제안서를 만들어주고 협의해서 바로 가자. 예산이 문제가 되겠지만, 최고의 인력으로 해주라. 돈 들어가는 것은 문제가 아닌데 거기에 상응하는 최고의 인력을 쓰는 조건이라면 감수할 수 있어. 하인즈 그룹도 후렉스 시스템을 쓰고 있고 우리 회사와 비슷한 업종이면서 사이즈만 틀리니까 그쪽에 컨설팅했던 경험 있는 애들이 있지 않겠냐."

세계 최대 식품기업인 하인즈에 대해서도 이미 조사한 것을 보면 그룹 상단의 경영진단 컨설팅에 대한 생각은 오래전부터 한듯하고 실제 하려는 의지도 강한 것 같다. 물론 프로젝트의 주요 성공요소 중 하나가 발주사 최고 경영자의 적극적 의지이기 때문에 이것은 중요한 의미가 있다.

"네, 내부에서 협의 좀 해보고 컨설팅 업체 하나 준비되면 말씀 드리겠습니다."

"2~3주 정도 주면 제안서 나오나? 충분할 것 같은데."

말 나오면 빨리 끝장을 보려는 신 부회장 특유의 버릇대로 서두른다.

"하하, 선배님. 1개월은 주십시오. 최소한입니다."

"그럴 줄 알았어. 한 달 딱 주지. 한 달이면 나올 줄 알았다. 하하하."

머리 좋은 김호석이 신 부회장에게 넘어간 것이다. 고전적인 것이지만 바쁘게 조이는 척하며 자기가 원하는 기간에 목적한 바를 얻어내는 방법에 많이 넘어간다.

"하하, 제가 선배님 전략에 말렸습니다. 좋습니다. 한 달 정도 잡겠습니다."

두 사람은 유쾌하게 웃으며 구내식당 안에 임원들이 외부 손님이 오면 접대하는 VIP식당으로 들어간다. 준비된 식단이 다양해 보인다.

"이게 다 뭡니까? 외부 식당보다 훨씬 좋은데요."

"너 위해서 특별하게 준비한 거야. 하하하."

부회장이 주문한 것이라 그런지 웬만한 고급 한정식집보다 식단이 화려하다.

"나도 네 덕분에 먹어 보는 거야. 손님 와야 먹을 수 있는 거니까. 하하하."

"제가 가끔 와야 된다는 말씀이세요?"

"연희는 요즘 뭐하냐? 난 완전히 왕따 당하는 것 같아."

왜 물어보지 않나 궁금해하고 있었다.

"요즘 사무실 얻어 인테리어 업자 정해놓고 작업하려고 하고 있어요. 가기 전에 어느 정도 보고 가려고 하나 봐요."

상세하게는 일러주지는 않았지만 지금 무엇을 하는 것 같다고는 알려주는 것이 좋을 것 같았다. 나중에 원망이나 불필요한 오해를 받지 않기 위해서는 거짓을 이야기할 수는 없다.

한편으로 김호석은 신 부회장의 마음을 이해할 것도 같았다. 강한 카리스마를 가진 것 같지만 여린 마음을 가지고 있는 신 부회장이 한때나마 도와주던 후배고 혼자에 자식까지 있으니 관심이 많이 가지는 것은 신 부회장의 성격상 어쩌면 당연한 것이라고 생각이 들었다.

"그래, 김 상무가 잘 좀 도와줘라. 너와는 각별한 사이니까! 그리고 컨설팅 시작하게 되면 한번쯤은 해외 사업장도 가야 하지 않나? 미리 한번 돌자. 김 상무는 와이프도 보고. 하긴 이제는 내 부하 직원 아니냐?"

사무실에 앉아 있는 것 같지만 신 부회장은 연희의 일정을 정확하게 읽고 있는 것이다. 겸사겸사 애착을 가지고 있던 미주 지사도 돌아보고 연희의 아들도 한번 볼 생각으로 계획을 세우고 있었던 것이다.

"그럼 저는 학교도 좀 들릴까요? 제가 일정을 잡을까요?"

"그래 네가 일정 잘 잡아봐라. 진작 이렇게 일정을 잡아야지. 하하하."

김호석이 적극적으로 부회장의 의견에 동의하자 기분이 좋아져 이것저것 반찬에 손을 대며 농담을 한다.

"너네 애들은 학교 열심히 다니지? 내가 장학 사업도 좀 하려고 해. 이익금 세금으로 날리는 것보다 그런 것으로 지출해서 좋은 소리나 듣는 것이 괜찮을 것 같아서. 이번 컨설팅에 이것도 잘 감안해 봐, 알았지?"

장학금 지급에 김호석 상무는 귀가 번쩍 뜨인다. 애들에게 주면 미국에 정착하기도 유리하고 이력서에 유리하게 작용을 할 수도 있을 거란 생각을 한다. 외부 장학금을 받으며 공부한다면 애들 생활은 좀 여유로워질 것이고 경력에도 좋을 것이다. 어차피 대학원은 직장을 잡으면 회사에서 지원을 받든가 아니면 자신들이 벌어서 대학원을 가면 더 이상 문제는 없을 것이다.

"네, 선배님 잘 알겠습니다."

"김 상무는 자기 자식 케어해주는 것에 얼굴 색깔 바뀌는 것 봐라. 속보인다, 속보여."

한때 김호석 상무의 애들 학비를 전액 사비로 지원해 준다는 제안에 부담을 느껴서 거절했지만 이런 공식적인 틀 안에서 주는 것이라면 거절할 이유가 없다. 비록 쪼들리고 살지는 않지만, 장학금을 받고 안 받고는 자신의 명예와 관련된 일이기 때문에 가능하면 많은 곳에서 다양하게 받는 것이 좋을 것이다.

식사를 마친 두 사람은 여비서가 식당으로 가져다준 커피를 마시며 컨설팅 프로젝트를 신속하게 진행하는 것에 구두 합의를 하고 일어선다.

"선배님, 저는 여기서 바로 사무실로 들어가겠습니다."

"먹을 거 다 먹고 받을 거 다 받았다, 이거지?"

"하하하, 뭐 또 주실 게 있으십니까? 들어가겠습니다."

"너 하기 나름이지. 그래, 자주 좀 들어와라. 미국 출장 계획 잘 세우고."

김호석 상무는 여의도 사무실로 돌아오는 길에 컨설팅을 어느 업체하고 같이해야 후렉스코리아 입맛에 맞는 보고서를 낼 수 있을 것인가 고민한다. KPMG, PWC, B&K 등 전문기업이 있지만, 후렉스코리아에서 컨트롤이 용이한 업체를 잡아야 한다. 지금 삼마 프로젝트가 진행 중이기 때문에 기존 도출한 프로세스와 비즈니스컨설팅 결과물, 인력과 협조가 유기적으로 이루어져야 한다. 그렇지 않으면 책임과 혼란 속에서 발주 업체의 힘에 끌려다녀야 되고 이것은 프로젝트 진행에 큰 장애가 될 수도 있기 때문이다. 아무튼, 김호석 상무는 한 달이라는 기간이 있으니까 심각하게 고민을 해보아야겠다고 생각한다. 비즈니스 컨설팅을 한다는 것은 구축까지도 책임을 져야 하는 여러모로 골치 아픈 일이다.

사무실에 도착한 김호석 상무는 사내 프로세스 컨설팅팀 이사와 부태인 이사를 집무실로 불러 미팅을 한다.

"나 신 부회장 만나고 오는 길인데 우리보고 상단의 경영 컨설팅을 진행해 달라고 하더라고."

"지금 프로젝트가 일부 진행 중인데도 그렇습니까?"

부태인 이사가 의아하다는 듯이 물어본다.

"그래, 중복도 어느 정도 감수하겠다고 말씀하시니까. 특히 인사 관련 쪽을 집중해서 할 모양이야. 그중에 조직진단을 상세하게 필요로 하는 것 같아."

프로세스 컨설팅팀 이사가 왜 이리 순서도 없이 진행하는지 의아하다는 듯이 의견을 이야기한다.

"기존의 삼마DS에서 도출한 프로세스에 많은 변화가 있을 수 있는데요."

"그래, 내가 그 우려도 이야기했는데 감수하며 하겠다고 하는데 할 말이 없었어."

"상무님, 지금 삼마 프로젝트 예산 내에서 진행하자는 이야기는 아니죠?"

부태인 이사가 지금의 프로젝트에 포함되어 진행하자는 것으로 이해하고 우려를 하는 모양이다.

"아니야. 이 프로젝트는 별도의 경영 진단 프로젝트야. 포함시켜 하라고 하면 내가 거절을 했지. 지금도 풍족하지 않은 예산인데 말이나 되냐?"

별도의 프로젝트로 진행될 거라는 이야기에 안심은 하지만 전후가 바뀌고 구현 관련한 업무가 시작되었다는 점에서 문제가 발생할 수 있다는 의견을 내놓는다.

"자, 우리가 중복을 최소화하고 혼란을 막을 방안을 한번 만들어 보는데 전문 컨설팅 업체를 선정해서 하는 것으로 합시다. 부이사, 어디 추천할 만한 곳이 있는가? 우리 쪽에서 컨트롤이 자유로워야 하고 유기적으로 협조가 가능해야 한다는 것이 전제조건이야. 그리고 이미 도출된 프로세스와 중복, 혼란을 최소화하는 방안을 제시할 수 있는 업체로 말이야."

솔직히 말하자면 경영진단 컨설팅이니까 이미 도출된 현업 업무 프로세스에는 그다지 영향이 없을 것이다. 하려는 경영진단은 구조 조정의 개념으로 접근하는 것이고, 기존의 업무도입 시스템 개발은 진행 중인 현업 업무이기 때문이다. 편법으로 도출된 프로세스가 아니고 그나마 삼마DS 쪽에서 돌아가고 있던 프로세스를 개선하며 도출한 것이니까 경영 컨설팅에서 도출되는 상단의 프로세스를 매끄럽게 조직 구성과 연계해서 연결하면 되는 것이다. 그런데 중요한 것은 이것을 무리 없이 신 부회장의 의도를 융합하여 매끄럽고 설득력 있게 연결하는 최종 보고서를 만들어 내야 하는 묘수가 필요할 뿐이다.

"B&K 컨설팅은 어떻습니까? 식료품 회사에 컨설팅 경험이 많고 미국 하인즈도 B&K가 했고 우리 시스템을 쓰고 있는 사이트입니다."

김호석이 원하는 정답을 정확하게 제시할 정도로 부태인 이사는 확실히 광범위한 정보를 가지고 움직이고 있다.

"그래, 부 이사가 B&K를 접촉해 주시고 한번 만나자고 하세요."

"네, 상무님. 알겠습니다."

"삼마그룹 신 부회장이 요구하는 것이 하인즈 사례이거든. 부 이사가 정확하게 짚었어."

김호석 상무의 이야기로 다시 한 번 부 이사의 능력이 드러났다. 김호석 상무는 부 이사를 한껏 치켜세워준다.

"네, 알겠습니다. 한번 만나 하인즈 시스템 도입 사례를 레퍼런스로 컨설팅할 수 있겠냐고 확인하겠습니다. 예산 규모는 어느 정도로 예상하시는지요?"

총괄 PM답게 비용부문을 먼저 챙기는 부 이사는 이 프로젝트도 자신이 관리해야 할 것이라고 판단을 한 모양이다.

"예산은 우리가 요구하는 것을 보고 타당성이 있으면 인정하겠다고 하니까 다음 주 초반에 B&K를 만나자고. 한 달 정도 시간밖에 없으니까 빨리 결정해서 제안 작업을 해야 할 것 같아."

"그럼 컨설팅은 영업이 필요 없는 경우가 되네요."

"모르지. 컨설팅 후에 하드웨어 수요가 늘어날 수 있으니까 부 이사가 영업 쪽하고 접촉해 봐. 제안 작업에 쓸 비용코드 있나 확인하고."

하드웨어가 없는 순수한 비즈니스 컨설팅이라 영업 쪽의 지원을 받기가 쉽지는 않지만 그 대신 컨설팅 부서로 넘어오는 몫이 크다는 장점이 있다. 그러나 제안 작업도 프로젝트와 똑같이 비용이 드는 것이고 비용을 줘야 하는 내부 인력을 효과적으로 활용하려면 비용을 어디선가 끌어와야 하기 때문에 그간 쓰지 않고 남은 프로젝트의 비용코드를 확인하고자 하는 것이다.

"네, 상무님. 한번 찾아보겠습니다."

"부 이사, 찾아보면 예산이 남아있는 코드가 있을 거야. 제안 작업에 한 사람이 6개월 정도의 시간이 들어갈 것 같으니까 6명 정도 인력으로 하면 한 달이면 되겠지. 옛날 영업에서 받아서 쓰고 남은 거 이 기회에 다 써버리지. 두면 뭐하나 그거 써서 진행하자고."

영업은 컨설팅 사업부에 일을 의뢰하려면 예산을 넘겨주어야 하는데 후렉스에서는 이것을 다 코드화하여 쓰게끔 되어 있다. 그래서 항상 그 코드에는 쓰고 남은 예산들이 얼마씩은 남아 있기 때문에 컨설팅 쪽의 독립적 제안에 이용하여 소진하기도 한다. 때론 그것을 아는 노련한 컨설턴트들은 가공의 프로젝트로 자신이 관리하는 협력업체에게 돈을 지급하는 계약을 한 다음 다른 용도로 쓰기도 한다.

"네, 알겠습니다. 한 50%만 쓰는 것으로 시간 계획을 하겠습니다."

50%라는 것은 하루 8시간을 일했으면 비용이 들어가는 시간은 4시간 정도로 기록하고 나머지 시간은 교육이나 자기 계발로 입력하는 것인데 그 정도면 개인의 평가에도 거의 문제가 없기 때문에 예산이 모자라면 흔히 쓰는 방법이다.

"그래, 나중에 평가 때 고려해주면 되겠지. 그럼 되었고, 이제 내부 인력을 어떻게 구성할 거야. 이 프로젝트는 부장급 1명에 최고 스펙의 선임급 컨설턴트로 넣고 비용도 충분하게 올리도록 해. 비용은 양해가 된 부분이고 풀타임 지원이야."

"네, 알겠습니다. 그럼 지금의 삼마 프로젝트와 별개로 움직입니까?"

부 이사는 자신이 관리하고 운용해야 하는 팀이란 걸 알면서도 확인을 하는 것이다.

"부 이사 밑에 별도 조직으로 넣고 관리 하도록 해. 그러나 관리 코드는 별도로 등록해서 내부적으로는 다른 프로젝트로 진행하는 것으로."

이제 무엇을 해야 하는지 방향은 잡혔고 컨설팅 업체도 정해졌으니 정확한 예산을 어떻게 설득력 있게 산정해야 할지를 고민해야 한다.

"B&K 쪽 만날 때 하인즈 프로젝트 예산 관련해서도 문의해보고, 고객은 밝히지 말고."

회의 중에 손님 오셨다고 강 비서가 명함을 가져다준다. 김연희 지사장이라는 글자가 선명한 명함이다.

"10분 정도만 기다리시라 해줘. 다 끝나가니까."

"아, 그리고 B&K 쪽 본사 인력 써도 좋다고 해. 특히 하인즈에 컨설팅한 사람이면 더 좋고."

"네, 알겠습니다. B&K가 좋아하겠는데요. 국내 진출이 늦어 이렇다 할 실적이 없었거든요."

세계 5대 컨설팅 회사에 들어가지만 많은 컨설팅 전문가들이 이곳저곳에서 컨설팅 업에 종사하다가 마지막에 들리는 곳이 B&K

컨설팅이다. 지명도에 있어서 조금은 떨어지지만, 인력만큼은 쟁쟁한 사람들이 포진해 있는 컨설팅폼으로 유명하다.

"그러면 어떠냐. 지금은 고객이 원하는 스펙을 가지고 있으니까 다른 곳보다 가치가 큰 거야. 눈치는 채겠지만 그래도 그냥 제조회사라 해."

"네, 잘 알겠습니다."

"가능하면 화요일 오후에 다시 미팅 일정 잡으면 돼. 난 수요일, 목요일 약속이 있어. 가능하면 화요일로 결정했으면 좋겠는데."

"그렇게 하겠습니다. 월요일 계약서에 도장 찍자고 해서 관리팀하고 같이 들어가 찍고 오려고 합니다. 특별하게 행사는 없고 조그만 플래카드 만들어 사진만 한 장 남기려고 합니다."

"그래, 그거 좋지. 홍보팀에도 넘겨주고, 그럼 끝내지."

연희가 와있어 회의를 서둘러 끝내고 밖으로 나간다. 집무실 쪽으로 오자 테이블에 강 비서와 같이 차를 마시고 있는 연희를 발견하고 반갑게 인사를 한다.

"늦어서 미안합니다. 김연희 사장님, 하하하."

"상무님 무척 바쁘시네요. 손님을 혼자 남겨두시고. 여기 강 비서님이 접대를 안 했으면 그냥 돌아가려고 했어요. 호호호."

강 비서가 혹시나 엉뚱한 이야기나 한 것 아닌가 싶어 강 비서 쪽을 한번 돌아다본다.

"상무님 흉 안 봤어요. 좋은 얘기만 했어요. 그렇지요, 사장님?"

"그럼요. 그런데 사무실이 엄청 좁네요, 답답해요."

당연하게 골드만삭스 같은 개인 매출이 큰 금융회사와는 비교가 안 되는 것이다. 후렉스는 효율을 많이 따지는 회사이기도 하지만 프로젝트가 있는 컨설턴트 모두가 고객사에 나가 있으니 넓은 공간은 의미가 없다.

"그럼 한 층을 다 쓰는 줄 알았냐? 나가지, 숨 막히실 텐데. 하하하."

"강 비서, 나 좀 먼저 나갈게. 사무실 정리 좀 해줘."

"네, 상무님. 들어가세요. 지사장님도요."

"강 비서님, 우리 또 만나요. 사무실도 가까운 곳에 있으니까."

그들은 어느새 오랫동안 만나왔던 사이처럼 가까워진 것 같이 친근하게 말을 한다. 참 알다가도 모를 일이 여자들 사이의 관계인 것 같다. 아무런 관계가 아니라는 듯이 김 상무는 일부러 사무실을 한 바퀴 돌며 직원들에게 연희의 존재를 보여준다.

"부 이사, 당신 선배야. 인사해. 여긴 골드만삭스 코리아 김연희 지사장. 여기는 김 지사장, 후배 부태인 이사고 삼마 프로젝트 PM이기도 하지."

"이야기 많이 들었어요. 반가워요. 학교 다닐 때 몇 번 본 거는 같은데 오래되어서 기억이 가물가물하네요."

"네, 선배님. 반갑습니다. 영광입니다."

"호호, 삼마 프로젝트로 고생이 많으시겠어요. 여기도 깐깐한 선배. 삼마에서도 깐깐한 선배. 이거면 고생이 확 보장된 거 아닌가요?"

신 부회장을 비난이라도 하듯이 김연희는 부태인 이사에게 뼈있는 한마디를 던진다.

"상무님이 많이 도와주시니까 원만하게 진행될 것으로 생각합니다."

"언제 식사 한 번 해요. 선후배들이 모여서 밥은 상무님이 사시고, 호호호."

사십이 넘어간 완숙함과 자신감에 후배 앞이라고 의젓하게 농담도 한다.

"네, 선배님. 불러만 주시면 언제든지 나가겠습니다."

"연희야, 나가지. 약속 잡혀 있는 것 아니냐?"

"그래요, 김 선배. 나가요."

직원들이 쳐다보고 있다는 것을 느꼈는지 김호석 상무의 입장을 배려한 호칭을 쓴다. 미모도 미모고 골드만삭스 코리아 지사장이 한국인 여자라는 것이 신기했는지 직원들이 다들 쳐다본다. 게다가 김호석 상무의 대학 후배가 아닌가. 일부러 사무실을 한 바퀴 돌아 임원용 엘리베이터로 간다.

"다들 열심히들 일하나 봐. 열기가 느껴져요."

"그럼 용장 밑에 약졸 없고, 뭐 그런 말 모르냐? 하하."

임원용 엘리베이터를 타고 내려온 두 사람은 일홍증권 빌딩으로 걸어간다. 보라는 듯이 오늘도 어김없이 팔짱을 낀다.

"오빠, 우리가 미국에 있을 때처럼 살고 있어야 하는데 눈치를 보며 팔짱이나 껴야 하니 가슴이 아프고 오빠에게 화가 나."

이런 불평이 나오면 김호석 상무는 할 말이 없다. 신 부회장에게 떠넘기듯이 버리고 도망갔다는 비난에도 할 말이 없다. 연희는 그것이 지금 와서 자꾸 생각이 나는 모양이다. 자신의 삶에 불행을 가져오는 데 주연이 신 부회장이고 김 상무가 조연인 것이라고 생각하는 것이다. 연희는 김 상무에 대해서 이제는 용서되었다고 해도 가끔 울컥 치밀어 오르는 무언가가 있는 것을 느낄 수 있었다.

김성조가 운전하고 있는 유영실의 차는 독일산 SUV 차종답게 소음도 경쾌하고 힘도 좋다. 서해안 고속도로를 타고 내려가면서 두 사람은 오랜만에 느끼는 해방감을 만끽하며 속도를 높여 운전하고 있다. 일본에 있을 때는 가끔 두 사람은 열차 여행을 즐겼다. 물론 유영실이 시간이 없어 항상 불편했지만, 불같이 뜨거운 사이였으니 가능했던 것이다.

"성조 씨, 밖에 나오니까 너무 좋다. 오랜만이지? 매일 일에 둘러싸여서 살았잖아."

"이렇게 여유를 가지고 살아야 하는데 말이야. 먹고사는 것과 사회적 출세가 무엇인지."

김성조는 감리로 들어간 후배 김병기 사장과 늦게까지 술을 마셨는데 후배라고 하지만 어렵게 성장해서 그런지 모난 구석이 많이 보인다. 그래도 호석과 약속한 프로젝트고 챙기는 것이 있는 만큼 도와주어야 한다는 책임과 의무감이 있다. 김병기 사장을 설득해서 우호적으로 감리업무를 진행하기로 약속했고 김병기의 회사에 많은 지원도 약속했다. 작은 프로젝트 하나 하다가 호석과의 우정이 금 간다면 말이 안 되는 소리이기 때문이다. 그것 때문에 오전에 출발하기로 한 것이 오후 늦게야 출발하게 된 것이다.

"오늘은 해미로 빠져나가 안면도에 있는 롯데 리조트에서 자고 가자. 지금 가면 낙조가 죽여주거든."

"어머, 좋아요. 안면도 낙조 유명하잖아요. 분위기 죽이겠는데?"

직업의 특성상 언어 구사가 조금 거칠다는 것 외에는 성조에게 헌신적이고 착한 사람이다.

"저녁은 무엇으로 먹을까? 회에다가 매운탕 어때? 오늘은 그냥 술은 빼고 가자고."

"그래요, 밖에 나와서까지 술은 그렇지."

두 사람의 차는 해미IC로 빠져나가 안면도로 가는 국도를 따라 달려가고 있다. 리조트에 도착한 두 사람은 여장을 풀고 주문한 와인을 들이키며 베란다에서 내려다보이는 안면도 앞바다의 아름다운 낙조를 즐기고 있다.

일흥증권 관리사무실 인력들의 일하는 스타일은 사무실이 잘 정리된 것으로 봐서는 그런대로 깔끔한 편이었고, 인테리어 업자는 여러 가지 재료의 샘플을 가지고 온 모양인지 잔뜩 짐을 챙겨왔다. 자리에 앉자 여직원이 커피를 가져다주는 등 저번과는 사뭇 달라진 대접이다. 그래서 한국이 완장문화라고 하고 어떤 외국인은 들개와도 같다고도 하지 않았던가?

"지사장님, 여기 인테리어 업자입니다. 저희와 거래하는 업체고 깔끔하게 일을 잘하는 업체라 소개해 드립니다."

관리실의 책임자는 자기들이 도움을 주고 있다는 것을 내세우며 이 업체로 선정할 것을 은근히 압박하고 있다.

"그래요, 제가 드린 설계도와 시방서는 보셨지요? 그렇게 하시는데 무리가 있거나 특별하게 문제가 될지 검토는 하셨지요?"

"네, 다른 것은 괜찮은데 바닥의 방염 카펫은 한국에 수입이 안 되어 있는 것이고 그보다 더 고급스럽고 방염 능력이 뛰어난 대체 신제품이 있습니다. 가격은 저희들이 맞추겠습니다."

수입이 안 되는 자재들이 많이 있을 것으로 생각했는데 의외로 다 구할 수 있는 모양이다.

"그게 이것이에요? 미국에 있는 내 사무실 카펫보다 훨씬 고급스럽군요. 좋아요, 그리고 보안시스템은 어떻게 하죠. 그것도 여기서 하나요?"

금융회사고 외국계 회사라 보안시스템에 특별히 신경 쓰는 것이 당연한 것이다. 보통 미국에서는 최고의 보안등급을 적용하여 건물과 업무 시스템을 구축한다.

"네, 그것은 저희 관리실에서 별도 업체에 연락해서 구축하겠습니다. 빌딩 내 보안시스템이 있습니다만 보통은 입주회사에 맞게 다시 하거든요."

관리실 책임자가 나서서 지원하겠다고 한다.

"그럼 나와 있는 대로 최고 등급의 보안시스템을 적용해 주시고 특히 창문 같은 곳에서도 보안시스템이 잘 적용되도록 확인해주세요. 보안 설비에 관한 것도 제가 보내드린 시방서에 상세하게 기술

되어 있어요."

"견적서는 지사장님 메일로 보내드렸는데 보셨습니까? 보안시설과 관련해서는 것은 업체에게 직접 보내라고 조치하겠습니다."

"네, 봤어요. 다 좋고요. 네고는 안 하겠지만 안 하는 대신 설계도와 시방서에 나와 있는 대로 체크할 거고 페널티 조항을 보면 아시겠지만 엄격하게 적용할 겁니다. 제가 계약서도 보내드렸는데요?"

연희는 오기 전 견적서를 받고 살펴보니 예상했던 가격보다 30% 이상 낮은 가격이어서 시방서대로만 한다면 전혀 문제 될 것이 없겠다 싶어 가격은 문제로 삼지 않기로 한 것이다.

"그리고 작업이 두 달 정도 걸린다고 했으니 바로 들어가시고 여기 옆에 계신 분이 저의 대리인으로 공사를 확인하실 거예요. 그러니까 무슨 문제 있으면 연락 주세요. 이분한테 오빠 명함 한 장 드리세요."

얼떨결에 명함을 한 장 건네는 호석은 연희의 일 처리를 대견스럽게 바라보다가 당한 기분이 들어 너털웃음을 웃어버린다.

"하하, 이곳으로 전화 주세요. 가끔 와서 볼 테니까요."

"조명도 시방서에 나온 규정대로 제대로 설치해주세요. 체크리스트가 별도로 있으니까 그것에 체크가 안 되면 전체를 다 뜯어낼 수도 있고 그러면 서로 손해가 막심한 거니까 처음부터 신경 써서 해주세요. 그 대신 현금으로 결제해드릴 거고 계약금으로 60%를 드릴게요. 계약 내용에는 별문제 없죠? 출력해 오셨죠?"

미국에서 사무실과 관련한 표준으로 쓰는 계약서라 별 이견이 있을 수 없을 것이다. 계약 내용에 이견이 있으면 연희도 고칠 수가 없기 때문에 일을 줄 수도 할 수도 없기 때문이다. 또 연희도 이 계약대로 도장을 찍어야 나중에 본사에서도 문제가 없을 것임을 잘 알고 있기 때문이다.

"네, 출력해 왔습니다. 저희 것은 도장을 찍었습니다."

도장에 찍힌 계약서를 내민다. PDF 파일로 보내서 수정 자체가 불가능하니까 도장이 찍혔다는 것은 연희가 보낸 계약 내용에 인정한다는 뜻일 것이다.

"저는 사인을 할 거예요. 저흰 도장이 없어요. 아직도 도장을 쓰나, 한국은?"

도장이 훨씬 위변조 가능성이 큰데도 고집스럽게도 쓰고 있다고 생각했다. 미국에서는 자기가 한 것인지 아닌지 정확하게 알 수 있게 관리팀에 자신들의 사인을 사전에 등록해놓고 그것을 사용한다. 연희가 보여준 계약서를 펼치고 스마트폰 카메라로 하단의 점들을 찍자 스마트폰에 작성자에 대한 기록이 나오고 연희의 사진도 보인다. 연희가 작성한 문서인지 또 위조된 것은 아닌지를 식별하는 첨단 진위판단 기술인 것이다. 그제야 팬을 꺼내 계약서에 사인한다. 계약서에 사인했으니 계약금이 입금되면 바로 공사는 시작될 것이다. 김 상무의 예상에는 이 사람들은 분명히 시간을 앞당겨서 완공할 것이다. 인테리어 공사라는 것이 인건비가 차지하는 부분이 많으니 밤샘 작업이라도 해서 할 것이 자명한 것이다.

"오늘, 아니 내일 오전에 계약금 넣어드릴 거니까 통장 사본 주시겠어요?"

통장 사본을 건네받고 잘 부탁한다는 인사를 하고 두 사람은 밖으로 나온다. 아직 해가 지지 않고 걸려있다.

"우리 이제 장 보러 가야지. 아침 일찍 출발할 거니까."

김호석은 연희와 내일 갈 캠핑을 준비하려고 한다.

"어디로 갈 건데, 오빠?"

"강원도 쪽에 있는 오토캠핑장으로 가려고. 청태산 자연 휴양림이라고 숲이 깊고 조용하고 좋아. 늑대하고 가기는 좀 위험한 곳이지만."

"호호호, 깊으면 깊을수록 좋지. 늑대구이나 해먹게."

중년의 나이가 되니 농담도 잘 받아넘기는 여유가 있고 많이 유들유들해졌다.

"일단 매운탕거리와 반찬은 준비되었고 네가 좋아하는 걸로 몇 가지 더 사면 될 것 같아. 와인도 몇 병 사 가야 하나?"

서 사장이 해준다고는 차마 이야기 못 하고 둘은 무엇을 사러 갈까 고민하면서 후렉스코리아로 가기 위해 엘리베이터를 기다리고 있다. 회사 근처에 다가가자 퇴근 시간이라 직원들이 두 사람이 팔짱을 끼고 있는 모습을 호기심에 쳐다보며 인사를 하고 지나간다.

"이거 김호석이 새장가 갔다고 나리들 나겠구먼. 나 좋아하는 애들 자살하는 것 아닌지 모르겠다."

호석의 농담에 김연희가 생각났다는 듯이 말한다.

"강 비서의 말투에 오빠에 대한 사랑과 관심이 그득하던데."

"하하, 그래. 비서가 그 정도는 되어야지. 그래서 비서 아니냐?"

정색하고 반응해서 부인하는 것은 의혹만 키울 수 있기 때문에 능청스럽게 넘어간다.

"하긴 요즘 젊은 애들은 감을 못 잡겠어. 이것저것 안 가리는 것 같아서, 호호호."

강 비서에 대한 의혹을 끊어버리는 연희의 농담에 김호석은 같이 따라 웃는다. 두 사람은 차를 가지고 '코스트코'로 가기로 하고 지하주차장을 빠져나온다. 미국에 사는 연희는 '코스트코'에 익숙해져 있을 거라고 생각하며 운전 중 전화를 한다.

"최 부장, 나야. 후렉스코리아 김호석이야."

"네, 상무님. 어인 일이 십니까. 오랜만이군요."

김 상무는 Hertz의 방배동 지점장인 최창락 부장에게 전화하여 차를 한 대 렌트하려고 부탁한다.

"내일 강원도로 가니까 매번 쓰던 SUV면 될 것 같고 오늘 밤에 집 주차장에 갖다 놓고 키는 관리실에 맡겨 주면 비용은 집에 도착해서 바로 넣어줄게."

어디 놀러 가거나 등산 갈 때 가끔 렌트한 이력이 있어 요즘은 전화로도 렌트가 가능하다.

"보험도 자차까지 다 들어주게. 내일하고 모레 저녁까지 쓰니까 48시간 정도로 하면 되겠어. 부탁하네."

"네, 상무님. 그렇게 하겠습니다."

"고마워, 부탁하네."

이제 장을 보고 짐을 챙기면 될 것 같다. '코스트코' 지하주차장에 차를 주차하고 지하 1층의 식료품 매장으로 들어가 카트에 필요한 것들을 챙겨 넣는다.

"너무 많이 사지 마라. 먹을 사람도 없잖아. 와인 몇 병 사지. 어떤 와인이 좋아? 드라이한 걸로 할까, 아니면 스위티한 거? 아님 중간 꺼? 중간 것으로 하자. 스테이크도 구울까?"

와인을 가져가니 간단하게라도 스테이크는 구워야 할 것 같다는 생각이 들어 연희에게 동의를 구한다.

"그래요, 오빠. 조금만 가져가지 뭐. 화이트 와인도 한 병 가지고 가자. 생선 있다면서."

생각하니 서 사장이 생선구이도 챙기겠다고 했으니 이왕이면 화이트 와인이 있으면 괜찮겠다 싶은 생각이 든다.

"그래, 그것도 좋겠다."

이들은 쇼핑을 마치고 이곳에서 간단하게 저녁을 때우기로 하고 '코스트코' 안에 있는 식당 앞에 줄을 서서 치즈피자와 조개 수프를 받아 자리에 앉는다.

"이거 오랜만에 먹어 보는 것 같은데. 미국에서는 싸고 양이 많아 자주 먹으러 다녔는데."

미국에 있을 때는 뭔가 푸짐하게 먹고 싶을 때는 이곳에 와서 쇼핑도 하고 식당에서 배를 채우곤 했었다.

"호호, 그런 적이 있었지요. 그때 생각나서 나는 이곳에서 밥 안 먹어요. 안 좋은 기억 때문에. 알아요?"

앞으로 오랫동안 시달려야 할 심각한 사건이었던 것은 사실이다.

"이젠 버려라. 좋은 기억만 가지고 있어야지, 하하."

"하는 것 보고 빨리 지워질 수도 있지요. 그럴 가능성은 별로 없을 것 같지만."

김호석은 무엇을 잘해야 하는지 잘 모르겠지만, 최선을 다하리라는 다짐은 늘 하고 있다. 사랑했던 여인이었고 지금도 그 감정은 조금도 사라지지 않았고 연희도 그럴 것이라 생각한다. 서로가 첫사랑으로 외국에서 고생하며 애틋하게 사랑하던 사이가 아니었던가.

"내가 잘할게. 뭐든지 이야기만 해, 하하하."

둘이 주문한 음식은 배불리 먹고도 치즈피자는 반이나 넘게 남았다. 조개 수프는 미국에서는 조금 느끼했었는데 이곳은 한국인의 입맛에 맞추어진 것이다.

"먹을 만하네. 옛날에 먹던 것보다 훨씬 좋은데. 자주 와야겠다. 그치?"

호석의 짓궂은 농담에 연희는 잊을 수가 없는 유학 시절의 추억이 가슴에 받쳐 가슴이 찡하다. 연희의 마음은 이런데 김호석은 아직도 부회장의 눈치만 보고 있는 것이 연희를 신덕훈으로부터 더욱 멀어지게 하고 있고 같이 참석했던 광란의 파티를 잊을 수가 없는 것이다.

"일부러 나를 놀리려고 하지 말아요. 여자 맘도 모르는 주제에,

참내."

연희의 톡 쏘는 말에 호석은 찔끔한다.

"야야, 내일 캠핑 가서 맛있는 거 만들어 줄게. 화 풀어."

"하여튼 내일 하는 거 한번 보겠어요. 어떻게 하나."

하는 모습은 다정하고 평범해 보이는 중년 부부의 모습이다.

"나가자, 나 집에 가서 짐 챙겨야 해. 내일 11시에 호텔로 갈게."

"그래요. 나도 오늘 인테리어 공사 계약금 보내 주고 가야 할 것 같아요. 내일 컴퓨터나 이런 거 가져가기 없기야."

"그래도 핸드폰은 가져가야지. 산속에 곰이라도 나타나면 나는 도망갈 튼튼한 다리가 있지만 넌 119에라도 전화해야지, 하하하."

변함없는 호석의 썰렁한 농담에 웃음이 나온다. 차를 몰고 호텔로 돌아가는 길은 금요일 저녁이라 그런지 정체가 평일보다 조금 심하게 느껴진다.

"저녁이 좀 부실하지 않냐? 그냥 피자로 때워서."

"아냐, 많이 먹었는데 뭘. 오빠가 부실하지 매일 거하게 드셨을 텐데."

호텔에 도착하자 연희는 차에서 내리지 않고 무언가 할 말이 있는 사람처럼 주저하고 있다.

"내려, 다 왔어. 내일 11시까지 올게."

"오빠, 고마워요. 내가 한국에 올 생각을 한 것은 순전히 오빠 때문에 결정한 거야. 그거 알아주셨으면 좋겠다. 아까 내가 한 말들도 다 내 진심이야, 오빠."

심각하게 이야기하는 연희가 과거와는 많이 바뀌었다는 생각을 한다. 과거의 연희는 호석에게 이렇게 당당하게 이야기를 한 적이 없었으니 그만큼 성장했다는 이야기도 될 수 있지만, 각오하고 들어 왔다는 이야기도 될 수가 있다.

"그래, 알았어. 내가 다 마음속에 담아두고 있어. 미안해서 너에게 말을 못할 뿐이야. 우리 캠핑 가서 충분히 이야기하자."

호석의 감정은 변함이 없지만, 또 다른 상처를 주기 싫어 인내하고 또 인내한다. 어느 남자가 이런 사랑스러운 여자에게, 또 혼자 살고 있는 첫사랑에게 냉정할 수 있겠는가? 그러나 호석도 연희도 과거의 오해와 아픔으로 생긴 상처를 아직도 완전하게 치료받지 못하고 있다.

"알았어요, 우리 시간을 충분하게 가지고서 이야기해요. 오빠, 조심히 가시고 내일 봐요. 저 갈게요."

"그래, 푹 자고 내일 도착해서 전화할게."

차를 돌려 집으로 향하고 호석은 마음이 무겁다. 빈민같이 살았던 유학생활에서 한 번도 풍족한 식사 한번 사주지 못하고 그저 마음만이 앞섰던 호석이었다. 부부와 같은 생활을 하기도 했고, 신덕훈과 파티에 참여하기 전까지는 한국 유학생 커플로서, 재원으로써 주목받던 이들이었다. 가난이 무엇이고 배우는 것이 무엇인지 그것을 위해서 연희를 신 선배의 파티에 딸려 보내고 뒤로 물러나 있었고 또 스스로 오해 속에서 살아왔다. 돈에 눈이 어두워 사랑하는 여인을 보호하지 못하고 외면한 놈이라고 욕을 먹어도 할 말이 없다. 교묘하게 일들이 겹치면서 오해를 불러일으켰고 남자의 알량한 자존심이 사건을 키운 것이다.

집으로 돌아와서 서 사장 집으로 갈까 하다 먼저 경비실에 들러 자동차 키 맡긴 거 있나 물어보니 아직 없다고 한다. 지하에 차를 대고 호석은 아파트로 올라가 불을 켜고 캠핑 장비를 챙긴다. 체크리스트를 만들어 놓은 것이 있어 하나하나 체크하며 거실에 늘어놓는다. 텐트부터 야전침대, 화로, 취사도구, 숯, 요리용 도구 등 수십 가지를 챙기는데 사전에 체크리스트가 없으면 빼먹고 가든가 올 때 잃어 버리든가 하는 경우가 많이 발생한다.

오늘 쇼핑한 물건들도 일단 냉장고에 넣어두고 아이스박스의 냉동액이 들어있는 액체주머니들을 냉동실에 넣어둔다. 스테이크 소스로 만들어둔 샤슈르 소스도 조그만 병에 넣어두고 꺼낸 장비들은 용도 별로 묶어둔다. 짐을 다 챙기니 9시가 넘어버렸다. 조금 있으면 서 사장이 퇴근한다는 생각에 김호석은 먼저 서 사장 집에 들어가 조금 놀래켜주려고 마음먹는다. 렌터카 최 부장에게서 전화가 온다.

"최 부장, 차 가져다 놨나?"

"네, 상무님. 차 가져다 놨고 벤츠입니다."

"그래, 수고했어. 내가 잘 쓰고 반납할게. 고마워."

짐을 가지고 내려가 지하주차장에 가져다 놓고 경비실로 자동차 키를 가지러 가는 중에 경비실에 다 와서 서 사장이 올라오는 것을 발견하고 반갑게 말을 건다.

"오늘은 일찍 퇴근하네."

서 사장이 아이스박스가 무거운지 팔에 잔뜩 힘을 주고 걸어오는 것을 보고 호석이 넘겨받아 땅에 놓고 경비실에 자동차 키를 찾는다.

"이거 너무 많이 챙긴 거 아냐? 왜 이렇게 무거워?"

"아네요. 냉동액을 같이 넣어서 그래요. 뭐 별거 안 챙겼어요."

호석이 보기에도 많은 것을 담은 것 같았다. 아이스박스는 호석이 가지고 다니는 것과 비교해 보아도 꽤 무거웠기 때문이다.

"지하로 가지. 지하에 차가 있어 짐도 내려다 났거든."

호석은 서 사장이 가져온 아이스박스를 들고 지하주차장으로 내려간다.

"무슨 짐이 이렇게 많아요. 엄청나네. 피난 가는 사람처럼."

"똑같아 하루든 이틀이든 인원에 상관없이 기본적으로 가져가야 할 장비들이 있으니까 똑같은 거야."

호석이 원래 캠핑 장비에 대한 욕심이 많아 없어도 되는 장비를 충동구매로 구입한 것도 많은 것이다.

"무슨 이삿짐 옮기는 것 같아요."

뒤 트렁크를 열고 좌석은 눕혀서 공간을 확보하고 차곡차곡 사용 순서에 따라 역순으로 짐을 챙겨 넣는다. 한두 번 한 것이 아니라 손놀림이 능숙하다.

"어머, 전문 이삿짐센터 해도 되겠어요. 깔끔하게 정리가 되네요. 나중에 우리도 한 번 가요. 재미있을 것 같아요."

"그래, 우리 둘이 한번 갑시다. 지금이 아주 좋아. 춥지도 않고 덥지도 않고 가게 문 닫고 가야 하는데 가능하겠어?"

쉬는 날이 거의 없이 일하는 가게니까 놀러나 갈 수 있을까 하는 생각에 이야기한다.

"제가 없어도 문제없어요. 애들도 믿을만하고요. 그러니 날 잡아요. 가기 싫어 그러는 건 아니지요?"

서 사장은 호석의 마음을 읽은 것처럼 빼도 박도 못하게 능숙하게 사람을 잡는데 일가견이 있는 것 같다.

"아니야, 날 잡을게. 날씨 좋은 날 잡아서 가자고요. 아가씨."

"좋아요. 날만 잡아 주세요. 기다릴 거예요."

어린아이처럼 좋아하는 서 사장을 보면서 살면서 이러한 즐거움은 한 번도 느껴보지 못한 사람인 것을 대번에 알 수 있었다. 측은하고 불쌍하게 생각되어 잘해주어야겠다는 생각을 하게 한다. 그녀의 허리를 감싸 안으며 말한다.

"그렇게 좋냐? 가자, 우리. 내가 재미있게 해줄게."

"좋지요. 이런 행복이 나에게도 있다 생각하니 눈물 나오려고 해요."

서 사장의 눈을 보면 진심으로 하는 이야기임을 대번에 알 수 있는 선해 보이는 눈이다.

"그래, 다 준비되었으니까 올라가자. 우리 집에 가서 입고 갈 옷 좀 챙겨서 가야지."

"그래요, 거기 정리도 좀 하고 가야지. 두 집 살림이 만만하지 않아요. 한곳으로 모아 정리할 수도 없고."

요즘 와서 농담도 곧잘 하는 것을 보면 무척 여유가 넘쳐흐르는 것을 알 수 있다. 호석의 집으로 올라가서 짐을 챙기느라 엉망이 된 거실을 서 사장이 정리하고 호석은 내일 입고갈 옷을 챙긴다.

"홀아비가 산다는 티가 팍팍 나는 거 알아요?"

거실을 치우면서 서 사장이 이야기한다. 혼자 산 지 벌써 2년이나 되었는데 당연한 것 아닌가.

"아니, 그렇게 티 안 내고 사는데 당신도 몰랐잖아. 혼자 사는지. 우리 부태인이 이야기해서 알아놓고선."

남들에게 혼자 산다고 하면 괜히 불쌍히 여기는 것 같아 싫기도 하고 무슨 문제가 있어 혼자 사는 것인가 오해할 것도 같아 자격지심에 혼자 산다는 이야기를 하지 않는다.

"조금 눈치는 챘지요. 어딘가 모르게 처진 모습을. 그런 거지요."

"하하, 원래 옷에서 많이 나잖아. 다림질 안 한 옷, 더러운 구두, 똑같은 옷 그런 거 깨끗하게 다닌다고 나름 노력하는데."

방을 치우면서 더운지 서 사장은 위에 입었던 재킷을 벗고 방을 정리하고 있다.

"집에 와보면 정확하게 보여요. 먼지가 가득하고 잠자는 곳만 먼지가 없어요. 그래서 퀴퀴한 냄새가 나요. 청소를 안 해서. 여기 처음 왔던 날 꽤 오래되었다는 생각을 했어요."

"다 그런 거지. 내가 매일 청소를 할 수 있는 것도 아니고."

호석은 서 사장의 뒤를 쫓아다니면서 쿡쿡 찌르며 장난을 치자

서 사장도 싫지 않은 듯 웃음과 교태를 섞어가며 장난에 맞장구를
친다.

"나 샤워 좀 하고 나올게."

"우리 집에 가서 해요. 빨래 여기 둘 수 없잖아요. 옷만 챙기세
요."

"그럴까? 내가 뭘 도와줄까?"

땀을 흘리는 서 사장을 보면서 온종일 가게에서 일한 피곤이 남
아 있을 텐데 그놈의 사랑이 무엇인지 즐거운 표정으로 열심히 정
리하는 모습이 사랑스럽다.

"대충하고 가자. 나중에 일하는 사람 한번 불러서 정리하지, 뭐."

"그 사람들은 꼭 옆에서 지켜봐야지 열심히 하는 척해요. 차라
리 내가 하는 게 낫지 답답해요."

세상일이 자기 일이 아니면 어딘가 모르게 소홀히 하는 것이 다
똑같다.

"그래, 내가 집에 있을 때 한번 부를게. 그럼 되지?"

빨리 씻고 싶은 마음에 서 사장을 재촉한다.

"안 돼, 내가 있으면 되지요. 혼자 있을 때 무슨 일이라도 발생하
면 안 되니까. 호호호."

호석의 거절하지 못하는 착한 마음을 잘 아는 서 사장은 은근히
경계하는 말을 넌지시 던진다.

"허, 나를 무슨 바람둥이로 취급하네. 섭섭하게."

"농담이에요. 진짜 앞으로 절대 안 할게요. 호호호."

"이번만 용서해 주겠어. 뽀뽀 한 번 해 봐. 사죄의 뜻으로다."

거절을 잘 못 하는 호석의 성격상 주변에 늘 엉뚱한 기대감을 가지고 달려드는 여자들이 많다. 여자도 그렇지만 비즈니스에 도움을 기대하는 사람들도 호석의 성격을 모른다면 오랫동안 기다려야 할 것이다. 때론 많은 오해를 사기도 하고 있지만 기대하는 사람들이 스스로 가지고 있는 생각이지 호석은 기대감을 심어주는 성격은 아니다.

"뽀뽀 가지고 되겠어요? 내가 오늘 마사지해드릴게요. 시원하게."

"힘든데 무슨 마사지야, 그냥 자자."

그러면서도 서 사장의 서비스를 싫지 않은 표정으로 기대한다. 가끔 피곤하면 마사지를 받으러 가서 3~4시간 푹 쉬다가 올 정도로 김호석은 마사지를 좋아한다.

"이제 가요. 옷 다 챙겼어요?"

"응, 이 신발만 들고 가. 옷은 내가 들고 갈게."

옆 동으로 이동하는 사이에 서 사장은 안면이 있는 몇 사람을 만났고 인사도 나눈다. 괜히 쑥스러워지는 호석은 얼굴을 땅으로 깔고 앞서서 걸어간다.

"창피해요?"

"아니, 나는 모르는 사람들이지만 당신은 혼자 사는 줄 알 거 아니야. 당신이 난처해질까 봐."

호석이야 아침에 나가 저녁 늦게 들어오는 사람이니 아파트에 아는 사람이 거의 없어 전혀 상관은 없지만 서 사장은 근처 사람을 대상으로 식당을 하니 관계가 있지 않을까 걱정이 된다.

"아녜요. 오히려 혼자 사는 여자가 아니라고 무시하지 못하니까 좋지요. 풍채 좋고 잘생긴 사람하고 같이 있으니까."

남자인 호석도 그렇게 판단되는 게 싫어서 얼굴 가리고 살았는데 서 사장도 오랫동안 혼자 살면서 설움을 많이 당했을 것이라는 생각이 든다. 과부 사정 홀아비가 알아준다는 속담처럼 가슴이 찡해진다.

"이제 나도 남자가 생겼다고 크게 광고하나 할까?"

"그거 좋은 생각인데요. 플래카드로 만들어서 아파트에 내걸어야겠다."

"하하하, 맘대로 하세요."

집으로 들어온 두 사람은 마치 자기 집에 들어온 부부처럼 자연스럽게 행동한다. 호석은 샤워하러 들어가고 서 사장은 호석에게 안마를 해주려고 요가 매트를 깔고 그 위에 큰 타월을 깔아 논다. 샤워를 마친 호석이 나오자 요가 매트 위에 누워서 쉬고 있으라 하고 자신도 샤워를 하려고 욕실로 들어간다. 밖으로 나오자 호석은 요가 매트 위에서 이미 코를 골며 자고 있고 호석의 옆에서 서 사장은 가운을 벗고 허브오일을 이리저리 발라가며 가볍고 부드럽게 마사지를 해준다.

호석의 은밀한 부위를 바라보면서 묘한 흥분을 느끼기도 했지만 서 사장은 정성껏 근육의 피로를 풀어 주고 있다. 잠이 깬 호석은 일부러 눈을 뜨지 않고 서 사장에게 몸을 온전히 내어 맡긴다. 한 시간을 넘게 마사지를 마친 서 사장은 자신도 호석의 옆에 옷을 벗고 눕는다. 허브오일이 진하게 배어있는 호석의 몸에 자신의 몸을 맞대고 따뜻한 온기를 주기도 받기도 한다. 내일의 일정을 생각해서 호석은 서 사장을 안고 싶었지만, 가슴 속의 욕망을 억누르고 있다.

"피곤하지 않아?"

호석이 눈을 뜨고 말을 걸자 부끄러운 듯이 옆에 있던 타월을 펴서 덮는 서 사장에게 사랑스러운 감정으로 묻는다.

"피곤하긴요. 당신이 더 힘들지요. 이제 씻으세요. 마사지는 끝났어요. 와인 한 잔 드릴까요?"

"응, 나오면 한 잔 줘. 저번에 마시던 것으로."

샤워를 위해 욕실로 들어간 호석은 연일 계속되는 격무에 쌓였던 피곤함이 확 풀어지는 것을 느낄 수 있었다. 욕실에서 나오자 서 사장은 와인이 아니라 사기그릇에 웬 한약을 건네 주며 마시기를 기다린다.

"이것부터 드세요. 살찌지 않게 달인 보약이에요."

역시 보약이라 구수한 냄새가 나는 것 같다. 서 사장이 얼마나 좋은 것을 다려 왔을까 생각하며 벌컥벌컥 소리 내어 마신다.

"이거 먹고 매일 힘쓰라는 건 아니겠지?"

쑥스러운 김호석은 너털웃음을 웃으며 넘어간다.

"어머, 엄청 부담 가나 봐요. 내가 엄청 밝히는 사람처럼 그러시네."

"하하, 농담이야. 이리 줘봐. 빨리 먹고 효과 있나 보게."

태어나서 처음 먹어 보는 보약을 한 방울도 버리지 않겠다는 듯이 그릇을 다시 들고 얼굴을 덮는 행동을 한다. 원래 약 먹기 싫어하는 성격이기도 하지만 타고난 건강체질인지라 보약이라는 것을 먹어야 한다는 필요성을 느끼지 못했지만, 보약이라는 것이 누군가가 챙겨줘야지 먹는 것이지 스스로 먹기는 어려운 법이다.

"어, 이거 갑자기 힘이 솟구치는데. 이거 봐, 하하하."

확 달려들어 서 사장을 안아 버린다.

"어머, 오일 묻어요. 저 씻어야 해요."

호석은 고마운 마음에 엉뚱하게 장난을 치며 서 사장에게 애정을 표시하지만, 그것까지 알기는 쉽지 않을 것이다. 피곤함에 지친 호석은 서 사장이 씻고 나오자 침대에 누워 코를 골며 깊은 잠에 빠져 있었다. 서 사장은 잠자는 호석을 물끄러미 바라보며 착한 호석의 심성에 감사하고 오랜만에 행복함을 느낀다. 많은 유혹이 아직도 주변에 많이 있지만 그래도 크게 빗나가지 않고 꿋꿋하게 중심을 지켜온 서 사장은 불안한 마음이 한구석에 있지만 늦게나마 이런 행복감에 빠져버릴 수 있는 대상이 있다는 것에 진심으로 감사하고 있다. 아주 오랫동안 유지되었으면 하는 기대를 해보며 가만히 호석의 가슴에 얼굴을 묻고 잠을 이룬다.

몇 번 뒤척이다 시계를 보니 7시가 되었고 상쾌한 피로가 온몸을 감쌌지만 이내 기분이 최고의 상태가 된다. 아침 준비를 하면서 몇 시까지 나가야 하는지를 본다. 서 사장은 식사준비를 하고 있는지 고소한 냄새가 코를 자극하며 호석을 침대에서 일으켜 세우고 있다. 잠옷을 챙겨입고 슬리퍼를 신고 걸어 나오자 인기척을 느꼈는지 서 사장이 환한 웃는 얼굴로 호석을 반긴다.

"깼어요? 8시 반이에요. 몇 시까지 가야 하세요?"

"응, 나 11시까지 가면 되는데 시간은 충분해."

서 사장의 허리를 감싸 안으며 애정을 표시하고 욕실로 들어가 샤워를 한다. 맛있게 차려준 식사를 느긋하게 즐긴 호석은 서 사장의 과 함께 지하주차장으로 내려간다.

"우리도 이런 차 한 대 사야 할까 봐. 매번 렌트하기 불편하잖아요."

"이거 비싼 차야."

서 사장은 그동안 자동차의 필요성이 크지 않아 주로 가게에서 쓰는 봉고차를 이용해왔다. 그런데 호석이 렌트한 차량을 보더니 한 대 정도는 필요한 생각이 드는 모양이다.

"키 놔두고 가니까 필요하면 내 차 써요. 차가 크니까 주차할 때 조심하고."

"걱정하지 말고 잘 다녀와요. 난 애 데리러 학교에 가봐야 하는데 그때 좀 쓸게요. 아들이 이상하게 생각할 것 같아 걱정도 되지만."

"그냥 손님이 차를 빌려줘서 가져왔다고 하든가 남자친구 차라고 사실대로 이야기하든가. 하하하."

서 사장 입장에서는 예민한 나이의 아들을 설득하는 것이 난처하고 풀기 어려운 문제일 것이라 생각하지만, 한번은 넘어가야 할 문제인 것도 사실이다.

"나에게는 어려운 숙제인데 너무 가볍게 생각하시는 것 아녜요?"

"당신을 많이 도와주는 사람 차라고 해도 되고. 어떻게 해도 상관없으니까 편한대로 해. 난 괜찮으니까. 요즘 애들이 의외로 쿨하니까 다 이해할 거야. 엄마가 친구 하나 없이 독수공방하고 사는 거는 더더욱 바라지 않을걸."

"알았어요, 잘 다녀오세요."

인사를 하면서 서 사장은 언제부턴가 아들이 남자친구도 한번 사귀어보라고 종용하던 것을 기억하고 창피하지 않게 해야 한다는 맘은 먹고 있었다. 재혼을 할 수 없는 말못할 난감한 상황이 있지만 가능하다고 해도 하고 싶은 생각은 전혀 없고 그렇다고 아무 남자나 만나고 싶지는 않았다. 김호석을 만나면서 언제 기회를 잡아 아들에게 이야기해줄까 계속 고민하고 있었다.

어릴 때부터 아들에게는 아버지가 돌아가셨다고 이야기했지만 일 년에 한두 번 가게에 와서 행패를 부리는 남편 아닌 남편의 사연은 서 사장의 가슴에만 묻고 있는 큰 비밀이다. 최근 2년간 나타나지 않는 것도 불안한 서 사장은 잘 웃는 얼굴 사이에 언뜻 비치는 어두운 그림자는 남편의 존재가 언젠가는 드러날 것이라는 막연한 두려움이 있기 때문이고 그로 인하여 호석과의 관계에 걸림돌이 될 수도 있겠다는 생각에서였다. 살면서 지금까지 한 번도 남편에 대해 사랑이라는 감정을 가져보지 않았던 잊어버리고 싶은 존재였다. 이런 상황에서 아들은 아버지라는 남자 어른에 대한 기대가 많은 것이 사실이다.

20년의 긴 전략

서 사장의 배웅을 받고 집을 떠나 하얏트에 도착하니 약속 시간보다 한참 빨리 왔다. 전화해서 내려오라고 하고 차에서 내려 스트레칭으로 장거리 운전을 준비해본다.

"오빠, 일찍 왔네."

40대 여자라곤 상상이 가지 않는 발랄한 옷차림이다. 청바지에 파스텔 톤의 티셔츠로 후드티를 받쳐 입은 연희는 말 그대로 건강미가 넘친다.

"어, 왔어. 타라, 가자."

"차 단단한 거 가지고 왔네. 내가 운전할까? 내비게이션도 있는데 오랜만에 한국에서 운전 한 번 해보게."

호석은 연희가 운전한다는 말에 어찌나 감사한지 속으로 하늘이 날 살리는구나 하는 생각이 들 정도였다.

"그럼 고맙지. 내가 청태산 자연 휴양림을 입력할게."

운전석에서 내린 호석은 조수석으로 자리를 옮긴다.

"미국에서 뭐 몰았냐? 이건 아닐 테고."

"난 벤츠 승용차 몰았지. 이런 거 있어도 어디 다니지도 않았을 거야."

"그렇지, 이거 승용차하고 똑같아 운전도 편해. 먼저 자리 조정하고 내비게이션을 맞추고. 음성을 여자로 할까, 남자로 할까? 요즘 좋아졌어."

연희가 운전하는 차는 내비게이션이 알려주는 대로 남산순환도로와 한남대교를 건너 경부고속도로로 접어든다.

"운전 잘하는데. 난 그럼 한잠 자도 되지?"

"오빠 자는 건 전염되는 거 알지? 생명 보장 못 해 그러니 자지 마."

연희의 강력한 경고에 잠자는 것은 포기해야 할 듯싶다.

"너 난 가서 집도 지어야 하고 요리도 해야 하는데 좀 자야 하지 않겠냐?"

"알았어, 오빠. 자요, 자."

"내가 기쁨조로 열심히 노력할게. 제발 목숨만은."

"그럼 한번 밟아볼까?"

연희는 한국의 고속도로에서 답답한 속이라도 풀듯이 가속 페달을 밟아댄다.

"이 차 괜찮은데? 업무용으로 이걸로 뽑을까, 오빠?"

"업무용으로는 괜찮지. 좀 과한 면은 있지만 그래도 골드만삭스인데."

"너 차는 뭘로 하려고 해? 기사도 필요할 것 같은데."

"우린 보통 지사장은 벤츠 550으로 하고 기사를 써. 그게 해외지사 운영 규정이에요."

"그럼 숙소는 어떻게 할 건데?"

"넓은 평수 아파트 하나 얻어야 하려나 봐. 혼자 있으니까 단독은 좀 위험한 것 같고 그나마 아파트가 안전하잖아."

이야기를 듣는 둥 마는 둥 하다가 잠이 든 호석을 바라보며 픽 하고 웃음을 짓는다. 옛날 버릇처럼 호석은 틈만 나면 잠에 빠져버리는 마음 편안 느긋한 스타일이다. 그러나 믿을 만한 사람이 운전해야 옆에서 잠이 드는 것을 연희는 잘 알고 있다. 내비게이션을 보고서 목적지에 거의 도착한 것 같아 호석을 깨운다.

"호석 씨, 밥 먹고 자야지."

깊은 단잠에 빠져서 잠을 자다가 깜짝 놀라 깨어보니 벌써 청태산 자연휴양림으로 들어가고 있었다.

"빨리 왔네. 한두 시간 걸렸냐?"

"두 시간이 아니라 3시간이나 걸렸어. 일부러 휴게소도 들리지 않았는데."

"그래? 처음 운전치고는 잘 온 거야. 구름 속에 있는 것 같이 편안하게 왔어."

워낙 잠을 워낙에 깊게 들어서 어떻게 왔는지 몰랐지만, 연희의 운전스타일을 잘 알기 때문에 이야기하는 것이다.

"그래요? 아, 저기다 저기가 오토캠핑장이네. 차가 별로 없네. 우리만 있는 거 아냐?"

우리가 일찍 왔나 싶은 생각이 들 정도로 캠핑장은 의외로 사람이 업고 적막해 보인다. 차를 끌고 안으로 더 들어가니 그나마 한두 군데 캠핑하는 차량들이 눈에 띈다.

"다행이다. 다른 사람들도 있네. 우리만 있는 줄 알았는데."

"오빠, 우리 둘만 있음 누가 잡아먹기라도 해? 참 걱정하는 것도 보면 애 같아."

"연희야, 저 앞에 대라. 가을이라도 물 너무 가까우면 걱정하며 자야 하니까."

물에서 조금 떨어진 곳에 차를 세워 놓고 짐을 푼다. 먼저 텐트를 치고 관리실은 나중에 올라가 등록할 생각으로 텐트 가방을 열어 능숙한 솜씨로 설치한다. 호석이 가져온 '스노우피크'의 텐트는 주방과 침실이 분리된 전문 캠핑용 텐트로 단독주택 같은 웅장한 모습이다. 마지막으로 환풍구를 설치하고 모터를 이용해서 공기를 주입해 에어 침대를 설치한다.

"연희야, 너 매트 쿠션 어떤가 봐라. 난 화로와 주방을 설치할 테니까."

"알았어, 오빠. 이 텐트 그냥 집이네, 집."

식당과 거실이 또 침실을 분리할 수 있는 구조물은 야생에서 충분히 생활이 가능한 구조물이다. 호석은 침실과 주방의 식탁설치를 마치고 밤을 위해서 화로와 숯, 장작을 준비해놓는다.

"오빠, 이거 진짜 캠핑 온 기분이 난다. 언제 이런 장비를 갖추고 살았어? 미국에서 캠핑 다닐 땐 버너하고 배낭뿐이었고 콜맨인가 하는 버너도 애지중지하면서 가지고 다녔잖아."

콜맨 버너는 휘발유를 썼는데 지금에 와서는 완전 골동품 취급을 받는 귀한 것이 되었다. 지금이야 성능이 좋아졌고 사이즈도 작아졌지만, 그 당시에는 크기도 크기지만 캠핑 기분을 살리는 귀한 장비였다.

"와인 꺼내서 밖에 내다 놓아야지. 많이 흔들렸으니까 안정을 좀 시켜야지."

와인은 마시기 두 시간 전에는 안정된 상온에 내려놓아야 최고의 맛을 즐길 수 있기 때문이다. 그래야 와인의 안정된 맛뿐 아니라 흔들려서 뒤섞인 찌꺼기가 혼합되지 않는 상태로 마실 수 있는 것이다.

"이제 다 설치되었으니까 관리사무실에 갔다 올게."

"오빠, 나도 같이 가. 우리 같이 걸어가자."

산속이라 시간이 얼마 되지 않은 것 같은데 어둑어둑해지는 것 같았다. 둘은 간편한 운동화로 갈아 신고 모자도 쓰고 관리사무소 쪽으로 걸어 올라간다. 걸어 올라가면서 먼저 와서 자리 잡은 사람들과 인사를 나눈다. 호석과 연배는 비슷한 사람 같은데 애들도 보였고 또 한 팀은 젊은 애들끼리 온 것 같았다.

"여기 진짜 좋다. 통나무집도 있네. 나중에 이곳으로 놀러 와도 되겠다."

"여기 괜찮은 곳이야. 나무도 많고."

관리사무소에 들어가니 벌써 퇴근을 준비하는 것인지 정리를 하고 있다.

"퇴근하시나요?"

"아니에요. 저흰 이곳에 상주 근무하고 있습니다. 뭐 도와드릴까요?"

이곳에서 다 퇴근해버리면 관리가 안 될 것이다. 그리고 아무리 마을이 가까이 있다 하더라도 꽤 긴 거리고 출퇴근도 불편할 것이다.

"네, 저흰 오토캠핑장에 야영 온 사람인데 등록하고 사용료 내려고요."

"그러세요. 여기 양식에 써주세요. 며칠 계실 건데요?"

"1박입니다. 내일 오후에 나가려고요."

필요한 경비를 치르고 여분의 통나무 장작을 얻어서 내려오는 길에 연희는 마냥 즐거운 모양이다. 호석과 같이 와서 즐거운지 오랜만에 자연 속으로 들어와 즐거운지 서울에서 본 표정보다는 환해져 있다.

"연희야, 좋냐? 이렇게 한국에 들어온 것이."

"응, 오빠. 나 오빠 때문에 들어오기로 결심했다고 했잖아. 내 말이 농담인 줄 알았어? 나 아직도 오빠 좋아하는 건 알지? 느끼지?"

밖으로 나오니 더 과감하게 자기의 감정을 표현한다. 미국식 생활과 습관에 익숙해져서 모든 것이 거침이 없고 숨김이 없다.

"자식, 내려가서 일찍 뭐 좀 만들어 먹자? 너 뭐 먹고 싶냐?"

"뭐든지 다 만들어 줄 거야? 일단 매운탕은 있다고 했으니까 국은 됐고, 오빠 잘하는 두부김치나 골뱅이 무침도 좋고 아무튼 만들어 줘. 내 배가 얼마나 나올 수 있는지 보여 줄 테니까. 흉은 보지 마."

"알았어. 골뱅이하고 두부는 사 왔으니까 내가 만들어 줄 게."

그들은 히히덕거리며 텐트 친 곳으로 돌아와 서둘러 호석은 식사준비를 하고 연희는 그것을 물끄러미 쳐다본다. 그때 연희의 눈가에 눈물이 주르륵 흐르는 것을 호석은 눈치를 채지 못했다. 이러한 소소한 행복을 기대했던 자신의 젊은 시절이 무참히 깨져버렸다는 생각에 울컥하고 감정이 솟구쳐 오름을 알 수 있었다. 그 감정을 숨기기라도 하듯 연희답지 않게 너스레를 떤다.

"오빠, 뭐 좀 만든 거 있어? 일단 만든 거 하나 줘봐. 배고파."

"일단 먹을 거 하나 만들어 볼까. 올리브유에 구운 동태전을 해줄게. 특히 엑스트라 버진 급에 구우면 훨씬 고소하고 맛있어. 이거 완전 너를 위한 특별 메뉴야."

호석은 바다가 있는 속초가 고향인 연희가 어떤 음식을 좋아하는지 누구보다도 잘 알고 있다. 미국에 있을 때도 늘 생선 요리, 특히 동태전을 무척 좋아하는 것을 기억하고 있다.

"오빠는 아직도 내 식성을 기억하는구나. 이거 점수 많이 줘야겠는걸."

팬 위에서 계란옷을 입고 있는 동태전은 밑간이 잘되어서 고소한 냄새를 풍기며 눈과 코를 호강시킨다.

"이거 하나 먹어봐. 간이 괜찮은가."

프라이팬에서 잘 익은 동태전을 꺼내 얼른 연희의 입게 갖다 댄다. 호호 불더니 냉큼 입속으로 넣어버린 동태전은 연희의 향수와 미각을 자극하기에 충분했다.

"야, 이거 환상이다. 오빠 우리 와인부터 한잔하자."

"그래, 오프너하고 와인잔이 같이 있으니까 잘 열어봐."

연희는 와인병의 코르크 마개를 열고 조심스레 와인을 따른다.

"자, 건배! 오빠 오늘 밤을 위하여. 죽었어. 호호호. 너무 겁먹어서 목구멍을 넘기기 어렵겠는데?"

"하하하, 오늘도 무사히 건배!"

자연 상태 그대로 좋은 공기와 안주를 곁들여 마시니 와인바의 분위기와 비교해도 손색이 없다. 두 사람은 생선구이와 매운탕까지 끓여서 거나하게 저녁을 먹고 조금 쌀쌀한 생각이 들어 장작불을 피워 놓고 옆에 나란히 앉아 정겹게 이야기를 나누고 있다.

"오빠 언제까지 후렉스코리아에 있을 거야? 거긴 오빠가 있기에 좀 약하잖아."

"약하긴 임마. 그래도 뭐 이름은 한 줄 남겨야지."

"자꾸 물어보는 거지만 왜 본사로 들어가지 않아요? 그곳에 인맥이 훨씬 좋을 것 같은데."

하긴 김호석의 학벌과 선후배 간의 인맥이라면 후렉스 본사에서도 충분하게 성장할 수 있는 여건이 될 것이다. 호석의 인맥이 주로 상층의 경영진에 포진해 있고 현 회장을 비롯하여 주류 세력을 형성하고 있다.

"그래도 한국이 재미있잖아. 뭐 콩고물도 좀 있고 미국 애들 연봉으로 따지면 껌값이지만 대우받는 기분도 있고 누구에게서든 인정받는 자리잖아. 미국이야 높으나 낮으나 다 똑같잖아. ."

연희 자신도 호석의 말에는 어느 정도 동감을 한다. 한국의 지사장으로 나오니 한국에서는 주목하고 대우받는 것이지 미국에 있으면 있는지 없는지도 모를 것이다.

"오빠도 나이 먹어가나 봐. 욕심이 없어진 걸 보면."

"돈만 많으면 뭐하냐? 지금은 가족이고 뭐고 내 옆에는 아무도 없는데. 너도 열심히 벌고 사회적으로 출세하면 뭐할 건데? 의미 없어, 별로."

갑자기 두 사람은 살아가는 목적의 근본적인 문제에 질문을 던지는 형세가 되어 버렸다. 다들 가족하고 한번 잘살아 보겠다고 청춘 다 바쳐 열심히 살지만, 나중에는 가족과 헤어지거나 드물지만 작은 실수 등으로 버림까지 당한다.

"그래, 그건 맞는 것 같아. 어찌 살다 보니 40을 넘겨 버리고 인생은 즐겨보지도 못하고 행복이라는 것도 뭐가 뭔지 모르겠고 어떤 때는 한심하기까지 해."

이들은 와인을 한두 잔 홀짝홀짝 마시면서 하소연하듯이 인생살이의 덧없음을 펼쳐 놓고 있다. 갑자기 연희가 호석에게 뜻밖의 제안을 한다.

"오빠, 우리 같이 살까? 나 오빠가 언니하고 사이 안 좋다고 하니까 되게 좋더라. 나에게 가능성이 생기는 것인가 하고 말이야. 20

년을 억울하게 살았으니까 나머지 20년은 행복하게 살 권리가 있잖아."

이게 무슨 소린가 하는 생각으로 나갔던 정신이 확 들어오는 기분이 된 김호석은 일부러 무시하듯이 이야기를 성의 없이 정색하고 뱉는다.

"무슨 소리냐? 아직 가정이 시퍼렇게 살아있는데, 하하하. 농담을 꼭 진담처럼 하네."

애써 농담으로 치부하고 어물쩍 넘어가려는 호석에게 연희는 더욱 심각한 얼굴로 이야기한다.

"나 농담할 기분 아니거든. 하여튼 뭐든 농담으로 어물쩍 넘어가려고 해. 그리고 가족이 생기면 목표의식도 다시 싹트고 좀 적극적이 되지 않겠어?"

"하하…."

와인을 두 병이나 비워 취기가 오른 호석은 아무런 대꾸 없이 그저 특유의 헛웃음으로 대답을 대신한다. 이제 장작불도 거의 꺼지고 숯만 하얗게 이불을 덮고 온기를 전해준다. 곤란해질 것 같은 대화를 계속하기가 부담스러운 호석은 엉뚱한 이야기로 화제를 돌린다.

"이거 장작 좀 더 올릴까? 연희야, 가만 보자. 내가 가져온 장작도 있지."

차량 뒤 트렁크로 간 호석은 한숨을 쉬며 트렁크를 열고 서울서 가지고 내려온 장작 한 묶음을 가지고 연희가 앉아 있는 자리로 온다.

연희는 텐트 안으로 들어간 모양인지 보이질 않는다.

호석은 음식물과 주변의 지저분한 것을 하나하나 치워나가며 연희가 오늘 무언가 작정을 하고 왔다는 것을 느끼며 어떻게 피해가나 고민을 한다.

연희의 성격상 호석에게서 자기가 듣고 싶은 말이 있다면 꼭 듣고야 마는 성격인지라 걱정된다.

내일 아침을 위해 설거지를 하며 빈 그릇을 챙기는 호석을 텐트 안에서 기다리고 있던 연희가 말을 한다.

"대충 정리하고 들어와요. 내가 한숨 자고 조금 일찍 일어나서 할 테니까."

"알았어. 조금만 정리해놓고 들어갈게. 장작불도 아직 안 꺼졌어."

음식물 쓰레기는 봉투에 넣고 빈 그릇은 취사장이 있는 관리사무실 옆으로 가져다 설거지를 한다. 내일을 위해 정리가 끝나야 편안하게 쉴 수가 있는 호석의 성격은 때론 지나칠 때도 있지만, 시간에 쫓기지 않고 기분 좋은 캠핑이 되어야만 서울로 올라가서도 편안하게 출근을 할 수 있기 때문에 필요한 일이었다. 야전침대가 있는 침실로 들어오자 침대에 올려놓은 침낭과 이불을 걷어 에어 매트 위로 자리를 펴놓았다. 이럴 줄 알았다고 예견한 호석은 아무 말 없이 신발을 벗고 매트 위로 올라간다.

"연희야, 세면했냐?"

"뭘 챙겨줘야지 세면을 하든지 양치를 하든지 하지."

"가자. 아직 물 잘 나오더라. 샤워장도 있고 그렇지 않음 벌레들이 달려들어."

세면장에 갔을 때 샤워시설이 잘되어 있는 것을 본 호석은 누워 있는 연희를 챙겨 나가려고 한다.

"그래. 나 옷 좀 챙기고. 무섭지 않을까?"

"하하, 40이면 흉기다, 흉기. 뭐가 무섭냐. 내가 지키고 있을게, 가자."

간단한 샤워를 하는데도 여자는 확실히 복잡하다. 한 짐을 챙기다 못해 배낭을 그냥 메고 나간다. 호석도 간단하게 챙겨서 따라나선다. 관리동으로 올라가는 길은 산속이라 진짜 칠흑 같은 어둠에 아무것도 볼 수가 없을 정도다.

"나무에 가려 별빛도 안 보여. 발 조심해 끌지 마라. 조금 높이 들어야 해."

샤워장에 도착하니 유료라 그런지 보기보다 깔끔하다. 샤워를 마친 두 사람은 늦가을 산중의 차가운 한기를 느끼면서 텐트로 돌아온다.

"산속이라 추워. 이제 겨우 10월인데."

"10월이면 조금 있으면 눈 내려. 여긴 지대가 높잖아."

숯불을 챙겨서 텐트 구석에 놓고 호석은 신을 벗는다.

"금방 훈훈해지네. 요즘은 장비가 진짜 좋아졌어. 그 대신 낭만은 많이 줄었지만."

"그건 사실이야."

연희는 추우면 서로 체온으로 온기를 유지하려는 행동들을 조금은 낭만적인 것이라 생각하고 이야기한 것이다.

"새벽에는 춥겠는데?"

그들은 에어매트 위의 2인용 침낭을 펴놓은 곳에 들어가 잠을 청한다. 비록 편안한 추리닝 복장이지만 체온이 가까이 느껴진다. 연희가 호석의 손을 잡더니 살며시 자기의 가슴 위에 가져다 올려놓는다.

"오빠, 내 심장 뛰는 거 느껴져?"

"그럼 느껴지지. 아줌마 살결치고 탱탱한데."

그들은 실로 20년 가까이 지나온 옛날로 돌아간다. 어려웠던 학생 신분으로 죽고 못 사는 사랑을 키워갔던 그들이 이제 중년이 되어 과거를 더듬으며 서로를 더듬고 있는 것이다. 한국에 돌아와서 김호석을 처음 만난 날 부회장을 보내고 차를 한잔하며 무엇인가 기대를 많이 했던 연희는 호석의 의도적 회피에 이제야 한국에 들어온 목적 중 하나를 시작하게 된 것이다.

"오빠 피곤하지? 일주일 내내 고생했을 텐데."

"아니야. 내가 미안할 뿐이지. 뻔히 알면서도 피해 다니고."

신 부회장과 아무런 관계도 아니란 걸 알면서도 눈치를 볼 수밖에 없었던 호석은 사실 연희의 눈빛을 피해 다니느라고 고생했던 것은 사실이다.

"오빠, 내가 아까 이야기한 것 심각하게 생각해 봐. 언니하고 어차피 헤어질 거라면 우리 둘이 같이 살아야 하는 것 아닌가요."

"…."

호석이 말을 하지 않는 이유는 대화를 계속하면 말려들 것이 빤하고 그저 대답하지 말고 시간을 벌어야겠다고 생각을 하는 것이다.

"하여튼 어영부영 구렁이 담 넘어 가려 하는 것은 어쩜 그렇게도 안 변했어요."

"…."

"내가 한국에 다시 돌아오는 그 날부터 오빠는 알아서 각오하고 있어야 해요."

호석이 더 이상 대답을 하지 않자 호석의 의도를 뻔히 하는 연희는 호석의 손을 잡아 자신의 가슴에 올려놓고 잠을 청한다. 숨소리가 거칠어지고 있었지만, 호석은 숨소리마저 죽이며 이 생각 저 생각에 잠을 이루지 못하고 앞으로 이 일을 어떻게 해결하며 살아야 할지 고민을 한다.

평상시 일찍 깨는 습관대로 깨었더니 연희의 풍만한 몸매가 슬쩍 보인다. 연희의 옆에 붙어 가슴을 입에 물고 애무를 하자 연희가 기다렸다는 듯이 반응을 한다. 두 사람은 죽었다가 살아 돌아온 사람들을 만난 것처럼 뜨겁게 서로를 탐닉하며 엎치락뒤치락한다. 나이가 들어 그런지 연희는 더 완숙하게 호석을 이끌어 갔고 두 사람은 절정에 다다른다.

"아, 오빠 사랑해요."

"나도 사랑한다. 연희야."

"아…!"

절정에 다다른 호석은 더 이상 참을 수 없음을 아쉬워하며 마무리를 한다.

"으… 우…!"

두 사람은 한참 동안을 껴안은 채로 떨어질 줄을 모르고 있다가 이불이 옆으로 떨어져 한기를 느끼고는 호석이 먼저 힘을 빼고 일어나 이불을 끌어온다. 이불을 끌어 연희를 따뜻하게 덮어주고 일어나니 날이 쌀쌀한지 몸이 조금 굳어있다는 것을 느꼈다. 호석은 옷을 입고 밖으로 나가 장작을 화로에 올리고 불을 붙여 몸을 녹인다. 아침은 무엇으로 먹을까 고민을 하다가 북엇국을 먹기로 결정하고 동태포를 물에 불려 준비를 한다. 호석은 오늘 일정을 어떻게 할까 고민하다 오전에 텐트를 걷고 점심에는 오대산으로 넘어가는 진고개 근처에 있는 토속음식점을 데리고 가봐야겠다고 생각하며 아침을 준비한다.

"연희야, 아침 먹자. 일어나라."

"응, 날이 추워."

"숯불 가져다줄게. 다 만들어졌다."

일찍 일어나 피운 장작은 숯불만 남기고 사라졌다. 마흔이 넘으면 쑥스러움이 없는 것인지 호석이 편한 것인지 그냥 벗은 몸으로 이불을 걷는다.

"옷 입고 밥 먹자, 빨리 입어라."

"호호, 좋다고 주무르며 자놓고선 먼저 옷 입었다고 마음이 변했어?"

아침을 먹으며 호석은 오늘의 일정을 설명한다.

"점심은 근처에 토속음식점이 하나 있는데 거기 갈래? 나이 많으신 할머니가 운영하시는 음식점인데 장맛이 일품이다. 장을 좀 팔라고 해도 손님들에게 만들어 줄 것도 모자란다는 말씀으로 거절하시는 분이기도 하지."

"그러든가. 맛있겠다. 아님 주문진 갈까?"

"그러면 차라리 속초를 가는 게 낫지. 속초에는 아무도 안 계시나?"

"친척분들은 계시지. 부모님 돌아가시고는 한 번도 안 갔어요."

연희의 부모님은 미국 유학 시절에 모두 돌아가셨다. 그때의 방황으로 둘이 더욱 가까워졌고 의지가 된 고마움을 연희는 아직도, 아니 영원히 잊지 못할 것이다.

"그럼 점심을 좀 빨리 먹고 속초로 가자. 거기서 회 먹고 오후에 올라가자."

"와, 좋아요. 오늘 빡빡하겠는데 또 내가 운전해야 하는 거야?"

오랜만에 옛날로 돌아갔던 둘은 더욱 가까워진 분위기다.

"내가 할게. 그럼 밥 먹고 철수를 하자고. 철수하다 보면 배고파지니까."

텐트를 철수하기 위해서는 많은 힘이 필요하다. 지주핀도 빼고 장비를 체크리스트에 표시하며 챙기는 일은 여간 쉬운 일이 아닌 것이다.

"내가 이거 철수하는 동안 설거지 좀 해와. 내가 챙겨 줄 테니까."

"알았어요. 북엇국 맛있게 먹었어요. 오빠는 역시 요리에는 일가견이 있어요."

식사를 마친 두 사람은 호석이 설거지할 것을 챙기는 사이 연희는 자기 짐을 챙기고 있다.

"이거 양이 많으니까 내가 옮겨다 줄게."

집으로 가져가 다시 챙기는 것이 귀찮아 호석은 가능하면 캠핑한 곳에서 정비를 끝내고 움직이는 습관이 있다. 설거지할 것을 들고 세면장으로 가 연희를 남겨두고 호석은 얼른 내려와 텐트와 장비를 분해하기 시작한다. 하룻밤을 자도 챙기는 장비가 만만치 않지만, 호석은 이런 것을 즐기기 때문에 기쁜 마음으로 하고 있다. 마지막으로 화로와 주방기기를 챙기는데 설거지를 다하고 내려온다. 연희가 가져온 세척한 식기는 잘 마를 수 있게 자리를 깔고 펼쳐 놓는다.

잠시 한가한 시간을 이용해 차를 끓여 마시며 다음 목적지 속초에 대하여 이야기를 한다. 펼쳐 놓았던 식기류가 마른 것을 확인하고 하나하나 챙겨서 렌터카의 뒤 트렁크에 싣고 잃어버린 것이 없는가 다시 한 번 체크리스트를 쳐다본다. 두 시간이 꼬박 걸린 일인지라 배가 고프다. 짐을 다 챙긴 두 사람은 차를 몰고 점심을 먹기 위해 오대산 방향으로 운전해간다.

"연희야, 너 들어갔다가 정확하게 언제 다시 나오니?"

부회장이 미국 출장을 가자고 했으니 연희의 일정을 알아야 할 필요가 있었다.

"응. 이번 주 들어가서 한 두달 정도 있을 거야. 빠르면 한 달 이내로 나올 수도 있지만 아직은 정해지지 않았어요. 왜?"

"아니, 애엄마 만날 거 아니냐? 그 일정 알려 줘야지."

연희는 그러려니 하고 별 신경을 안 쓴다.

"내가 와이프 핸드폰 알려줄 테니까 네가 들어가서 연락해라."

"응, 알았어. 내가 먼저 연락해야지."

신 부회장하고 미국에 출장 가는 건을 이야기해야 하나 하고 고민을 해 보았지만, 일단은 하지 않기로 마음을 먹는다. 오대산으로 들어가는 길의 양쪽 도로에는 가을의 정취가 물씬 풍겨 나온다. 요즘 도시의 계절은 여름 겨울밖에 없고 더운가 싶으면 얼마 지나지 않아 겨울이니 사계절이란 단어를 서서히 잊어버리고 있는 현상이 심해졌다.

여전히 식당은 손님도 없이 문만 활짝 열려 있었다. 안으로 들어가자 며느리인지 젊은 여자가 손님을 맞는다.

"여기 정식 2인분 주세요. 생선구이도 하나 주세요. 아니, 생선은 속초 가서 먹을 거니까 두부찜만 하나 주세요. 생선 빼고."

주문을 하자 여러 가지 시골 반찬이 먼저 올라오고 시장기에 두 사람은 젓가락을 분주히 움직인다.

"이거 먹어봐라, 맛있는데."

오랜만에 먹어보는 토속적인 나물 반찬들이다. 청국장과 두부찜에 몇 날 굶은 사람처럼 식사를 마치고 이들은 며느리가 내어 준 칡차를 음미하며 마시고 있다.

"아, 좋다. 이거 먹고 소화 금방 되는 건 아니야?"

"하하, 그 정도야 되겠어. 그래도 향이 아주 일품이야. 이제 슬슬 속초로 가볼까? 속초 기억나냐? 안 가본 지 오래되었다며?"

"엄청 많이 바뀌었을 거야. 벌써 십 년이 넘었지."

이들은 차를 끌고 진 고개를 넘어 속초로 향하고 있다. 내비게이션에 맞춰 속초에 도착하니 1시간 20분이 걸렸다. 적당한 곳에서 회를 먹고 가기 위해 바닷가 근처로 차를 몰아간다. 배들이 많이 들어오는데 갔더니 직접 생선을 골라 회를 쳐주는 곳이 있어 회를 뜬 다음 방파제 근처로 들고 간다.

"야, 여기 전망 죽이는데. 여기 앉아라."

"어머, 이렇게 바깥에서 먹으니 맛이 죽이겠는데."

자기 고향에 내려오니 벌써 말투가 이곳 사람답게 거칠어지고 있는 것을 보니 기분이 아주 좋은 모양이다.

"허허, 김 사장. 무슨 말투가 동네 건달들 같아요."

"호호호, 오빠 따라 해본 거야. 재밌잖아."

둘은 맛있게 회를 먹고 일어나 방파제 끝으로 걸어가며 바다 향기를 맘껏 들이킨다.

"오빠, 내가 이런 곳에서 자랐어요. 좋지요?"

"그래, 넌 행운아지. 이런 시골에서 자라서 이렇게 성공했으니 말이야."

호석은 농담 반 진담 반 섞어 대꾸한다.

"호호, 칭찬이야 아님 빈정대는 거야? 참내."

둘은 연희의 고향에서 정취를 듬뿍 느끼며 서울로 올라가기 전여기저기 돌아다녀 본다.

"이제 올라가요, 오빠. 내일 출근해야 하잖아. 너무 멀리 왔어요."

올라가는 시간대가 서울 근처에서 러시아워에 걸리면 안 되니까 지금쯤 올라가야 한다.

"그럴까? 슬슬 올라가지 뭐."

서울로 올라오는 길에 연희는 호석에게 어제 자신이 한 이야기에 대하여 심각하게 생각해 달라고 다시 이야기했고 호석은 그러겠노라고 결국 확답했다. 호석은 미국에 돌아가 와이프 만나 이상한 이야기하는 거 아닌가 싶어 걱정되기도 한다.

"이제 고향엔 부모님이 안 계시니 자주 오기가 힘들어. 그때 괜히 화장했나 봐. 오빠네 선산에 장사지낼 걸 그랬나 봐. 이 근처에 있다고 했잖아."

"응, 하조대 쪽이야. 외할아버지댁이 있는 곳이지."

연희의 부모님이 돌아가셨을 때 자기가 못 올 것 같으니까 화장을 해서 뿌리겠다고 했다. 후회할 거라 이야기하면서 외갓집 근처에 사놓은 산이 있는데 그곳에 장사지내는 것이 좋겠다고 했더니 끝내 고집을 피워 화장해버린 것이다.

"그때 오빠 말을 들었어야 했는데 후회하면 뭣하겠어. 이제 와서."

연희가 이곳에 올 어떠한 연고도 존재하지 않으니 후회가 되는 모양이다.

"그래도 추억이 있으니까 자주 오자. 제가 모시고 오겠습니다."

"고마워요, 오빠."

다행히 국도로 올라가는 귀경길은 전혀 막히지 않았다. 3시간이 체 안 걸리니 참 좋아진 도로 덕분인 것이다.

서울로 들어와 강북강변도로를 타고 호텔에 연희를 내려 준다.

"오빠, 너무 고마웠어요. 나 때문에 고생만 하시고."

"무슨 소리야. 잘 쉬고 또 통화하자."

김호석은 삼마의 컨설팅 프로젝트도 수주했다는 이야기를 하지 않는 것이 잘한 일이라고 생각하며 집으로 가는 도중에 서 사장에게 전화한다.

"나예요. 어디예요?"

"애 데려다주고 집으로 올라가는 길이에요. 도로가 좀 막히네요."

토요일 오후에 나온 아들을 학교 기숙사에 데려다주고 오는 길인 모양이다. 외국어 고등학교는 주 중에는 기숙사에서 생활하고 대부분 주말에는 집으로 오기도 한다. 호석의 애들도 다 그렇게 하여 고등학교를 졸업한 것이다.

"천천히 조심해서 올라와요. 난 집에 거의 다 도착했어요."

"네, 있다가 봬요. 쉬고 계세요."

아파트 지하주차장에 차를 대고 장비를 챙겨 집으로 올라간다.

다행히 현장에서 정비를 끝내고 와서 정리는 간단하다. 캠핑 갔다가 집에 와서 챙기려면 그것만큼 귀찮은 것이 없는 것이다.

호텔로 돌아온 연희는 조심스럽게 침대로 다가가 눕는다. 날짜를 잘 선택해서 호석 오빠를 넘어뜨리는 데는 성공했는데 임신이 잘 될까 생각을 해본다. 자신이 건강하고 배란일에 정확하게 맞추면 의사도 가능성이 크다고 이야기했고 연희 자신도 스스로의 몸 상태로 봐서도 아주 좋았기 때문에 백 퍼센트 가능할 것이라 생각했다. 사랑하는 사람의 애를 낳고 싶은 연희의 간절한 소원을 누가 비난하겠는가? 침대에 누운 연희는 깊은 잠속으로 빠져든다.

짐 정리를 끝내고 서 사장이 싸준 음식 담았던 아이스박스를 깨끗하게 정리를 하고 세탁기에는 입었던 옷을 집어넣고 세탁한다. 욕실에서 들어가 따뜻한 물에 샤워를 하며 몸 상태가 안 좋은 것을 느끼고 서둘러 욕실을 나와 침실로 들어가 이불을 덮고 깊은 잠에 빠져든다. 초저녁에 잠이 들어보기는 처음인 호석은 요 며칠 무리가 몸을 망가뜨리고 있다고 생각했다. 깊은 잠에서 목이 말라 일어났다가 인기척에 놀라 쳐다보니 서 사장이 옷 입은 채로 자고 있다. 깨우려다 이불을 끌어 덮어주고 거실로 나가 따뜻한 물에 녹차잎을 넣어 한잔 마신다.

시계를 보니 저녁 10시가 지난 시간이다. 서 사장이 들어와 눕는 것도 못 느낄 정도로 깊게 잠이 들었던 모양이다. 배도 조금 꺼진 것도 같고 아닌 것 같기도 한데 지금 뭘 만들어 먹는 것이 귀찮아 냉장고를 열어보니 먹을 것이 아무것도 없다. 서 사장도 저녁을 안 먹었을 같아 흔들어 깨운다.

"어머, 일어나셨어요? 초인종에 응답도 없고 들어와 보니 깊이 잠들었기에."

"응, 운전했더니 피곤했나 봐."

"저녁 안 드셨잖아요. 우리 집에 가요. 여긴 아무것도 없던데."

냉장고 안을 들여다본 모양이다.

"귀찮은데 뭘 해? 뭐 시켜 먹을까? 치킨 어때?"

"먹을 거 잔뜩 있는데 뭘 시켜요. 금방 만들어요."

결국 이끌려서 서 사장의 집으로 간다. 살림하는 사람이라 음식사 먹는 것을 별로 안 좋아하는 모양이다. 서 사장의 집으로 올라온 호석은 그냥 간단하게 먹자고 이야기하자 알았다고 주방으로 들어간 서 사장은 무엇을 준비하려는지 번잡하다.

"간단하게 시간 너무 늦었어."

"네, 금방 되어요. 간단하게 준비할게요."

30분이 안 되었는데 식단이 차려진 모양이다.

"식사하세요. 급하게 하느라 맛이 어떠려나 모르겠네."

맛있게 식사를 마친 두 사람은 거실 소파에 나란히 앉아 밖을 쳐다보며 차를 마신다.

"재미있었어요?"

"응, 속초까지 갔다 왔어. 회 먹고 올라왔는데 몇 시간 안 걸리더라고."

"좋았겠다. 바다도 보고. 우리 일정 잡아서 꼭 가요. 오늘 차 운전했는데 나도 차 한 대 사야 할까 봐. 호석 씨 차 가져갔더니 경비들 대접이 다른 거 있지?"

우리나라는 아직 차의 크기가 지위나 부를 표시하는 수단이 되고 있으니 그럴 수밖에 없을 것이다.

"하하, 한 대 사자고. 뭐 그거 어려운 일도 아니고. 그런데 토요일, 일요일만 쓰잖아."

"평일은 호석 씨가 끌고 다니면 되지. 그러면 문제없잖아."

지금까지 자가용을 안사고 살 정도로 아끼며 살아온 것이 아니라 쓸 곳이 없어 못 쓰고 살아왔다는 것이 정확한 표현일 것이다. 돈을 벌면 가게도 늘리고 상가도 사놓고 아파트도 사고 하는 재미로 지금까지 지내온 것이다. 정확하지는 않지만 서 사장의 판단으로는 100억대 정도의 자산을 가지고 있는 것으로 생각하고 있다. 지금 가게의 권리금까지 합한다면 최소한 130억 이상의 자산을 보유하고 있는 것이다. 김호석이 알기로도 일식당 자리에 빌딩 올리자고 제안하는 건설업체가 있다는 소문도 많이 돌았었다.

"하여튼 당분간 주말에 차 필요하면 내 차 써, 일단은."

"호석 씨도 써야 하잖아요. 약속도 많은 사람이."

고집을 꺾지 않는 것을 보니까 차를 구입하려고 마음을 이미 먹은 모양이다.

"알았으니까 기다려. 알아보고 승용차는 내 꺼 쓰고 SUV 같은 걸로 한 대 사자. 좀 알아볼게."

"그래요, 어제 몰고 간 차 같은 거 좋잖아요. 어디 놀러 갈 때도 좋고. 이제 그만 자요."

그들은 침대로 들어가 잠을 청하지만 초저녁에 잠을 잔 탓인지 쉽사리 잠이 들지 못한다. 이야기를 하면서 깔깔대기도 하고 서로 간지르기도 하며 어린애들 같이 장난을 친다. 연희의 이야기가 오버랩되면서 어떻게 해야 할지 걱정은 되었지만, 의도적으로 잊어버리려고 한다.

회색 프로젝트

월요일 회사에 출근한 김호석은 일찍부터 업무를 챙기고 있다.

"강 비서, 부 이사 출근했나요? 미팅 가능한가?"

"네, 확인해 보겠습니다."

오늘은 삼마 프로젝트 계약일이고 실질적인 프로젝트의 공식 시작일인 것이다. 물론 현장에 나가서 예비적인 작업은 계속 진행됐지만 계약을 하고 일하는 것과 안 한 것은 차이가 있다.

"상무님, 찾으셨습니까?"

부태인 이사가 오늘 체결할 계약서를 가지고 들어온다.

"오늘 계약하는 날인데 몇 시에 하나?"

"네, 11시에 계약하고 근처 식당에서 같이 식사하는 것으로 되어 있습니다."

식사라는 말에 누가 나오는지는 몰라 가 봐야 할지 어떻게 해야 할지 판단을 못 한다.

"누가 나오나?"

"네, 신 상무가 나올 것 같고 우리는 저는 관리팀 구 부장하고 들어가겠습니다."

일단 신 부회장하고 통화를 한번 해 봐야 할 것 같아 참석 여부를 결정하지 않는다.

"부 이사, 내가 조금 있다 참석 여부를 알려줄게. 계약하는데 결례하면 안 되니까. 그리고 언제부터 사무실을 그쪽으로 옮길 건가?"

이제 부태인 이사는 거의 대부분의 시간을 삼마그룹에 사무실을 만들어 전체 프로젝트를 관리하게 될 것이다.

"네, 오늘 계약하고 바로 옮겨야 할 것 같습니다. 그쪽에서도 프로젝트는 빨리 안정시켜야 한다고 요구하기 때문에."

일단 부 이사가 자리를 잡아야 삼마그룹, 삼마DS 쪽 인력들이 자리를 잡을 것이다. 동시에 경영 컨설팅도 진행해야 하기 때문에 프로젝트 인력만 해도 족히 600명은 될 것이다. 후렉스코리아 쪽에서도 조직을 빨리 구성해 주어야 한다는 생각에 강 비서에게 부탁한 삼마에서 일할 AA들을 확인해 본다.

"강 비서, 삼마에서 일할 AA 확정되었나?"

"네, AA는 정해졌고요. 여기 말씀하신 부 이사님 명함 있습니다."

부 이사에게 선물로 주려고 부탁했던 명함과 몽블랑 만년필 세트를 건네준다. 이사 승진 기념으로 특별하게 주문 제작한 것이다. 오늘 계약이 있다는 핑계로 아침에 조찬 보드미팅도 양해를 구하고 사무실에 들어온 이유도 계약 체결 전에 선물을 전해주기 위해서다.

"부 이사 다시 좀 오라고 해줄래. 올 때 상주할 우리 인력 리스트 가지고 오라 해."

"네, 상무님."

계약하면 우리 쪽에서도 인력을 상주시킴으로 성의를 보이는 것이 당연한 일인 것이다. 삼마 쪽에서도 벌써 우리 쪽 인력이 상주할 사무 공간을 다 만들어 놓았다고 이야기하니까 움직이는 모습을 보여주어야 한다.

"상무님, 여기 있습니다. 전일 상주는 18명입니다."

"그래, 그럼 오늘 오후부터 상주시키고 일 시작하게. 그렇지 않으면 나중에 문제가 된다."

이런 대형 프로젝트에 또 추가 경영진단 컨설팅 프로젝트 까지 수주했으니 최선을 다해서 신 부회장이 주는 도움에 호응해야 한다는 판단이 들어서다. 물론 호석은 모든 프로젝트에 최선을 다해 왔지만 삼마 프로젝트는 특별히 관리해야 했다.

"네, 알겠습니다."

"그리고 협력회사 사장들 언제 만나야지 화, 수, 목은 안되고 금요일은 저녁에만 가능해."

연희가 금요일 오후에 출국을 하기 때문에 공항에 데려다주어야 할 것 같아 시간을 비워둔다.

"네, 시간 조정해서 결정하겠습니다."

"협력업체 사장들 만나야 내 할 일이 끝이 나겠네. 옛날에 내가 핸들링하던 업체 사장도 많더군. 스케줄에 펑크 나면 안 되니까 여비서 오기 전까지 일정표를 강 비서에게 알리고 관리해 달라고 해."

몸이 열 개라도 모자라는 지경이 곧 올 것이다. 대형 프로젝트라는 것이 초기에는 일정이 틈도 없이 빡빡하고 정신이 없는 것이 보통이다. 고객도 컨설턴트들이 계약대로 잘 움직이는가 챙기기도 하고 서로가 기선를 잡으려는 수 싸움이 치열하기 때문이다.

"네, 잘 알겠습니다. 계약서 도장 찍을 때 가실 것인지 확인해 주세요."

강 비서를 시키려다가 직접 신 부회장에게 전화를 건다.

"후렉스코리아 김호석인데, 부회장님 계십니까?"

비서실 아가씨는 호석의 목소리를 아니까 바로 연결해준다.

"선배님, 김호석입니다. 오늘 계약서 도장 찍는데 참석하십니까?"

"야, 내가 거기 꼭 가야 하냐? 난 다른 일정 있어 못 간다. 너 내가 참석하지 않으면 안 오려고 하는 거지? 내가 다 안다, 하하하."

머리가 온갖 것으로 가득 찬 신 부회장의 눈치는 알아주는 수준급이다.

"선배님은, 컨설팅 관련하여 하인즈 프로젝트에 경험 있는 인력 수급 때문에 미팅이 있습니다."

"그래, 그것이 이번 프로젝트의 CSF^{Critical Success Factor: 주요 성공 요인}야."

"잘 알겠습니다. 신경 많이 쓰고 있습니다. 선배님."

전화를 마무리한 김호석 상무는 부 이사에게 오늘 참석하지 않는다고 이야기해주고 신 부회장과 통화한 내용을 확인한다.

"컨설팅 관련 업무는 어떻게 되어가고 있는가?"

"네, 오늘 중으로 만날 시간 결정하겠습니다. 만나는 것은 결정했는데 오늘 통화하고 시간 정하기로 했습니다."

"그래, 이제 출발해야지. 강 비서가 쫓아가서 일 좀 봐줘. 아직 여직원들이 안 뽑혔잖아. 강 비서?"

AA를 보내야 하지만 안심이 안 되어 강 비서를 딸려 보내려는 의도를 알고 있는 강 비서는 바로 대답을 한다.

"알았습니다. 제가 갈게요. 그냥 가라시면 되지, 호호호."

상무 비서가 허접한 일을 도우러 가는 것이 후렉스코리아에서 가장 선임인 강 비서의 자존심이 구겨지는 일일 수도 있지만, 성격 좋은 강 비서가 웃어넘긴다.

"고마워, 미안하고. 부 이사 맛있는 거 사줘야 돼."

"강 비서, 가기 전에 삼마 나갈 AA 이력서 뽑아 주고 가."

"부 이사, 자네는 많이 바쁘겠지만 잘 챙겨. 당분간 정신없이 바쁠 거야. 아, 강 비서. 그 AA들 괜찮으면 데리고 가지? 내일부터는 그리로 출근해야 하는데."

김호석은 강 비서가 선택한 인력이니 믿고 데리고 가라는 투로 말을 한다. 사람 보는 능력은 김 상무보다도 꼼꼼한 것을 호석은 잘 알고 있다.

"네, 데리고 가려고 해요."

까먹은 것이 있는 것 같아 곰곰이 생각해보니 선물을 주지 않은 것이 기억이 났다.

"부 이사, 이리와 봐. 이거 내가 주는 선물이야. 꼭 필요할 때 아껴서 써라, 하하하."

진짜 고급스럽게 생긴 명함과 만년필을 받은 부태인 이사는 다시 한 번 감격한다.

"감사합니다, 상무님. 열심히 하겠습니다."

그들이 삼마로 떠나자 김 상무는 어수선한 머리를 정리하고 업무를 보고자 책상 앞에 자리를 잡는다. 메일 온 것을 확인하니 휴일에 들어온 메일이 수신함에 가득 차 있다. 급한 답신이 필요한 메일만 바로 답신하고 오전의 업무를 마무리한다.

삼마그룹에 도착한 부 이사는 삼마 프로젝트의 고객 책임자인 신승소 상무의 방으로 올라간다. 입구의 양 비서는 언제나 밝은 표정이다.

"상무님 계시나?"

"네, 들어가시죠. 기다리고 계셨습니다."

"상무님, 안녕하십니까? 부태인입니다."

나이가 많이 든 신 상무는 성이 신 부회장과 같아 여전히 일가친척인가 아닌가 하는 의혹을 많이 받았는데 최근에 와서는 확실하게 아닌 것으로 드러났다.

"어서 오세요. 부 이사님. 승진하셨다는 소식은 들었습니다. 축하합니다."

"감사합니다. 상무님."

경력이 남다른 사람이고 산전수전 다 겪어온 사람이라 이번 프로젝트의 최대 걸림돌이라고들 이야기했다. 최근에 신 부회장 측에 합류한 인물로 그룹 내에 발이 넓고 자기 사람들이 많이 있는 것이 특징이다. 신 부회장은 최근 자기 사람으로 돌아왔지만, 경영 컨설팅을 통해서 라인의 연결고리를 약화시키려고 한다고 김호석 상무에게 귀띔을 해주었다고 한다.

"우리 이번 프로젝트에 거는 기대가 커요. 부회장님도 그렇고 부이사께서 잘해주시길 바랍니다. 우리도 적극적으로 지원할 테니까요."

"네, 잘 알겠습니다. 오늘 계약 체결을 언론에 발표해도 되겠습니까?"

계약 조항에 보니 언론 발표는 양사가 협의하여 결정하도록 되어 있기 때문이다. 이런 사소한 일을 독단적으로 처리해서 초반부터 불편할 이유가 없는 것이다.

"그거야 당연한 것 아닌가요. 회사 홍보도 되고 가능하면 크게 내주세요. 그래야 기분이 좀 나는 거니까."

후렉스코리아의 언론을 다루는 기술은 대단하다. 물론 알고 보면 광고 같은 것으로 움직이는 것이지만 삼마 프로젝트 정도면 크게 띄울 수 있을 것이다.

"잘 알겠습니다. 상무님."

경영 컨설팅 관련 프로젝트에 관해서는 삼마에서 공식적으로 나온 것이 아직은 아니라 일부러 언급하지는 않았다. 아직 완전하게 결정된 것이 아니기 때문에 사전에 안다면 윤 부장 쪽에서 눈치를 채고 방해할 수도 있기 때문이다. 신 부회장이 아직은 삼마에서의 조직을 좌지우지할 정도로 완벽하게 장악하지 못했다고 알려져 있고 이를 도와주는 것이 필요하기 때문이다.

"상무님, 저희들이 간단한 현수막 하나 만들어 왔습니다. 내려서 가셔서 사진이나 한 장 찍으시죠. 준비가 다 되었을 것입니다."

"아, 그래요. 역시 일을 꼼꼼하게 하시는군요. 김 상무님은 잘 계시죠? 부회장님하고는 자주 만나시는 것 같은데 이쪽으로는 눈길도 안 주시고 돌아가시니 얼굴 보기가 어려워요."

신 상무의 말에 서운함이 배어 나온다. 이 프로젝트의 좌장이 자기인데 왜 나에게는 들리지 않느냐는 뜻으로 느껴진다. 그러나 부이사는 김호석 상무가 큰 조직을 맡고 있다 보니 틈이 잘 나지 않고 후렉스코리아의 조직 특성상 부태인 자신이 오너이기 때문에 불필요하게 혼란을 주지 않으려고 하기 때문이라고 장황하게 설명한다.

"그리고 신 부회장님이 부르셔서 들어오시는 것이지 누구를 만나러 들어오시진 않았을 겁니다. 상무님께 말씀드리겠습니다."

"아니에요. 그냥 해본 소리입니다. 내려갑시다, 하하하."

여우 같은 신 상무는 매번 만나서 이야기해보면 직설화법이 아니라 항상 말을 돌리고 돌려 하는 스타일이다. 행사장에 내려가니 강 비서가 벌써 준비를 다해놓고 경제신문과 전자신문 기자까지 참석해서 기다리고 있었다.

"부 이사님, 이제 준비가 다 되었습니다. 시작할까요?"

"그래요, 상무님. 이쪽으로 오시죠. 웃으면서 잘하셔야 합니다."

삼마 쪽에서 사회도 준비되고 식순에 따라 도장을 찍고 계약서를 나누며 악수하고 기자들의 요구대로 몇 번이나 포즈를 취해준다. 계약이 체결되자 다들 박수를 치고 무슨 공연이 끝났을 때처럼 우르르 밖으로 나가 식당으로 간다. 가는 길에 신 상무가 부 이사에게 넌지시 묻는다.

"부 이사께서는 언제부터 이곳에서 근무하시나요?"

"네, 저는 오늘 자리를 옮기려고 하고 있고 주 근무처는 이곳으로 바뀔 것입니다. 거꾸로 업무를 보러 본사로 들어가는 형태가 될 것입니다."

신 상무는 계약이 체결되자 이제 본격적으로 챙기겠다는 의지를 표현한다.

"그래요. 그럼 직원들도 같이 오겠네요. 후렉스코리아 상주인력들 말하는 겁니다. 워낙에 비싼 인력들이라."

"네, 이번 주부터는 다 정상근무합니다. 많은 지원 부탁드립니다."

근무가 만만찮겠다는 생각은 했지만 초반부터 타이트하게 관리를 하겠다는 의도가 큰 압박으로 밀려오는 느낌이다. 경영 컨설팅을 빨리 진행하여 프로젝트팀뿐 아니라 삼마 지원팀의 긴장감도 좀 높여야겠다는 생각을 한다.

"오늘 식사는 부 이사님이 준비하셨다고요. 감사합니다. 우리가 해야 하는데."

부태인 이사는 이미 식사 접대받기가 어렵다는 삼마의 스타일을 전해 들어 알고 있었다. 하지시스템 사람들로부터 프로젝트를 하면서 밥, 술 얻어먹을 생각하지 말라는 이야기를 들은 것이다.

"당연하게 저희들이 해야죠."

식당에는 프로젝트와 관계도 없는 사람들이 무슨 떼거지같이 들어와 자리를 잡고 있었다. 말로만 듣던 것을 눈으로 보니 웃음이 절로 나온다. 강 비서와 우리 직원들도 이해가 되지 않는 모양이다.

"삼마 인력들은 많이들 나왔네요. 상무님."

"우리 쪽 인력들이 관심이 많아요. 그래서 PM 얼굴도 보고 얼굴 도장 찍어보려고 하는 것이지요."

이들이 습관적으로 하는 것이 낮술인데 신 상무는 이미 몇 잔을 들이켰는지 거나하게 취기가 오른 얼굴이다. 신 부회장이 경영 컨설팅을 통하여 얻으려고 하는 것이 이런 문화를 개선하려고 하는 것이란 생각도 들었다. 회식을 끝내고 나온 후렉스코리아 일행은 사무실로 돌아오면서 서로 웃음만 지을 뿐이다.

"이 프로젝트 재미있을 것 같죠?"

"하하, 다들 고생깨나 하겠어. 각오들 하자고."

부 이사가 고객에 대하여 그만 이야기하라는 듯이 말을 막는다.

"그래도 이사님. 일도 그렇지만 접대 같은 일 이외의 업무가 많을 것 같아요."

강 비서가 예리한 분석으로 이야기한다.

"맞긴 하지만 다 그런 거지요, 뭐. 돈 썼으니까 일도 하고 얻어먹으려고도 하는 거 어느 정도까진 당연한 것으로 받아들여야지요."

부태인 이사는 대응책을 가지고 있다고 생각을 하기 때문에 신 상무의 의욕은 그다지 걱정되는 것은 아니었다. 삼마로 나오기 전에 여의도 사무실에 들어가서 챙겨야 할 일들이 너무도 많다. 경영 컨설팅팀 구성 방안, 협력회사 사장단 미팅, 삼마에서 일할 컨설턴트와 팀을 구성하는 것부터 정신이 없다.

"강 비서님, AA 한 명은 언제 들어오지요?"

"지금 내부에서 지원자 뽑고 있어요. 수요일까지는 구해서 팀에 합류시켜드릴게요."

"그래요, 고맙습니다. 신경 좀 많이 써주세요."

당장 여비서가 채용되지 않았기 때문에 강 비서의 도움을 받아야 한다. 사무실에 도착한 부태인 이사는 협력사에 전화를 걸어 일일이 일정을 잡고 있다. 김호석 상무가 만나자고 한다고 하니 다들 무슨 일들인지 알고 있다는 느낌이다. 금요일 저녁으로 시간을 잡고 장소는 문자로 보내 주기로 한다. 수요예측 시스템을 개발하는 교수들에게는 아직 계약이 안 되어 있기 때문에 메모만 해놓고 전화를 다음으로 미룬다

강 비서에게 인터폰을 하여 여비서는 어떻게 해야 할지를 의논한다. 프로젝트 인력과는 별도로 내부에서 써야 하는 인력이고 내

부의 회사 상황에 소외되지 않으려면 비서를 채용하여 본사의 분위기나 일정 등을 챙겨야 하기 때문이다.

"부 이사님이 생각하고 있는 사람 없으시죠?"

"없습니다. 강 비서가 알아서 챙겨주십시오. 상무님 일만으로도 바쁜데 저의 일까지 챙기려면 힘들잖아요."

사이가 멀어지면 좋을 게 없다는 생각이 들어서기도 하지만 보스인 김호석 상무의 비서이고 후렉스코리아 최고선임 비서이기 때문에 늘 존댓말을 쓴다.

"일단 의뢰를 해놓았고요. 곧 연락이 올 겁니다."

"네, 고맙습니다. 미안하지만 잘 부탁드립니다."

강 비서도 부태인 이사가 자신에게 편안하게 일을 시키기가 무척 어려울 것이라 생각하며 필요한 인력을 빨리 갖추어 주어야겠다고 판단한다.

"그리고 차량을 선택해야 하고 이사님께 새롭게 부여되는 혜택들에 대해서는 메일로 보내드렸으니까 한번 보세요. 기사는 필요하실 때 관리부에 이야기하면 되는데 나중에 비서 채용되면 그때그때 말씀하시면 됩니다."

"네, 잘 알겠어요. 감사합니다."

내일 오후에 자기들 사무실에서 보자고 B&K 쪽에서 연락이 왔다. 일정을 강 비서에게 통보를 해주고 관리팀에는 세금계산서를 발행하여 계약금 수령 절차를 밟으라고 통보해준다. 삼마에 나갈 AA를 불러 작업지원을 어떻게 해야 하며 역할이 어떤 것인가를 설명해준다.

"한주민 씨, 김효선 씨. 일단 삼마 프로젝트에 온 걸 환영합니다."

"네, 이사님. 저희도 반갑습니다."

이미 후렉스코리아에서 일하던 친구들이니 스타일은 잘 알고 있을 것이라 생각하고 이야기한다.

"두 분은 오늘부터 삼마 프로젝트 팀원으로 현장근무를 해야 합니다. 물론 일이 많을 수도 적을 수도 있지만, 고객에게 놀고 있는 인상을 주면 안 되고, 저와 우리 쪽 인력들의 업무를 지원해야 하는 일인 거 알고 있죠? 강 비서가 대략 알려 주었지요?"

1명은 부 이사의 비서와 같은 위치고 나머지 2명은 18명의 후렉스코리아 인력을 도와주며 각종 자료의 작성, 일정 등을 챙기는 게 임무인 것이다.

"누가 내 비서 역할을 할 건가?"

그중에 조금 침착하고 세련되어 보이는 한주민이 비서가 되었으면 좋을 듯싶은 생각에 한주민 씨를 쳐다본다.

"네, 이사님 제가 비서업무를 하고 효선 씨와 새로운 1명이 AA 업무를 하는 것으로 하겠습니다."

"좋습니다. 임시직이지만 정규직 채용기회도 있으니까 열심히 해주세요. 한주민 씨는 삼마에서 발생하는 내 일정을 본사에 새로 오는 비서와 잘 협의하여 일정 꼬이지 않게 해주세요. 지금부터 각자 역할을 담당해주시고 효선 씨는 삼마 쪽으로 먼저 가서서 그쪽

나가 있는 우리 인력들의 업무를 챙겨주세요."

18명 전체는 아니겠지만, 컨설턴트 일부가 상주할 예정이니 업무 부담은 꽤 될 것이다. 후렉스코리아 인력들은 업무에 집중하기 위해 개인적인 일 이외의 모든 보조 업무는 AA를 이용하여 처리한다. 일종의 여비서를 공유하여 업무에 도움을 받는 것이다.

"네, 이사님. 그리고 비용 결제는 삼마 코드를 별도로 쓰는 건가요, 아님 일반 비용으로 처리해야 하는지요?"

"삼마 코드가 별도로 있지만, 강 비서에게 이야기해서 어떻게 분류해서 사용할 것인가 알려줄게요."

다들 긴박하게 시작되는 프로젝트에 분위기가 바뀐 탓인지 약간은 들떠있는 것 같다. 이사 승진으로 가장 많은 환경이 바뀐 부태인 이사는 한주민에게 해야 할 일과 경비 외 비용처리, 출퇴근, 부이사의 정해진 일정 등에 대해서 설명을 해준다.

"그리고 가능하면 삼마 쪽 인력들에게 우리 쪽의 어떤 이야기도 해주지 말고 그쪽에서 부탁하는 일도 관리팀장이나 나에게 확인하고 해주도록 해."

지금까지 사례를 보면 프로젝트 상대편에게 후렉스코리아의 내부 전략이 AA들을 통해서 많이 흘러나간다. 임시직이다 보니 소속감이 많이 떨어지기 때문이다.

"네, 이사님. 그리고 비용 부분은 프로젝트에 투입된 상주 인력에 대해서만 삼마 코드로 처리하고 나머지는 각자 소속 비용으로 하면 되죠?"

비용은 항상 트러블의 원인이고 각 부서에서 한 푼이라도 손해를 안 보려고 하니 AA들이 처리에 민감해진다.

"그렇지, 원칙적으로 그렇게 하면 되고 여의도 본사라 생각하면 크게 틀리는 것은 없을 거야. 애매한 것은 강 비서나 새로 오는 비서와 상의하고."

"네, 알겠습니다."

부 이사는 한 비서를 먼저 삼마로 보내고 내일 B&K 사장과 만나서 협의할 내용에 대하여 정리를 한다. 경영 컨설팅을 통해서 나오는 결과물을 삼마의 신전략정보시스템과 무리 없이 접목해서 끌고 가야 한다는 숙제가 눈앞에 와 있어 다른 어떤 현안보다 신경이 쓰인다. 현재 도출된 프로세스에 대한 컨펌Confirm: 확정 작업에 바로 들어가느냐 아님 시간을 좀 끌어 컨설팅 결과물을 반영한 다음에 구현에 들어가느냐가 고민이 된다. 프로세스 확정이 연기가 된다면 협력업체 투입이 늦추어질 것이고 진척관리에 문제가 생기는 것은 당연한 결과인 것이다.

그렇게 되면 업무개발을 위해 투입대기 하고 있는 협력업체 인력들의 시간 공백이 길어지고 비용 지불 없이 계속 잡고 놀리는 것은 쉽지 않은 결정이다. 부태인은 일단 업무개발은 진행해야겠다는 결정을 한다. 계약은 하되 업무 투입을 조금 늦추는 것은 가능하니까 서로가 어느 정도 양보할 수 있는 여지가 있는 것이다. 업무 정리가 끝나자 부 이사는 삼마 프로젝트 현장으로 출발한다.

김호석 상무는 한남동 아우디 매장에 나와 있다. 이 차 저 차 구경을 하며 신형 SUV에 올라타 차량 내부를 꼼꼼히 살피고 구입 조건도 알아본다.

"시승이 가능합니까?"

"네, 지금 하시려고요? 지금도 가능합니다. 고객님."

김 상무는 서 사장과 같이 시승을 해야겠다는 생각에 전화를 건다.

"나야, 요번 주 언제쯤 시간이나? 시승 한 번 해보게."

"그래요. 오전에 하면 언제나 좋지요. 오후도 시간 걸리는 거 아니니까 점심시간 피하면 언제든지 좋아요."

"그래, 시간이 그다지 걸리는 것이 아니니까 일정은 정하면 되고 차량은 할부로 할 것인가? 아님 어떻게?"

"그럼 현금으로 할게요. 전달에 상가하나 판돈이 집에 있어요. 알아서 결정하세요. 저녁손님 준비해야 해요. 또 전화 주세요."

바쁜 모양이라고 생각하며 아우디 Q7에 대한 시승 예약을 수요일로 한다.

"그리고 현금으로 살 건데 할인 정책이 있지요?"

"네, 고객님. 3% 추가 할인해 드리고 주유카드 300만 원짜리와 상품권 둘 중 하나를 드립니다."

필요한 사항들을 꼼꼼하게 확인하고 서 사장에게 주려고 화보를 1부 챙겨서 나온다. 여의도 사무실로 돌아오는 길에 신 부회장에게 전화를 건다.

"선배님, 김호석입니다. 미국 출장 일정은 8주 후에 출발하는 것으로 잡는 것이 좋겠습니다. 연희가 8주 후면 다시 한국에 나올 것 같습니다."

연희하고 미국에서 부딪혀서 좋을 것이 없다고 판단하고 미국 출장 일정을 연희가 한국에 다시 들어오는 일정에 맞추어 나가려고 하는 것이다. 자연스러운 일정으로 조용히 연희의 집으로 가서 호석의 아내를 보는 핑계로 신 부회장이 욕심내는 연희의 아들을 보는 것이 무리가 없겠다는 판단이 선 것이다.

"어, 그래. 이제야 후배님이 적극적으로 움직여 주시는군. 그럼 제수씨는 2~3주 이내에 들어오겠구나. 이번에 들어오게 되면 김 상무도 좀 잘해줘. 내가 두 사람 식사 한번 초대하마. 어디냐?"

한결 기분이 좋아진 신 부회장은 김호석 상무에게 한껏 공치사를 한다.

"삼마에 들어가는 중입니다. 선배님."

"그래, 나 사무실에 있어. 컨설팅 관련해서는 준비가 잘 되어가나?"

김호석 상무도 삼마 경영 컨설팅 프로젝트를 가지고 무엇을 하려는지 구체적으로 파악할 필요가 있어 들어가는 중이라 이야기한 것이다.

"네, 선배님. 곧 도착할 예정입니다. 저와 미팅할 시간은 있으시죠?"

김호석 상무는 삼마 쪽으로 운전해가며 집사람이 들어오면 어떻게 이미 떠난 마음을 따뜻하게 감쌀 수가 있겠는가 고민이 된다. 원하는 대로 선뜻 이혼해준다면 애엄마가 좋다고 하겠지만 그렇게 되면 부회장하고 자연스럽게 들리기는 어려울 것 같고 거짓으로라도 잘해주자니 마음이 내키지 않는다. 아무튼, 이번에 들어오면 신경은 좀 써주어야겠다는 마음은 가져본다.

삼마 신 부회장실로 들어가자 자리에서 졸고 있다. 요즘은 옛날과는 달리 많이 피곤해 보인다. 그룹의 업무를 파악하고 조직을 장악하려고 노력하다 보니 신경이 많이 쓰이고 체력도 그만큼 소진될 것이다.

"선배님, 한쪽에 침대를 놓으시죠. 편안하게."

"으…응. 벌써 왔냐? 앉아라."

그룹 후계자로는 정해졌는데 조직은 완전하게 장악을 못 했고 그러니 여러 가지 고민이 많을 것이다.

"네, 선배님. 제가 말씀드리지 않은 게 하나 있습니다. 삼마 프로젝트 총괄 PM 부태인이 있잖아요."

"아, 부 부장 왜? 내 10년 후배라며."

"부태인이 이번에 이사로 승진했습니다. 알고 계시는 것이 좋을 듯해서요."

신 부회장에게는 10년 후배니까 그다지 감은 안 오겠지만 당연하게 알려야 할 것 같고 신 부회장에게 보고하러 자주 올라올 수도 있는데 서로 실수하면 어색할 것 같아 이야기한다.

"음, 이사라 좋군. 후배들이 요소요소에 포진되는 것 같아서 좋아. 축하 난이라도 하나 보내야겠군."

신 부회장은 비서를 불러 축하 난을 보낼 것을 지시한다.

"감사합니다. 선배님."

"당연한 거지. 무슨 소리야, 선후배끼리."

선후배 사이를 강조하며 앞으로 서로 잘 돕자는 무언의 압력을 넣는 것 같은 느낌을 받는다.

"선배님, B&K가 하인즈에 컨설팅을 했다네요. 시스템 구축을 후렉스에서 했지만, 내일 만나 확인을 좀 해보아야 할 것 같습니다."

"그래. 그건 형식상 필요한 거니까 당연하게 해야 하는 것인데 내가 컨설팅 받는 이유는 대강 알고 있지?"

김호석 상무는 신 부회장이 경영 컨설팅을 급박하게 하는 이유야 대충 눈치는 챘지만 모른 척하고 이야기한다.

"B&K 미국 본사에 하인즈 프로젝트에 참여한 인력을 수배하고 있습니다. 상단의 비전과 조직에 손댄 인력으로 말입니다."

김호석 상무가 신 부회장의 말을 무시하고 다른 이야기를 하자 신 부회장은 말을 끊고 자기가 직접 그 이유를 설명한다.

"호석아, 나는 이 프로젝트를 통해서 그룹 구조조정에 착수해서 동생들이 엉망으로 만들어 놓은 그룹을 제 모양으로 돌려놓아야 해."

김호석은 그제야 마지못해 알았다는 듯이 대꾸를 한다.

"네, 선배님 의도는 잘 알고 있습니다. 그래서 선배님의 의도대로 경영 컨설팅 결과가 나와야 한다는 것이 결론 아닙니까?"

애당초 신 부회장의 의도를 알고 있던 김호석은 무슨 걱정을 하냐는 듯이 이야기한다. 신 부회장의 생각을 완성하기 위해 김호석에게 프로젝트를 맡긴 것 아니냐는 듯이 이야기한다.

"하하, 역시 넌 나의 후배야. 그래서 널 잊을 수가 없다니까. 은인이다, 은인. 이제야 안심이 좀 되는구나."

"선배님도 언제는 저에게 이야기하고 지시하는 데 어려움을 느꼈던 사람처럼 말씀하시네요. 저하고 선배님하고 벌써 몇 년째입니까? 하하하."

신 부회장하고 호석은 뭐랄 것 없이 죽이 잘 맞는다. 그 이유가 다 호석이 신 부회장의 의도에 앞서 가려운 것을 긁어주니 그런 관계가 형성된 것이지만 아무튼 두 사람은 누가 봐도 특별한 사이임에는 틀림이 없다.

"하하하. 그게 아니라, 결론이 이미 나 있는 것이고 또 가장 중요한 최고 경영자의 의도를 완전하게 오픈했으니 인력을 좀 더 투입해서라도 보고서를 빨리 만들어 내는 것이 어떨까 해서 그런 거지."

"그런데 선배님. 보고서가 너무 빨리 나온다면 동생들 쪽에서 문제 삼지 않겠습니까? 이미 결과가 계산된 컨설팅이라고 말입니다. 제가 좋은 생각이 있습니다."

김호석은 이번 프로젝트에 새롭게 투입되는 감리를 이용하려는 의도를 가지고 있었다. 감리가 동생들의 핵심 라인인 윤영관 삼마그룹 관리부장의 후배라는 것을 알고 그를 이용해서 조직을 흔들려고 하는 생각을 가지고 있다.

"선배님, 윤 부장 있지 않습니까?"

"응, 윤 부장 있지. 동생 애들 충복이야. 동생들하고 죽이 맞아서 그룹을 망치는 주범이지."

윤영관 부장이 관리부를 장악하면서 그룹 핵심인 삼마의 자금 쪽을 틀어쥐고 있어 제거해야 할 핵심 인물인 것이다. 신 상무가 해야 할 자금 관련 업무를 윤 부장이 장악하여 신 상무의 힘이 미미해지고 중요 업무에 소외되는 것을 알고 부회장이 자기 쪽으로 돌아서게 만든 것이다.

"이번에 투입되는 감리가 윤 부장 고등학교 후배입니다. 감리 회사 직원을 컨설팅에 포함시켜 도출되는 컨설팅 결과물에 책임을 어느 정도 가져가게 하는 겁니다."

"응, 계속해 봐."

신 부회장은 감리 김병기 사장이 윤 부장 후배라는 것에도 관심이 가지만 컨설팅 결과에 책임을 지워서 가자는 제안에 흥미가 가는 것이다. 어차피 컨설팅 결과가 나오면 구조조정이 뒤따를 것이고 책임을 지워야 희생양이 필요하기 때문이다.

"이이제이. 오랑캐는 오랑캐를 이용해서 무너뜨린다. 이런 전략을 쓰자는 것입니다. 컨설팅 진행 과정이 어떤 형태로든 동생분들께 보고가 될 것인데 가짜 정보를 흘려 결과에 대한 오판을 유도하자는 것입니다. 어떤 결론이 나든지 전문적 지식이 없는 동생분들은 잘못된 정보를 계속 보고받고 결과물도 자신들을 완전히 제거하려 한다는 생각이 드는 방향으로 정보를 흘린다면 미리 흔들리거나 내부에서 잡음이 생기게 하여 실수하게 만드는 것이지요. 어떻습니까?"

조직의 뒷받침이 없으면 아무리 그룹의 후계자라도 자기 뜻을 펼치기가 어려운 것이다.

"좋아, 아주 좋아. 그렇게 판을 만들어 봐라."

"그리고 동생분들을 헷갈리게 할 보고서는 다른 회사 결과물을 각색해서 따로 준비하면 될 것입니다. 자료가 어렵게 유출되는 것으로 윤 부장을 통해 동생분들에게 전달된다면 효과는 만점이 될 것입니다."

그렇게 되면 윤영관 부장과 관련된 인력을 한직 또는 퇴직을 유도하고 정리할 수 있겠으나 자기 충복으로 끌어들인 신 상무는 어떻게 할 것인가 고민을 한다.

"컨설팅 결과에 따라 구조조정 본부장에 신 상무를 앉히고 그룹 구조조정 업무를 이끌게 해서 힘을 실어 주면 구조조정에 대한 불만이 커지게 될 것이고 그러한 상황을 이용해서 정리하시거나 측근으로 옆에 두시거나 하면 될 것 같습니다. 그동안 선배님은 해외 출장도 가끔 나가고 시스템이 움직이게 두면서 지들끼리 열심히 싸우게 버려두는 것입니다. 어쨌거나 공장하고 생산조직은 흔들리지 않을 것입니다. 여기는 대리점 체제고 생산 라인만 문제없으면 상관없으니까요."

"그래, 아주 흥미로운 생각이다. 이거 하나 정리해서 주면 안 되겠냐?"

빈틈없이 치밀한 신 부회장의 성격은 알지만 만에 하나 사전 유출은 치명적인 책임 관계를 불러일으킨다.

"선배님 이것은 저와 선배님이 머릿속에만 가지고 가는 것이 좋을 듯싶습니다. 만에 하나 유출 가능성이 조금이라도 있다면 큰 문제가 있을 수도 있고 지금은 주변이 다 적이잖아요. 제가 선배님 의중을 정확하게 알고 있기 때문에 어느 정도 프로젝트에 개입하여 선배님 의도에 맞는 보고서를 내놓겠습니다."

역학관계에 의한 치열한 경쟁은 누가 더 고급 정보를 잡고 힘을 보태느냐가 승리의 관건이다. 지금은 승기를 잡은 상태라고 판단하기 때문에 절대 무리할 이유가 없기 때문이다.

"그래, 그게 좋겠다. 내가 해야 할 일은 무엇이냐. 지금은 네가 원하는 대로 지원할 거고 그 외에는?"

"구조조정이 무리없이 끝난다면 신 상무는 끌어안고 가야 할 수도 있습니다."

마음이 급하니 신 부회장의 조급증이 또 나타나려고 한다. 이번은 병적인 것이라 하기는 그렇고 얼마나 고민이 되고 힘들었으면 이럴까 이해가 된다.

"일단 감리를 인사 소개해 드릴 테니까. 후렉스코리아를 잘 도와주라고 이야기하시고 모른 척하세요. 그리고 저에게 경영 컨설팅에 감리 쪽 인력 좀 쓰는 게 좋지 않냐 이런 식으로 이야기하세요. 그럼 제가 긍정적으로 검토하겠다고 말씀드리겠습니다. 이게 시작이죠."

감리 쪽 인력을 최대한 자연스럽게 끌어들여야 한다. 감리 김병기 사장은 잔뼈가 굵어 가며 어렵게 시장에서 성장하였기 때문에 눈치가 빠르다. 김병기 사장 쪽 엄밀하게 이야기하면 하지시스템 김성조 상무의 인력이겠지만 1명을 지원을 받아서 자연스럽게 컨설팅 진행 정보가 윤 부장, 신 부회장 동생들에게 전달되게 하여야 한다.

"하여튼 넌 머리가 끝내준다. 너에게 일임할 테니까. 결국 내가 미국에서처럼 또 김 상무에게 매달려 있게 되는구나. 고맙다, 내가 꼭 보답할게."

이 인연이 언제 끝나게 되나 생각도 해보았지만 그다지 나쁜 인연은 아니라고 생각하며, 연희와 관련된 것이 옥에 티라고 할 수 있지만, 이제는 당사자들의 말을 통해 모든 오해도 풀렸으니 다행이라 생각한다.

"선배님, 내일 B&K 만나고 3주 내로 컨설팅 계획서 올리겠습니다. 그 대신 계약서가 타당하면 계약 건을 이사회에 붙여 승인을 받아놓으세요."

구조조정이 포함된 컨설팅의 정당성을 승인받아놓고 경영진에게도 책임 분담을 시키자는 것이다. 물론 신 상무는 등기 상무가 아니다. 신 부회장과 아버지인 회장의 측근인 등기 임원들이 승인하면 아무런 법적인 문제점이 없다는 것이 결론이다.

"그래, 그것이 필요하겠지. 회장님께 보고하면 바로 허락하실 거야. 아버지도 나와 같은 생각이시니까."

"그럼 잘 되었습니다. 당분간 선배님하고 저는 외부나 저희 회사에서 만나시는 것이 좋겠습니다. 여긴 눈이 많아서요. 그리고 감리 쪽 인력은 입사 전이겠지만, 컨설팅팀이 구성되면 자리를 한번 만들 테니까 얼굴 한 번 비춰주세요."

이번 컨설팅 프로젝트의 성공은 보안이라고 생각하기 때문에 감리 쪽 인력은 이사회에서 승인이 떨어지면 그때부터 투입시킬 생각이다. 김병기 사장 입장에서는 공돈이 생기는 것이라 생각하겠지만, 그것을 삼켜 뜨거운 감자라는 것을 느낄 때쯤이면 상황은 어느 정도 정리가 된 상태일 것이다.

"그래, 너희 회사로 갈까? 강 비서도 있고. 하하, 아니다. 그러면 다들 불편할 텐데 네가 W호텔 휘트니스 클럽 회원권 있으니 거기서 보자. 네 것도 하나 줄 테니까 내 선물이라고 생각해둬."

W호텔 휘트니스 회원권이면 최소 2억은 간다. 물론 연회비는 매번 내야 하지만 평생 회원권이고 희소성이 있으며 최상급의 회원 서비스로 유명하다.

"선배님, 그런 선물은 부담 갑니다. 그러나 주시면 감사하게 받겠습니다. 하하하."

이 정도의 기획안이면 그 정도의 선물값은 충분히 한 거라고 생각하고 전혀 부담을 느끼지 않는 호석은 덧붙여 과감하게 요구를 한다.

"선배님, 이왕이면 가족용, 아니 부부용으로 해주세요. 무기명으로다."

"하하, 너 애인 생겼냐? 무기명이게. 알았어, 큰맘 먹고 해줄게."

나중에 매매하기도 용이하고 누구라도 등록시킬 수 있는 무기명이 좋다. 주변에 서 사장도 있고 연희도 있으니 나중에 필요할 때 잘 써먹을 수 있겠다 생각한다.

"감사합니다. 선배님. 그럼 앞으로 모임은 일단 W로 하겠습니다. 저녁에 뵈어야 하지요?"

"아니, 필요할 때마다 시간 정하자. 넌 주로 언제 운동하는데? 난 정해진 시간이 없어. 시간 나면 가니까."

신 부회장은 무엇인가 정해놓고 그것에 맞추는 스타일이 아니고 그때그때 시간이 비면 상황에 맞추어 다른 일을 하는 사람이다.

"저도 똑같지요. 그래도 멤버십 생기면 가능하면 열심히 해야지요. 하하."

한국에서는 전망과 시설이 좋고 유명 인사들이 많이 오기로 소문난 곳이고 그래서 회원권도 최고가에 거래될 뿐 아니라 회원 수가 적어 회원권 구하기도 어려우니 회원권을 가지고 있다는 것만으로도 사회적 지위와 부를 인정받는 곳이라고 소문이 나 있다.

"선배님, 후렉스코리아 애들도 와 있고 삼마 쪽 인력도 일부 들어온 모양입니다. 내려가서 부 이사에게도 격려 한마디 해주시죠."

컨설팅 관련해서 대화가 끝났으니 이제 프로젝트로 화제를 돌린다. 벌써 20년 가까이 신 부회장을 가까이에서 챙기다 보니 호석도 가끔 자신이 신 부회장의 비서가 된 것 같은 착각이 들 때도 있다.

"그래, 한번 내려가 볼까. 내가 식사 한번 초대해야 하는 것 아닌가. 후렉스코리아하고 삼마와 삼마DS 팀장급들 모아서 한번 격려도 하고 긴장감도 주고, 부태인 이사는 나중에 셋이서 자리 한번 만들고."

"그리 해도 좋을 것 같습니다. 부태인, 이 친구 성실하고 똑똑합니다. 잘 살펴보세요."

신 부회장이 불쑥 연희 이야기를 물어본다.

"연희는 요즘 뭐하나?"

캠핑 갔다 왔다는 이야기는 빼고 이야기한다.

"신경 좀 쓰세요. 지금 사무실 인테리어하고 있어요. 후렉스코리아 옆 일흥증권 빌딩입니다."

"시간이 내 맘대로 나냐? 잘 알면서 왜 그러시나."

부회장이란 자리가 신 부회장에 있어서는 많은 견제와 고생을 하면서 얻은 것임을 잘 아는 호석은 신 부회장의 말에 공감한다.

"금요일 귀국한답니다. 제가 공항에 데려다주려고요. 형님이 하셔도 됩니다."

못할 것을 뻔히 알면서 김호석은 신 부회장에게 양보하듯 이야기한다.

"내가? 아버지가 가신다고 해도 시간 못 낸다. 네가 대신해주고 필요한 거도 챙겨 주고. 미안하다."

"알겠습니다, 선배님. 제가 알아서 하겠습니다."

삼마 프로젝트 룸에 들어온 두 사람은 한 바퀴 둘러본다. 부 이사도 자기 방에서 나와 사무실 인원 배치와 삼마에서 일부 파견된 인력들의 자리를 조정하고 있다.

"부 이사, 축하해. 승진했다며? 좀 늦었지만 언제 식사 한번 하자고 셋이서."

"네, 부회장님 감사합니다."

엄청난 선배이기도 하지만 발주사의 최고 경영자이니 조금은 긴장되었을 것이다.

"삼마DS 책임자는 누군가?"

옆에 있던 삼마DS의 강재선 부장이 인사를 한다.

"접니다, 부회장님. 전략팀의 강재선 부장입니다."

강재선 부장은 삼태 정보시스템에서 삼마DS 설립 시에 이직한 사람이다. 삼태그룹이 후렉스코리아의 최대 고객인데 김호석 상무가 부장 시절 삼태그룹에서 일할 때 삼태 정보시스템에서 가끔 봐서 김호석 상무와는 이전부터 안면이 있다.

"강 부장이시군요. 김호석입니다. 구면이죠? 삼태에 계실 때 안면이 있지요."

"네, 잘 알고 있습니다. 정보통신업계의 거두를 모를 리가 있겠습니까? 상무님."

"김 상무하고는 잘 아는 사인가 보네. 잘 되었군. 강 부장이 여기 부 이사 팀을 잘 도와 프로젝트를 성공시켜야 돼."

신 부회장은 부태인 이사와 강 부장을 같이 놓고 협조를 잘해서 개발에 꼭 성공하라는 당부를 한다. 강 부장에게는 큰 압력으로 작용될 것으로 호석과 부태인은 생각했다.

"내가 가끔 내려올 테니까 부 이사는 어렵고 풀리지 않는 것은 언제든지 이야기해요. 강 부장 언제 후렉스코리아하고 우리 쪽 팀장 이상들 자리 한 번 만들어 봐. 내가 직접 참석할 테니까."

"네, 알겠습니다. 부회장님."

그룹의 부회장이 직접 이곳에 내려와 격려하는 것은 직원들에게 엄청난 뉴스거리가 될 것이다. 아직 협력업체들이 입주하지 않아 빈자리가 많이 보이는데 협력업체가 들어와야 같이 일하게 되는 삼마DS 인력도 충원되어 배치될 것이다.

"김 상무, 나 올라가야 돼. 외부에서 손님이 오기로 되어 있을 거야. 사무실로 들어 가실 건가? 이야기한 거는 사무실로 보내라 할게. 잘 들어가게."

"네, 부회장님. 잘 알겠습니다."

신 부회장이 W호텔 휘트니스센터 회원권을 이야기하는 것인데 분위기로 봐선 이미 주려고 마음먹었던 것 같다.

"상무님, 사무실로 들어가십니까?"

"왜? 부 이사. 할 이야기가 있는 모양인데 차 한잔 할까? 방이 어디야?"

부 이사를 따라 프로젝트 총괄 PM의 사무실로 들어간다. 후렉스코리아의 자기 자리보다 공간이 넓다.

"자리 좋은데? 1층이라 좀 그렇지만 말이야."

"상무님, 차는 무엇으로 드릴까요?"

한주민이 와서 물어본다.

"현장근무 비선가? 이름이 뭔가?"

AA로 쓰던 친구를 비서로 쓰는 줄은 알고 있었지만 차분한 게 인상이 좋다.

"한주민입니다. 상무님."

한주민이 웃으면서 대답을 하는데 흰 이가 인상적이다.

"아, 그래. 어디 있었나? 우리 층에서는 못 봤는데."

강 비서가 소개해서 데리고 왔다고 하며 네트워크팀에 있었다고 부 이사가 이야기한다.

"상무님이 계신 27층에는 근무 안 했었습니다."

"그래. 우리 부 이사 많이 도와줘요. 열심히 일하면 부 이사가 보답할 거야. 논공행상이 정확한 분이니까."

앞으로 있을 수 있는 정식직원 채용 가능성을 넌지시 이야기하며 열심히 일할 것을 주문한다.

"네, 명심하겠습니다. 상무님."

한 비서가 나가자 부태인 이사가 말을 연다.

"상무님, 신 상무 있잖아요. 아까 계약하고 식사를 하는데 상무님이 신 부회장님만 만나고 자기한테는 들리지도 않는다고 지나가는 말투로 이야기하더라고요."

김호석은 그럴 줄 알았다는 듯이 고개를 끄덕이며 이야기한다.

"내가 신 부회장이 부르니까 들어오는 것이지 누굴 만나겠다고 들어오나. 이제 프로젝트를 시작했고 어차피 최고 책임자라 가끔 볼 일도 있을 거니까 신경 쓰지 마."

부태인 이사는 김 상무와의 대화 속에 어딘지 모르게 신 상무를 무시하는 듯한 느낌을 받고 더 이상 언급은 하지 않는다. 한 비서가 차를 가지고 들어오자 한 비서를 대화의 중심에 세운다.

"한 비서는 후렉스코리아에서 몇 년 일했지?"

"네, 상무님. 3년 되었습니다. AA로만 있었습니다."

3년이면 정규직원으로 채용해도 되는 기간을 만족시킨다.

"그래. 오래 있었구나. 본사에 부 이사 비서가 곧 들어올 텐데 둘이 협조 잘해서 부 이사 지원 잘해드려. 어떤 사람이 올지도 모르겠지만. 나이 좀 있고 경력이 있는 사람이 왔으면 좋겠어."

차를 마시면서 부 이사는 평소답지 않게 김호석 상무가 말을 이리저리 돌리는가 궁금해진다.

"네, 알겠습니다. 상무님."

"부 이사도 3년 된 친구를 데려왔으니까 잘 고민해야 돼. 3년 정도면 보통 정직으로 채용하는 게 정상이야. 다른 친구들도 그렇게 되었나?"

3명 다 3년 차면 부태인 이사에게 경비부담이 가니까 어려울 것이라는 판단에서 물어본다.

"다른 친구들은 1년 차입니다."

"그래, 잘 되었었네. 기대해도 되겠어."

"감사합니다. 상무님."

"아니, 감사는 부 이사에게 해야지. 하하하."

"일단 이야기한 것은 오픈하지 마세요. 한 비서."

김 상무는 무슨 생각이 있는지 오프 더 레코드를 주문한다.

"나는 차도 마셨으니 나가 봐야지. 퇴근 시간도 다 되었는데. 나가지."

밖으로 나온 김 상무는 부태인 이사를 가까이 부른다.

"부 이사, 나는 삼마에서 부 이사에게 방을 내준 것도 이상하고 기분이 영 안 좋아. 그러니까 중요한 이야기는 밖에 나와서 하고 본사 업무와 관련된 이야기는 가능하면 핸드폰으로 업무협의를 해 주게. 팀원들에게도 외부에서 회식하면서 이야기 전달해."

부태인 이사는 이제야 김호석 상무가 사무실에서 변죽만 울리는 소리를 했는지 이해를 한다.

"네, 잘 알겠습니다. 교육 잘 시키겠습니다."

"그리고 신 부회장이 하는 컨설팅은 이미 결과를 두고 진행하는 거니까 걱정하지 말고. 결론은 구조조정이고 회장님도 어느 정도 내락을 하고 움직이는 것 같아. 감리 쪽도 전략적으로 넣어서 컨설팅할 거야. 그러니 내일 여의도 사무실 들어와 이야기하자고. 매주 진도 보고회를 가져야 한다. 처음에는 타이트하게 관리해. 그래야 마지막이 좀 편안해지는 것이니까. 나 먼저 간다."

김호석 상무의 이야기를 듣고 보니 경험이 중요하단 것을 부태인 이사는 다시 한 번 실감한다. 항상 조심해서 나쁠 게 없다는 생각을 하며 김호석을 보스로 모시고 있다는 것이 더욱 자랑스럽다.

"네, 상무님. 잘 알겠습니다. 퇴근하십니까? B&K는 내일 오후에 들어가기로 했습니다. 그곳에서 B&K 미국 본사 쪽하고 연결해서 폰 컨퍼런스를 하자고 합니다."

"그래, 좋아. 그럼 내일 뭔가 결론이 나겠구나. 갈게."

김호석도 차를 몰고 삼마를 빠져나오면서 사무실 강 비서에게 전화를 건다.

"강 비서, 내일 B&K와 오후에 미팅 있다고 하니까 정확한 시간 나오면 문자 넣어줘. 그리고 수요일은 나 두솔은행 강남지점으로 바로 출근할 거고 내일은 사무실 출근할 거야."

"네, 상무님. 그리고 부 이사가 쓸 여비서 이력서 왔는데 나이가 좀 있는데요. 30살입니다. 경력은 괜찮은 거 같고 전 직장 그만둔 이유도 별문제 없는 것 같아요. 제 친구가 그쪽에 있는데 알아봤어요. 헤드헌터 쪽에서도 문제없다고 보증도 하고요."

30살이면 적당한 나이다. 젊은 애들은 좀 산만하고 믿음직스럽지가 않다. 자신이 나이 많은 비서를 써서 그런지 김호석은 나이가 좀 있으면 믿음이 간다.

"그래, 잘 되었군. 나이도 적당하고. 헤드헌터 말은 믿지 못하고 그쪽 아는 사람에게 물어봤다니 안심이야. 출근하라고 해, 내일부터. 강 비서 일이 너무 많아져서 안 되겠어."

"네, 상무님. 내일 아침 출근시키겠습니다. 퇴근하시는 거죠?"

눈치로도 알 수 있지만, 김호석 상무는 퇴근하면서 습관적으로 꼭 다음날 스케줄을 챙기기 때문이다. 비서의 연봉은 대략 경력에 따라 정해져 있기도 하고 후렉스코리아의 급여 테이블을 어느 정도 아는 HRC^{Head Hunter Company: 전문인력 공급회사}에서 잘 정해서 보낸다.

"그래, 나 먼저 퇴근한다. 나 찾는 사람 없었지?"

종일 사무실을 비웠으니 찾는 사람이 있었을 것이다.

"네, 관리팀에서 내부적으로 축하모임 해야 하는 거 아니냐고 문의해왔고, 또 김연희 지사장님 전화 왔었어요. 그 외는 별 중요한 일들이 아니라 제 선에서 정리했습니다. 그리고 아우디 코리아에서도 전화 왔었어요. 하지코리아 김 이사님이 전화하셨는데 약 올리려고 전화했대요. 계속 고생하시라고요. 호호호."

김성조와 호석은 고향 친구라 서로에게 장난이 심하다. 놀러 가서 프로젝트로 바삐 일하고 있는 사람에게 전화로 놀리기나 하는 재미있는 친구다.

연희는 호석에게 직접 연락하면 되는데 회사로 전화한 것 보니 강 비서가 신경이 쓰여 연희가 김호석 옆에 항상 있다는 것을 강 비서에게 넌지시 알려주려고 한 것이 틀림이 없을 것이다. 전화기를 들고 아우디 코리아에 전화를 건다.

"후렉스 김호석입니다. 시승일정 잡혔다고 해서 전화했는데요."

"네, 수요일 11시에 확정되었습니다. 고객님. 그 시간으로 결정할까요?"

서 사장이 점심 이후가 좋다고 한 말이 기억이 났다.

"오후 3시쯤 하면 안 되겠습니까?"

"네, 가능합니다. 그렇게 하겠습니다."

연희에게 전화한다.

"나야, 전화했다고. 난 온종일 피곤했어."

전화한 이유를 뻔히 알지만 그래도 안 해주면 섭섭해 하니까 적당한 이유를 둘러댄다.

"응, 오빠. 그냥 잘 출근했나 전화했어. 일 있었으면 메모를 남기거나 직접 전화를 했지. 비서가 눈치가 없구나. 시시콜콜한 것까지 메모를 남기나 봐, 호호."

예상이 정확하게 적중한 것 같아 웃음이 나왔다.

"너를 중요한 사람으로 인식하고 있는 모양이구만. 전화한 것만으로도 말이야."

"호호호. 그런 생각이었다면 제대로 쓰는 거지."

호석의 말 한마디에 연희는 즐거운 하루를 마무리한다.

"나 퇴근 중이야. 온종일 피곤해서 말이야."

"응, 오빠. 어제 운전 많이 해서 그럴 거야. 금요일은 오빠가 데려다줄 거야? 아님 나 호텔에서 서틀타도 돼."

빤한 속내를 또 떠보는 여우 새끼의 의도를 알아차린다.

"하하하, 모셔다드려야지요. 목요일 약속 잊지 마라. 내가 데리러 갈까, 아님 약속한 호텔에서 볼까? 호텔이 좋겠다."

"그래요. 저녁에 호텔에서 봐요. 내 업무이니까 내가 한잔 살게."

"그래, 그렇게 해라. 잘 쉬고~ 난 들어간다."

"오빠 조심히 들어가요. 뭐 꿈같은 거 안 꿨어?"

갑자기 연희는 자신이 계획하는 것에 빗대어 슬쩍 엉뚱한 질문을 던진다.

"꿈은 갑자기. 난 꿈 잘 안 꿔. 너나 오늘 꿈 잘 꿔라."

아무 생각 없는 김호석이라고 생각하며 의미 있는 웃음을 짓는다.

"알았어요. 오빠 잘 들어가요. 호호호."

부태인 이사는 삼마 사무실에서 퇴근 시간이 지났는데도 시계를 자꾸 보면서 신 상무를 기다리고 있다. 갑자기 신 상무가 저녁이나 같이하자고 연락을 해왔기 때문이다. 다른 사람 없이 둘이서 하자고 하니 직원들은 퇴근을 시키고 여비서와 둘만 남아 있다.

"부 이사님. 조금 늦었습니다. 나가시죠. 나 때문에 한 비서만 퇴근을 못 하고 있군요."

순간 부 이사는 김호석 상무의 이야기가 생각났다. 신 상무가 한 비서라는 것은 어떻게 알고 있었을까? 여직원이 두 명이나 있고 비서라는 호칭을 안 쓰기 때문에 가뜩이나 오늘 처음 일하러 와서 소개도 안 했다는 생각을 하니까 소름이 쫙 끼친다. 애써 자신이 김호석 상무의 말에 너무 신경을 쓰고 있는 것은 아닌가 생각해본다.

"네, 신 상무님. 어디로 가시렵니까? 차로 이동하실 겁니까?"

표정을 바꾸어 웃으면서 부 이사는 신 상무에게 묻는다.

"아뇨, 가까운 곳에 내가 예약해 놓았어요. 거기서 식사하며 술 한잔합시다."

둘은 주차장에 차는 그대로 두고 신 상무가 예약한 고깃집으로 걸어간다.

"상무님, 어서 오세요. 안쪽으로 들어가시면 됩니다."

주인 여자가 호들갑을 떠는 것을 보니 신 상무가 자주 오는 음식점인 모양이다.

"오늘 어떤 고기가 좋은가? 귀한 손님 모시고 왔는데."

"네, 상무님. 등심이 아주 좋습니다. 육회도 있고요."

주인은 단골손님을 위해서 최선을 다해 응대한다.

"그래, 여기 소주하고 좀 가져와 봐. 육회도 부드러운 것으로 하나 줘요."

주인이 나가자 신 상무는 부 이사에게 얼굴을 돌린다.

"오늘 첫날이라 고생 많이 하셨지요. 조직이 다 갖추어지지 않아서 말입니다. 우리 삼마DS 인력은 다 들어왔나요?"

삼마 쪽 프로젝트 책임자이고 신 부회장도 오늘 내려왔다 갔을 정도로 많은 관심을 가지고 있는 프로젝트이기 때문에 여러모로 궁금한 점이 많은 눈치다.

"네, 아직 들어오지 않았습니다. 개발 업체들이 다 들어오지 않아서 아직은 삼마DS 인력들이 들어올 필요는 없습니다. 금주 말까지 외주인력 들어오고 그다음 주에 삼마DS 인력 들어오면 어느 정도 구색이 갖추어질 것입니다. 이제 시작인데요."

인력 부분에 대해 관심이 있을 것 같아 상세하게 상황을 이야기해준다.

"잘 부탁드립니다. 부회장님의 관심이 워낙 크시고 이 프로젝트가 그룹을 다시 한 번 도약시키는 계기가 될 것이라고 말씀하시니 관심이 많이 갑니다."

고기와 술이 나오자 부태인 이사는 먼저 술을 권한다. 부태인 이사 개인적 취향으로는 소주는 별로 좋아하지 않지만, 고객이 원하는 것이기도 하고 나이가 훨씬 많은 신 상무가 마시라고 하니 거절할 수도 없다. 당분간 이번 프로젝트에 집중하기로 마음먹었다. 김호석 상무처럼 일에 파묻혀 살다가 형수님하고 사이가 많이 벌어져 있는 것도 눈으로 보지만 지금은 자리 잡고 성장하려니 할 수가 없다. 그동안은 김호석 상무가 배려해주어서 편안하게 이사 자리까지 올라왔는데 무한정 기댈 수는 없는 것이다.

"한 잔 하시죠, 상무님. 많이 도와주십시오."

신 상무는 부태인 이사의 도와달라는 말에 기분이 좋은 것인지 아니면 2차를 기대하며 좋아하는 것인지 모르겠지만 아주 흡족한 표정을 읽을 수가 있다. 김호석 상무로부터 술 먹은 스타일에 대해서 대략 이야기는 들었기 때문에 각오를 하고 왔지만 신 상무와의 술자리가 처음인지라 기대 반 우려 반이다. 삼마의 나이 많은 간부들은 공단 근처 가출소녀들이 많이 있다는 술집을 선호한다고 한다. 술이 거나해지자 신 상무는 심각한 표정으로 물어본다.

"부 이사, 우리 삼마가 어떻습니까? 외부에서 볼 때 말이요."

"잘나가는 회사 아닙니까? 최근 급성장하고 있는 회사로 말입니다."

그런 물음이 아니라는 듯이 고개를 흔든다.

"그것 말고 떠도는 소문 말이요. 형제들과 관련된 이야기 말이요."

신 상무가 취한 것인지 아니면 일부러 떠보는 것인지 부 이사의 머릿속이 혼란스럽다.

"그런 것에는 원래 관심이 없습니다. 그리고 특별한 이야기가 도는 것도 없고요."

말을 꺼내서 구설수에 오를 수도 있겠다 싶었고 어색한 자리를 빨리 벗어나고 싶은 생각에 말을 잘라버린다.

"하하, 우리 부 이사님도 경계가 많으시군요. 난 괜찮아요. 난 부회장님 라인입니다."

"상무님, 전 오늘 처음 부회장님과 인사했고요. 무슨 라인이라는 것 신경 안 쓰고 일하는 사람입니다. 전 삼마 프로젝트에만 신경을 집중하고 있습니다."

부태인 이사가 정색을 하며 이야기하자 신 상무는 더 이상 이야기하는 것을 포기한다. 프로젝트 책임자로 프로젝트의 성공적 진행에만 관심이 있었을 것인데 자꾸 주변 이야기를 하는 것을 보면 자신의 미래가 불안한 모양이긴 한 것 같다.

"우리 어디 조용한 곳으로 옮겨서 한잔 더 합시다. 차 한 잔 마시면서 대리기사를 부릅시다. 아니지, 술집에 전화해서 차를 보내라고 해야겠네. 그게 좋겠지요?"

이미 신 상무가 갈 곳은 정해진 모양이다. 앞으로 프로젝트 진행의 수난을 예고하는 것 같아 씁쓸하다. 그러나 구조조정 관련 컨설팅 프로젝트를 신속하게 진행하여 신 부회장의 의도가 드러나면 모두가 긴장하게 될 것이고 프로젝트 진행이 조금은 수월해지겠지 하는 생각을 해본다.

"네, 그렇게 하시죠. 그게 좋을 것 같습니다."

신 상무는 술집에 열심히 전화해서 이곳을 설명해준다.

"여기서 가까우니까 금방 올 거요. 차 마십시다."

고기가 느끼해서가 아니라 신 상무의 다음 의도가 느끼해서 커피를 마신다. 신 상무가 주인을 부르고 자기 법인카드로 계산한다.

"자, 나갑시다. 곧 도착할 겁니다."

"네, 그러시죠."

밖으로 나와 조금 기다리자 승용차 한 대가 들어온다. 신 상무를 잘 아는 모양이다.

"상무님, 타시죠. 제가 모시겠습니다."

차를 타고 한 10분간 가니 옛날 공단지역이었는데 지금은 번화가로 휘황찬란하게 바뀐 곳이다. 신 상무가 아직 이곳이 옛날 공단지역인지 착각하는 것은 아닌가 하는 생각이 든다. 이윽고 조명이 촌스럽게 화려한 곳 앞에 세우고 우리를 내려 준다. 예약이 되어 있었던지 바로 지하의 룸으로 안내해 간다.

"어머, 상무님. 또 뵙습니다. 자주 오시네요."

아가씨의 인사에 신 상무가 이곳에 자주 오는 것임을 알 수 있었다. 방으로 들어가자 겉보기와는 다르게 아주 싸구려로 보이지는 않는다. 들어오면서 본 아가씨들도 그런대로 괜찮아 보이는데 이제 안주와 술을 보면 확인이 될 것이다.

"상무님, 술은 무엇으로 할까요?"

"17년짜리로 가져오고 안주는 너희들이 먹고 싶은 것으로 가져와."

단골답게 능숙하게 주문을 한다. 잠시 후 신 상무 옆에는 20세도 안 되어 보이는 앳된 아가씨가 앉고 또 몇 명의 아가씨가 선택을 기다리며 서 있다.

"부 이사도 파트너 선택해 봐요. 다 젊은 애들이야."

부 이사는 아가씨들이 너무 어려 보여 부담이 간다. 이곳에 오는 목적이 도대체 무엇인가 반문해 본다. 대화도 하고 가끔 즐길 목적으로 오는 것이라면 그래도 비슷한 이야기라고 할 수 있는 상황은 되어야지 하는 것 아닌가 물어보고 싶다. 일단 첫 번째 서 있던 아가씨를 선택하여 옆자리에 앉힌다.

"부 이사, 아가씨 보는 눈이 대단한데요. 여기에서 제일 어린애인데."

도대체 몇 살들인데 나이를 이렇게 따지는가 싶어 옆에 앉은 아가씨에게 물어본다.

"너희들 몇 살이냐? 미성년자는 아니겠지?"

"미짜미성년자의 속어는 아닙니다. 18살이에요. 이제 법적으로 성년입니다."

미성년은 아니라고 우기지만, 도저히 술맛이 나지 않는다. 그래도 고객이 가자고 해서 왔으니 최선을 다해야 한다.

"상무님, 한잔하시죠. 특별히 제조된 폭탄입니다."

빨리 취하게 해서 보내는 방법밖에는 없을 것 같아 폭탄주를 제조하여 술을 계속 권한다.

"부 이사, 어린 아가씨가 옆에 있으니 기분이 좋은 모양 이구만. 자, 한잔합시다."

부태인 이사가 권하는 술에 신 상무가 나가떨어지자 마담에게 대리를 불러 달라 한다.

"삼마 주차장에 가면 내 차 있으니까 가져 오라고 하고 신 상무 보낼 모범도 한 대 불러줘."

모범택시를 불러 신 상무를 집으로 보내고 부 이사도 계산을 치르고 자신의 차가 오기를 기다린다.

"너 집 나와서 이곳에 온 거냐?"

"아뇨, 집에서 나온 거라기보다 돈 벌려고 온 거예요."

돈을 벌기 위해서 왔다고 자랑스럽게 이야기한다. 이 얼굴에 취직을 해도 될 것 같은데 하는 생각을 하니 자신의 애들한테 진짜 잘 해주어야겠다고 마음을 먹는다. 대리기사를 이용해 집으로 가면서 집에 전화한다.

"애들이 뭐 먹고 싶은 거 없대?"

"자요. 어디세요? 회사야?"

"나 지금 대리해서 집으로 가는 중이야. 곧 도착해."

부 이사는 늦어서 미안하기도 하고 앞으로 가정에 소홀해야 할지도 모른다는 생각에 착잡한 심정이다. 애들과 아내에게 최선을 다해야겠다고 다짐하듯 마음을 먹는다.

이유 있는 사연

일찍 퇴근한 김호석은 서 사장에게 전화한다.

"나 퇴근하는데 가게로 갈까? 아님 집으로 들어갈까?"

서 사장의 가게로 가기가 부담스러워 선뜻 결정하기가 그래서 전화를 한 것이다.

"일찍 퇴근하시네요. 가게로 와도 되는데. 알면 좀 어때요? 정 어색하면 집에 들어가 계세요."

"아니야, 내가 그리로 갈게. 저녁이나 먹고 가게."

차를 몰고 서 사장의 가게로 들어간다. 이른 시간이라 그런지 손님이 안 보여 부담 없이 들어간다. 주방장이 보고 반갑게 인사한다.

"상무님, 어서 오십시오."

"네, 수고 많아요. 저녁이나 먹고 들어가려고."

서 사장이 얼른 와서 조그만 방으로 안내한다. 뒤이어 종업원이

와서 물과 수건을 주고 가자 서 사장이 김호석 상무에게 사랑스러운 눈빛으로 물어본다.

"무엇으로 준비할까요. 시원한 지리탕에 식사하실래요?"

서 사장이 벌써 준비를 했다는 듯이 챙긴다.

"그래. 간단하게 줘. 저녁인데."

생선구이와 몇 조각 들어온 도미회가 입맛을 살린다.

"식사하고 나 집에 가 있을 테니까 일 천천히 끝내고 들어와. 다음부턴 말없이 집에 들어갈까봐. 나 때문에 일 엉망되면 안 되잖아."

김호석 상무가 가게에 나타나면 서 사장이 일손이 안 잡히고 종업원들 눈치도 봐야 할 것이다.

"아니에요. 난 눈치 보는 성격이 아닌 거 알잖아요. 자기가 괜히 쑥스러워서 그런 거지요?"

결혼한 사이도 아니고 그저 가깝게 지내는 사이일 뿐인데 당연히 쑥스러운 일 아니겠는가.

"하하, 쑥스럽긴. 나도 얼굴 두꺼워. 당신보단 아니지만. 하긴 당신은 수염도 못 뚫잖아."

썰렁한 농담으로 애써 쑥스러움을 피해 본다.

"그럼 우리 집에 가 계세요. 일 끝나고 들어갈게요. 자지 마요."

밖으로 나와 차를 끌고 아파트로 들어간다. 오늘 아우디 매장에서 가져온 자동차 팸플릿을 챙겨 올라간다. 이젠 서 사장의 집으로 올라가는 것이 자기 집으로 들어가듯이 자연스럽다. 집안으로 들어온 호석이 옷을 벗고 욕실로 들어가자 속옷이 가지런히 정리되어 있다. 깨끗하게 정리된 욕실은 건드리기조차 부담스럽다. 따뜻한 물을 받아 몸을 담그면서 긴장을 푼다. 신 상무도, 신 부회장도, 연희도, 서 사장도 모두 잊은 채 눈을 감고 긴장을 풀고 있다.

속옷만 입고서 거실로 나와 TV를 켠다. 이리 빠른 초저녁에 TV를 틀어보기는 드문 일이다. 소파 위에 세상에서 가장 편안한 자세로 누워본다. 누워서 무료함을 달래려 채널을 돌리며 시청한다. 웬 방송국이 이리 많은지 한참을 돌려보다 깜빡 잠이 든 호석은 누군가가 겨드랑이에 손을 넣는 것을 느낀다.

"자지 말랬지."

서 사장이 들어온 것을 보니 열 시가 다 된 모양이다.

"들어왔어? 몇 시야?"

"10시 10분이에요. 손님이 많아 좀 늦었어요."

집에 혼자 내버려둔 것이 미안했던 모양이다.

"그래, 늦었네. 주방장에게 맡기고 오지 그랬어."

"내가 하는 일이 별로 없어 힘들지는 않아요."

샤워를 마친 서 사장은 얇은 슬립만 걸친 채 호석의 옆에 앉아서 호석이 보여주는 팸플릿을 넘겨보고 있다.

"차 예쁘네요. 이게 아우디라는 것인가요?"

"응. 독일 차야. 있는 티 안 내고 좋을 것 같아. 명차라고 티 내서 좋을 것 없으니까."

아우디의 Q7 SUV는 5m가 넘는 크기의 차량이다. 높은 것만 빼고는 승용차 기분이 나는 SUV인데 편의사항들이 많아 운전하기에 편하겠다는 생각도 있었지만 그다지 과시하는데 쓰는 차가 아니라 좋다.

"차 예쁘네. 이걸로 하세요. 호석 씨가 알아서 하면 되지요."

"아니야, 수요일 오후 3시에 시승하기로 했어. 일단 당신이 운전해보고 결정하자."

차는 보는 것하고 타보는 것 하고는 많은 차이가 있다. 직접 운전해보면 많은 차이점을 발견할 수 있는 것이다.

"어머, 차를 먼저 타보기도 한단 말이에요?"

"응. 내가 두 시까지 집으로 올 테니까 기다리고 있어."

"내일은 몇 시에 출근해요? 일찍 나가시나요?"

"응. 내일은 8시쯤 여기서 나가면 될 거야. 왜? 밥하기 싫어서?"

"아뇨, 나보다 늦게 일어나니까 깨우는 시간 챙기려고 하지요."

"하하. 골탕 먹이려면 안 깨워도 돼."

되지도 않는 말을 던지며 침실로 들어간 두 사람은 차를 가지고 이야기를 하면서 수다를 떨다가 이내 잠이 든다. 열심히 아침 준비를 하는 서 사장은 시계를 힐끔힐끔 쳐다보면서도 이렇게 정성스럽게 식사준비를 하는 것에 행복감을 그 어느 때보다 듬뿍 느끼면서도 마음 한구석에는 불안한 먹구름이 늘 드리워져 있다.

호석에게 아직 이야기를 못 했지만, 남편하고 사별한 것이 아니라 결혼하고 얼마 되지 않아서 역마살이 있는지 어느 날 남편은 첫애를 낳자마자 집을 나갔다. 십 년 넘게 나타나지 않다가 최근 4년 전에 어쩌다가 한 번씩 가게에 나타나 행패를 부리고 돈을 받아 가곤 한다. 언제 나타나 행패를 부릴지 늘 불안한 마음이 있지만 최근 2년간 보이지 않아 불안감은 작아졌지만 이 사실을 차마 김호석 상무를 포함해서 다른 누구에게도 말하지 못한 것이다. 가게 직원들은 이미 알고는 있지만, 남편에 대해 다른 사람이 물어보면 젊어서 사별했다고 그저 덤덤하게 이야기하곤 했다. 결혼하고 1년도 안 되어 집을 나간 이유가 다른 여자와 산다는 이야기도 있었고 어렸을 때부터 있던 정신병이 도져 노숙생활을 한다는 소문도 귀에 들려왔지만, 확인되지 않은 것이라 신경도 쓰지 않았지만 먹고사는 문제에 매달려 바쁜 일상을 보낸 것이 큰 이유기도 했다.

너무 가슴 아픈 사연인지라 기억하기조차 싫었다. 안방으로 들어간 서 사장은 호석의 뺨에 얼굴을 갖다 대고 깨운다.

"일어나세요. 씻어야 해요. 그리고 식사해야지요."

오랜만에 술을 먹지 않고 조용히 잔 날이기 때문에 가볍게 몸을 일으킨다.

"응. 벌써 그렇게 되었나? 씻어야지."

욕실로 호석이 들어가자 보약을 챙기고 식사를 차린다. 샤워하고 상쾌한 마음으로 식탁에 자리하자 마치 왕이 된 것 같은 기분이 들 정도로 잘 차려진 아침 식단이다. 식사를 마치고 옷을 입으려고 옷장을 열었더니 이미 호석의 양복이 몇 벌 더 걸려있다.

"내가 다 옮겨 놓으려다가 그건 심한 것 같아 몇 벌 만 더 가져왔어요. 왔다 갔다 불편하잖아요."

야금야금 지혜롭게 김호석을 장악해 가려 하는 서 사장은 남자의 마음을 움직이는데 한 수 위다. 호석의 의지가 어쩔 수 없이 조금씩 접혀 들어가는 것을 느끼면서도 늘 어느 정도 선을 유지해야 한다는 생각은 가지고 있다. 그래도 한구석에는 무엇인가 도움을 주는 사람이 되고 싶은 생각이 더 강하다.

"잘했어. 옷장도 자꾸 열어봐야지 그렇지 않으면 옷이 상해. 몇 벌 더 갖다 놓아도 돼."

옷을 입은 호석은 주차장으로 내려가며 아내와의 관계를 깨끗하게 정리하고 서 사장과의 관계 설정도 제대로 해야 한다는 생각이 들지만, 연희가 한 심각한 말이 자꾸 기억이 나서 일단은 다른 일은 생각하지 않기로 한다. 여의도 사무실에 출근한 호석은 부태인 이사의 여비서를 먼저 면접한다.

"이력을 보니 좋은 곳에서 근무하셨네. 비서로만."

30살이 다 되었지만, 나이에 비해 젊어 보이고 겉모습은 성격이 날카로워 보인다.

"네, 이제는 옮길 때가 된 것 같아 만둔 것입니다. 8년이나 있었더니 새로 오는 직원들이 부담이 간다고 해서요."

후렉스 미국 본사에는 나이 50이 넘은 여비서도 많이 있다. 한 번 채용해서 별다른 과오가 없으면 나가고 싶을 때까지 근무할 수가 있다.

"원분희 씨라고 했던가? 원 비서라고 부르겠네."

보통 이름을 다 부르진 않지만, 간혹 이름을 안 부른다고 기분 나쁘게 생각하는 사람들이 있다.

"네, 알겠습니다."

"말이 많은 편인가? 원 비서는 비서업무 중에 뭐가 가장 중요하다고 생각하나?"

원 비서의 사람됨 이전에 프로기질이 있는지 알아보고 싶어 불쑥 던지듯이 물어본다. 최근에 부사장의 사건도 있고 임원들이 민감하게 생각하는 조건이기 때문에 확인이 필요했다.

"저는 입이라고 생각합니다. 그다음이 충성이라고 생각합니다."

호석은 그래도 이런 프로기질이 있는 친구가 들어와서 다행이라 생각하며 열심히 하라는 뜻에서 연봉요구액보다 10% 정도 올려서 결정한다. 내 사람으로 만드는 방법은 기대하지 않는 것을 충격이다 싶게 주는 것이다. 뜻하지 않은 선물에 감격하여 나간 원 비서가 열심히 일할 것이라고 생각하는 호석은 항상 직원의 급여만큼은 후하게 주는 편이다.

"강 비서, 사람은 잘 뽑은 것 같아. 강단도 있고 프로기질도 있고 말이야."

그러나 이번 건은 헤드헌터를 통해서 들어온 것이라 예외이지만 후렉스코리아는 사람에 투자를 많이 하는 편이고, 좋은 인력을 데려오거나 소개하면 인센티브도 준다.

"네, 괜찮을 것 같죠? 상무님. 말을 시켜봤더니 생각이 제대로 박혔더라고요."

"그래. 부태인 이사에게 잘 맞을 것 같아. 부 이사 삼마로 갔을 텐데 점심에 들어오라 해. 어차피 B&K 들어가야 하니까. 같이 식사하자 넷이서, 어때?"

비서진들은 가족과 별반 다름이 없는 식구인 것이다.

"그리고 부태인 이사에게도 오늘 기사를 붙여줘. B&K에 들어가야 하니까 한껏 거만하게 들어가야 돼. 우리가 삼마 경영 컨설팅 프로젝트도 먹을 것 같거든."

B&K 컨설팅과 후렉스는 성격이 많이 다른 회사다. 후렉스가 하드웨어 부분에서는 독보적인 존재지만 영역이 부딪히는 컨설팅 분야에서는 서로가 잘났다고 자존심 싸움도 크게 한다. 솔직히 후렉스가 컨설팅 분야가 약한 것은 사실이다. 그래도 하드웨어를 등에 업고 컨설팅을 비싸게 받아먹는 것 또한 사실이지만 두 분야가 융합되어 힘을 발휘한다. 그래서 부 이사가 잘 나가는 사람이고 후렉스코리아의 실세라는 것을 보여주려는 것이다.

"네, 상무님. 부 이사님 기사 쓰실 일 크게 없으셔서 전담 기사를 지정해놓진 않았지만 '기사 풀'에서 항상 전용으로 쓸 수 있습니다."

"그래, 식당 하나 예약해 두어라."

강 비서가 나가자 김호석 상무는 메일을 확인한다. 부 이사가 보내준 B&K에 들어가 협의할 내용을 담은 문서를 출력하여 훑어본다. 가장 중요한 것은 삼마와 비슷한 컨설팅 고객인 하인즈의 결과물이고 실제 투입된 인력을 확보할 수 있는가가 문제인 것이다. 컨설팅 결과에 대한 결론은 신 부회장이 가지고 있기 때문에 쉬운 일이 될 수도 있고 반대로 진짜 어려운 일이 될 수도 있는 것이다. 신 부회장이 문외한인 상태에서 컨설팅 결과물을 받아본다면 이해가 되지 않은 부분도 설명으로 넘어갈 수 있겠지만, 자신이 정한 결과를 봐야 하기 때문에 이번 컨설팅 프로젝트는 후자가 될 것이다. 계획한 결과를 얻기 위하여 감리 쪽 인력을 끼워 넣어야 하기 때문에 결과물에 있어서도 고도의 전략적 접근이 필요한 일이기도 한 것이다.

호석은 오랜만에 김성조에게 전화를 걸어본다.

"성조야, 시간 가는 줄 모르는 모양이다. 어디야, 지금?"

김성조는 밤새도록 운전을 해서 영광에 도착해 모텔 하나 얻어 늘어지게 잠을 자고 있다. 매일 계속되는 술과 운전으로 피곤해 있었다. 옆에는 유영실이 창피한 줄도 모르고 옷을 모두 벗고 자고 있다.

"응, 호석아. 웬일이냐? 천천히 내려오는데도 엄청 피곤하다. 쉬려고 하는 일들이 몸을 더 피곤하게 만들어, 넌 바쁘지?"

유영실 사장이 잠이 깨어 침대에서 나와 옷을 대충 걸치고 웬일인가 싶어 물어본다.

"응. 살아있나 싶어 전화했지. 재미있냐?"

"재미는 무슨. 쌍코피 터지고 있지, 하하하. 그래도 머릿속은 엄청 가벼워."

회사일 다 까먹고 밖에 나와 있으니 편할 수밖에 더 있겠는가? 운전해서 내려오다가 잠자리 잡히면 그곳에서 한잔 마시고 놀다가 자고 다시 운전해서 다음 정해지지 않은 목적지로 떠나길 반복했다.

"하하, 행복한 투정을 하는구나. 언제 올라올 거냐? 보고 싶다.

유 사장은 잘 있냐?"

누구냐고 묻는 목소리가 유 사장이 옆에 있는 모양이다.

"그냥 이대로 살고 싶다. 너도 한번 해봐라. 얼마나 좋은가."

"하하, 편안한 소리만 하고 있군. 정신없이 바쁘게 살고 있는 사람한테."

유영실이 누구냐고 물어 호석이라 말해주니까 전화기를 얼른 빼앗는다.

"호석 씨. 잘 계셨어요? 우린 거의 집시처럼 움직이고 있어요. 피곤하면 쉬고 배고프면 먹고 가고 싶으면 또 가고."

"좋겠습니다. 성조 살려서는 돌아오세요. 얼굴도 못 알아보게 만들지 마시고, 하하하."

"밖에 나와 보니 성조 씨는 완전 약골이에요. 호호호. 바꿔 드릴게요."

"성조야, 이것저것 물어볼 것도 있고 너 없으니까 재미 없어. 빨리 올라와라."

호석은 감리 일도 있고 성조에게 무엇인가 챙겨 줄 일들이 있을 것 같아 올라오기를 종용한다.

"일이 있다면 가야지. 이 사람하고 이야기 좀 해보고 전화해줄게."

"그래, 결정되면 꼭 전화해주라."

전화를 끊고 성조와 유영실은 어떻게 할 것인가를 놓고 이야기를 한다. 솔직히 성조는 돌아가고 싶은 마음이 굴뚝같다. 약속한 것이라 지켜야겠기에 유영실이 하는 대로 움직이는 것도 있지만,

장시간 업무를 쉬는 것은 좀 그랬다.

"자기 어떻게 할 건데? 가고 싶지?"

유영실이 누군가? 산전수전 다 겪은 사람 아닌가?

"하루만 더 있다가 가자. 내일 저녁에 서울에 도착하는 것으로 하자. 여기까지 왔으니 그래도 부산은 한번 보고 가야지 의미가 있잖아."

유영실은 조금 섭섭함은 없지 않으나 자신도 가게 애들이 걱정되고 직장 다니는 성조의 일을 장시간 막을 수 없다는 생각이기에 의지를 굽힌다.

"그래요. 그럼 우리 빨리 자리 털고 출발해요. 그렇지 않음 하루가 의미 없이 지나가니까."

두 사람은 가면서 점심을 먹기로 하고 해남 땅끝 마을을 향해 출발한다. 무엇인가 좋은 일이 생길 것 같은 예감은 아니지만, 친구 호석이 전화해서 빨리 올라오라고 하니 왠지 기분이 좋다. 유영실은 기분이 좋아진 성조를 보면서 이 사람은 일을 해야 힘이 나는 사람이구나 생각하며 올라가기로 마음먹기 잘했다고 생각한다.

삼마 프로젝트 부 이사 사무실에서는 삼마 신 상무가 내려와 차를 나누며 이야기를 하고 있다.

"부 이사님 삼마DS의 인력 조달이 제대로 안 되어 팀 구성이 다음 주나 가능하다고 합니다."

"여기 개발팀의 프로세스 설계팀 인력들이 좀 여유가 생기겠는데요."

삼마 프로젝트 인력 구성을 빨리 끝내라는 신 부회장의 지시가
또 있었기 때문에 신 상무가 삼마DS 인력의 지원이 늦어지자 직접
내려와 경위를 설명하고 있는 것이다. 부 이사도 협력업체 인력이
아직 계약이 체결이 안 되어 투입을 미루고 있는 상황이어서 잘 되
었다 싶었다.

"네, 부회장님이 다시 확인한 것이라 걱정하고 있었는데 언제쯤
가능할까요?"

개발 인력이 확충이 안 되어 자리가 많이 비어 있으면 부회장이
내려와 또다시 보게 되면 문제가 되기 때문에 타당한 이유라도 만
들어 놓아야 한다.

"2주 정도면 다 가능할 것 같아요. 삼마DS 인력을 거의 다 빼는
상황이니까 업무가 안 된다고 해요. 사정합디다. 시간 좀 달라고.
부 이사가 나중에 부회장님이 물어보시면 잘 이야기 해주세요."

2주 후면 후렉스코리아 쪽도 인력이 충분히 투입될 수 있으니까
시간은 벌었는데 개발 일정에 차질이 일어날 정도는 아니지만, 반
드시 지켜질지가 의문이다. 그래서 부 이사는 협력업체 인력들을
빨리 투입해서 사전 작업준비를 해야겠다고 마음을 먹는다.

"잘 알겠습니다. 그보다 더 늘어지는 것은 보고가 이루어져야 합
니다. 계속 주 단위로 업무 진척 보고가 있지 않습니까. 부회장님
께도 메일로 진척상황을 보고해야 하고."

"나도 일단은 준비 기간에 시간이 좀 더 소요된다고 할 테니까
부 이사도 후렉스코리아 인력들을 가능하면 빨리 투입시켜 주세

요. 어제는 술 잘 먹었어요. 내가 많이 약해졌나 봅니다. 집에 어떻
게 들어간지도 모르겠더라고요."

술집에서 거의 인사불성이 되어 업혀서 집에 보냈는데 당연히 어
제 일이 기억이 잘 안 나는 모양이다.

"하하. 술 잘 드시던데요. 언제 조용할 때 한번 모시겠습니다."

신 상무가 나가자 부태인 이사는 회사 메일을 이용하여 개발팀
에 나온 PM들에게 앞으로 중요한 업무보고는 회사 메일을 사용할
것과 본사와 업무 연락은 핸드폰을 사용해줄 것을 부탁하는 내용
을 보낸다. 강 비서로부터 김호석 상무가 같이 식사하자고 했다는
연락을 받고 서둘러 사무실을 정리하고 여의도로 출발한다. 한 비
서에게도 일정을 설명하고 삼마 쪽에서 찾으면 본사 사무실에 들
어갔다고만 하라고 지시한다.

"잘 다녀오세요, 이사님. 특별한 일은 문자 남기겠습니다."

"그래, 수고하고."

사무실로 들어서자 바로 김호석 상무 방으로 들어간다.

"상무님. 이제 얼굴 뵙기가 쉽지 않을 것 같습니다. 두 집 살림
하다 보니까요."

김호석은 B&K와 미팅할 내용을 훑어보면서 볼펜으로 메모하고
있다.

"응, 왔냐? 부 이사 앉아라. 오늘 오후 일정 알지? 기사가 운전할
거야. 그러니 따로 가자."

부태인은 왜 그런지 알고 있기 때문에 아무 말 않는다. 이사 달

고 기사가 운전하는 차를 처음 탄다는 약간 흥분되는 기분은 있지만, 그저 담담하게 표시는 하지 않는다.

"네, 상무님. 어제 신 상무가 저녁 먹자고 해서 만났는데 골 때리는 술집으로 가더라고요. 애들 나이가 다 18, 19살이에요. 불편해서 혼났습니다."

"하하, 드디어 갔구나. 앞으로 자주 갈 텐데 스트레스 받지 말고 해라. 어쩌겠냐. 적응해야지, 고객인데."

김호석 상무도 김성조 상무에게서 대충 들어 알고 있었지만 직접 겪어보지는 않았다. 강 비서가 삼마에서 인편으로 상무님 갖다 드리라 했다며 조그만 상자 하나를 가지고 들어왔다. 신 부회장이 이야기한 W호텔 멤버십카드인 것은 대충 알고 있었지만 모른 척하고 받아둔다.

"자네 비서 오늘 출근했는데 사람 괜찮은 것 같아. 강 비서, 원 비서하고 같이 들어와 봐."

바쁘다는 핑계로 부태인 자신이 선택하지는 않았지만 그래도 실망은 하지 않을 것이라고 생각하며 조심스럽게 이야기한다.

"상무님이 보셨다니 제 맘에도 들 겁니다. 벌써 출근했네요?"

"응, 출근했어. 전문가 기질도 있고 샤프한 것 같아. 황 부사장 건도 있고 해서 신경 썼어."

강 비서가 원 비서를 데리고 들어온다.

"원 비서가 앞으로 보스로 모셔야 할 분. 잘 생겼지?"

원 비서를 소개하면서 농담 한마디 했더니 부태인의 얼굴이 이

내 붉어진다.

"안녕하세요. 부태인 이사님. 원분희입니다."

"반갑습니다. 부태인입니다. 잘 부탁해요."

서로 마음은 잘 맞을 것 같다. 원 비서가 꼼꼼해서 야무져 보여 약간 덜렁대는 부 이사를 잘 챙길 것 같은 생각이 든다.

"자, 상견례 끝났으니 식사하고 B&K 들어가야지. 원 비서가 해야 할 일도 강 비서가 잘 교육시켰지?"

"교육할 거리가 있나요, 기본적인 것만 알려 주었고 오후에는 각 부서에 인사 하러 다닐 거예요. 그래야 일을 챙기고 분위기도 알 것 같아서요. 워낙 경험이 많아서 걱정할 필요가 없을 것 같아요."

네 사람은 강 비서가 예약해 놓은 사무실 근처의 스파게티 전문점으로 점심 식사를 하러 간다. 김 상무나 부 이사가 이따금 즐기는 음식이기 때문이다. 식사를 마치고 사무실에 들어오자 신 부회장이 부 이사에게 보낸 난이 도착해 있다. 보낸 사람의 지위에 맞게 고급스러운 화분이다. 호랑이 가죽 같은 호피 무늬가 있는 아주 귀한 난이다.

자리에 들어온 김호석은 강 비서가 전해준 신 부회장이 보낸 상자를 개봉해본다. 약속했던 W호텔 휘트니스 센터 멤버십카드, 구하기 어렵다는 것을 그것도 무기명으로 두 장이나 보냈다. 무기명이라 비쌀 거라는 생각을 하면서 한 장은 호석 자신이 등록하고 또 한 장은 서 사장 이름으로 등록해서 줘야겠다는 생각을 한다. 무기명이니 사전에 사용자를 등록하고 출입용 카드를 발급받아야 사용할 수가 있는 것이다.

강 비서가 들어와 삼마에서 무엇이 왔냐고 궁금해한다. 거짓말하고 숨길 이유가 없어 W호텔 휘트니스 멤버십카드 보내왔다고 이야기해줬더니 호들갑을 떤다.

"어머, 그 호텔 멤버십 엄청 비싸다고 소문난 것이고 모두가 내로라하는 회원들이라고 하던데 상무님은 선배를 잘 두셨어요. 호호호."

"그게 다 이유가 있어서 그런 거야. 눈치가 없냐?"

강 비서도 대충 왜 챙겨 주는지 알고 있지만 그래도 부러운 것은 부러운 것이라 감추지 않는다.

"상무님, 언제 출발하세요?"

"아, 지금 차 대기하라고 해. 지금 나간다고."

전략적인 관계의 첫 단추

자리를 정리하고 정문으로 내려 와보니 부 이사는 회사에서 주는 크라이슬러 C300을 타기로 한 모양이다. B&K와의 미팅에서 전체 프로젝트의 관리도 중요하지만 경영 컨설팅 결과물을 신 부회장의 의도에 맞게 도출하는 것이 훨씬 중요하기 때문에 B&K를 후렉스코리아의 입맛에 맞게 끌고 가려면 초반부터 기가 꺾이면 안된다는 것이 김호석 상무의 생각이다. B&K 사무실은 임대료가 비싸기로 소문난 역삼동의 I타워에 입주해 있어 내부가 궁금했는데 업계에서 큰 영향력이 없는 회사들이 겉모습은 더 화려하게 치장하는 법인데 컨설팅 회사치고는 수수한 인테리어가 마음에 든다. 사무실에 들어서자 안내하는 직원이 사면이 유리로 막혀있는 큰 회의실로 안내한다.

"한우영 대표입니다. 어서 오십시오. 반갑습니다. 상무님. 말씀은 많이 들었습니다만 처음 뵙습니다."

부태인 이사가 이야기한 것보다 많이 젊어 보인다. 컨설팅 업계가 급변하는 기술적인 트렌드와 다양한 고객의 요구에 대응하려면 끊임없이 배워야 하고 조금이라도 방심하면 버티기가 어려운 업종이다. 한우영 대표와 같이 들어온 컨설턴트들과 이사들이 차례로 소개가 끝나자 김호석 상무가 부 이사를 소개한다.

"저는 김호석입니다. 반갑습니다. 알고 계시겠지만 여긴 삼마 프로젝트 총괄 PM 부태인 이사입니다."

삼마 프로젝트 건으로 온 것임을 명확히 하는 것이 좋을 것 같아 말문을 꺼내 논다.

"네, 말씀 많이 들었습니다. 방문에 감사드립니다."

그들이 앉자 부태인 이사가 먼저 모임의 의미에 맞게 이야기를 꺼내서 회의에 들어간다.

"이번 삼마그룹의 경영 컨설팅은 경영진단과 조직진단 그리고 삼마의 미래 방향에 대한 비전 제시입니다. 둘 다 중요한 의미가 있습니다만 핵심 사안은 컨설팅을 통해서 구조조정의 단초를 제공하려는 것입니다. 비전에 대한 컨설팅은 지금 신전략정보시스템 도입과 맞물려 일부 도출한 것이 있기 때문에 그다지 어려운 것은 없다고 할 수 있습니다."

상세하게 그리고 전반적인 업무 내용을 부태인 이사가 가지고 온 자료를 토대로 차분하게 설명을 한다. 지금 진행 중인 프로젝트와 연계된 것 하며 경영 컨설팅의 결과물이 진행하고 있는 프로젝트 방향을 바꾸거나 벗어날 수 없다고 한계를 명확하게 정한다. 설명을 들은 참석자들은 이제 난상토론을 통해서 고객이 의도하는 것과 자기들이 얼마를 받고 해야 하는지, 자기들의 가치를 어떻게 제시해서 인정을 받아야 할 것인지를 바쁘게 계산하게 될 것이다.

"이 프로젝트의 삼마 측 오너는 누구입니까?"

오너의 요구와 기대하는 수준에 따라 컨설팅의 결과는 달라질 수 있고 그 영향을 많이 받을 것이기 때문에 이 질문은 중요한 이슈가 될 수도 있다.

"네, 삼마의 최고 경영진입니다."

김호석 상무가 알아차리고 있을 거라 생각하면서도 일부러 신 부회장의 이름을 이야기하지 않은 것은 계약서에 도장을 찍기 전이고 혹 이곳에서 말이 세어나갈 수도 있다고 생각했기 때문이기도 하다. 그렇게 되면 신 부회장의 의도가 초반부터 공공연하게 노출되고 신 부회장과 김호석 상무가 협의한 전략마저도 눈치 빠른 동생들이 선제 대응을 해서 만에 하나 구조조정이 실패한 경우에 책임 문제가 따를 수 있기 때문에 계약서 작성할 때 비밀유지 각서를 받고 나서 오픈할 생각인 것이다. 김호석 상무의 생각을 눈치를 챈 한우영 사장이 얼른 화제를 돌린다.

"네, 어차피 후렉스코리아에서 발주하고 우리와 같이 진행한다고 들었는데 저희의 역할은 무엇입니까. 우리 입장에서는 보고서를 후렉스코리아에 제출하게 되니까 편안한 프로젝트가 될 것 같습니다만."

후렉스코리아의 이름으로 하는 프로젝트이니까 B&K의 이름으로 고객과 직접 부딪치지 않고 할 수 있기 때문에 조금 편안해질 거라 생각하는 것이다. 또 그렇게 해야 후렉스코리아는 신 부회장의 의도에 맞는 결과물을 B&K를 움직여 손쉽게 만들어 낼 수 있기 때문에 서로에게 이익이 되는 구조가 되는 것이다. 그렇다고 책임 관계없이 어영부영 움직이며 돈만 챙기는 것은 허용할 수도 없는 것이기 때문에 할 수 없이 모든 것을 오픈하기로 마음먹는다.

"프로젝트는 같이 하기로 결정한 것 같으니까. 이제 숨길 것도 없으니 말씀드리겠습니다. 지금부터 모든 회의 내용이나 컨설팅 결과물들은 보안이 철저하게 유지되어야 합니다. B&K나 후렉스코리아나 마찬가지입니다."

김호석 상무가 신 부회장의 요구 사항을 이야기하기 위해 비밀보장을 요구하며 강 비서가 챙겨 준 비밀유지 계약서를 부태인 이사의 가방에서 꺼내 놓는다. 간단한 문구지만 프로젝트 진행 시 비밀유지와 관련된 내용이다. 돌아가면서 사인을 다 하자 김호석 상무가 이야기를 다시 이어간다.

"이번 프로젝트는 기존 프로세스 개선작업이 이루어지고 있는 상황에서 조직을 개편하기 위해 중복이나 소모적인 요소가 있음에도 불구하고 하는 것입니다. 그룹 상층부에서 요구하는 수준의 구조조정을 위해서 조금은 타이트하게 하게 될 것이고 생산 조직을 제외 한 모든 조직을 대상으로 손을 대는 것입니다. 그러나 조금 다행인 것은 결론은 이미 나와 있다는 것입니다."

김호석 상무는 컨설팅팀의 조직 구성과 컨설팅 결과에서 나와야 하는 내용 등에 대하여 대충 설명을 해준다.

"그럼 컨설팅 결과물은 어떻게 제출이 됩니까?"

B&K 대표의 물음에 부태인 이사가 말한다.

"후렉스코리아와 B&K가 공동의 이름으로 제출하게 되고 책임도 공동으로 지게 될 것입니다."

김호석 상무는 하인즈 그룹 컨설팅 참여자들의 삼마 프로젝트 투입 가능 여부를 묻는다.

"미국 쪽에 확인해 본 결과 하인즈에 투입했던 인력은 2명 정도 여유가 있어 참여가 가능할 것 같습니다. 부 이사님이 요구한 것처럼 조직 컨설팅에 참여한 인력입니다. 그리고 컨설팅 결과 보고서도 받기로 했으니까 도착하는 대로 보내드리겠습니다. 대외비로 해주십시오."

한우영 대표의 이야기가 끝나고 회의가 길어지자 김호석 상무가 결론적인 이야기를 한다.

"그럼 B&K 국내에서 3명, 해외 2명, 후렉스 4명, 외부 1명 총 10명으로 해서 4개월 정도로 일정을 잡도록 합시다. 수요일까지 일정과 결과물에 들어갈 항목을 보내 주시고 컨설팅 비용에 대한 자료를 보내 주십시오."

대략적인 협의가 끝났고 이제 후렉스코리아와 B&K의 입장이 잘 융합되면 서로 윈-윈 하는 사업이 되는 것이다. 신 부회장의 의도에 맞추다 보니 어떻게 보면 짜고 치는 프로젝트라고 할 수 있으나 최고 경영자의 의견이 가장 중요한 것이고 기존의 프로젝트를 되돌리는 컨설팅 결과가 아니라면 모두가 만족할 수 있는 프로젝트가 될 수 있을 것이다.

"여기 부태인 이사가 전체 프로젝트 PM을 맡을 것이고 후렉스코리아 인력 4명은 기존 진행하고 있는 To-Be 프로세스와 컨설팅에서 나오는 결과물을 가지고 시스템화할 수 있는 것들을 신전략정보시스템과 연결하는 작업을 할 것입니다. 어찌 되었든 이미 작성된 프로세스의 변동성을 최소화하는 것을 원칙으로 작업하게 될 것입니다. 그러니까 반대로 진행하고 있는 개발 프로젝트에서 우리가 도출한 경영진단 결과물의 수정을 요구할 수도 있다는 것입니다. 긍정적인 협조 부탁드립니다. 오늘 회의한 내용을 B&K에서 회의록으로 작성하여 저희들에게도 보내 주시기 바랍니다."

김호석 상무는 어떤 종류의 것이든 항상 회의록을 챙겨 그것을 보고 다시 부족한 것이나 빼 먹고 이야기들을 추가로 챙기는 습관이 있다. 그리고 이것은 프로젝트 진행 중에 상대편이 다른 소리를 못하게 하는 방법이기도 하다. 회의가 끝나자 B&K 한우영 대표가 자리를 옮겨 차를 한잔하자고 제안한다.

"제 방으로 옮기셔서 차 한잔하시죠."

비싼 곳에 사무실이 들어와 있으니 컨설팅 비용에 엄청난 거품을 넣어 제안하게 될 것이지만 알면서도 국내 기업의 경영자들은 외국 업체를 신뢰한다. 일종의 사대주의적인 발상이라고 비판하는 세력이 있기도 하지만 국내 전문가들이 가지지 못한 선진화된 방법론을 가지고 앞서나가는 기업에서 수행한 컨설팅 경험을 국내

기업에 적용해 주는 것이니 어떤 의미에서는 매우 좋은 방법이라고 평가할 수 있다. 물론 국내에도 수준급의 인력과 전문기업들이 많이 있지만, 능력에 비해 큰 평가를 받지 못하고 있는 것이 뼈아픈 현실이다.

"네, 그러시죠."

부태인 이사와 김 상무는 한 대표의 방으로 들어가 차를 나누며 이런저런 이야기를 나눈다. 한 대표도 미국 본사에 근무하다가 한국에 나온 지 얼마 안 되었는데 뉴욕에 있는 본사에 근무할 때는 인맥 걱정 안 하고 회사 명성으로 넘어오는 일을 하곤 했는데 한국에 들어오니 인맥이 없으니까 영업이 안 된다고 한다. 한우영 대표의 의도는 후렉스코리아와 전략적으로 제휴를 한번 맺어 보는 게 어떠냐는 이야기다.

"네, 저희야 B&K 같은 컨설팅폼하고 전략적인 제휴를 맺으면 좋지요. 지금 당장 결론을 내리기는 그렇지만 긍정적으로 고민 한번 해 보겠습니다."

후렉스코리아의 컨설팅 사업부 책임자인 김호석 상무는 어느 한 곳의 컨설팅 전문회사와 같이 묶이는 것은 스스로 두 다리를 묶어 버리는 일이 될 수도 있다고 판단하기 때문에 쉽사리 결론을 내리기가 어려운 것이다. 그래서 지금까지 국내에 들어와 있는 컨설팅 전문가 그룹과의 협력은 전략적 필요에 따라 프로젝트 베이스로 다양한 형태로 관계를 이어왔다.

"하여튼 상무님께서 앞으로 많은 도움 주시기 바랍니다. 저도 도울 일이 있다면 최선을 다하여 돕겠습니다."

삼마그룹 컨설팅과 관련하여 한우영 대표에게 컨설팅 결과 보고서의 전략적 타협이 요구된다는 점을 다시 한 번 이야기하고 두 사람은 밖으로 나온다. B&K에서 프로젝트 계획서가 나오면 후렉스코리아에서 취합하여 신 부회장에게 빨리 넘겨 주려면 부 이사가 더욱 바쁘게 움직여야 할 것 같다. 신 부회장에게 이야기하여 컨설팅 수행을 위한 프로젝트 룸을 별도 공간에 만들어 보안 유지를 해야 할 것 같은 생각이 든다.

"부 이사, 난 W호텔에 볼일이 있어 좀 가봐야 할 것 같은데 사무실에 들어갈 건가?"

신 부회장이 보내준 휘트니스 센터 회원권을 등록해야 할 것 같아 나온 김에 하고 가려고 한다.

"전 사무실 잠깐 들렀다가 삼마로 나가봐야 할 것 같습니다."

여비서가 새롭게 들어왔으니 협의를 해야 할 것이 많을 것이다.

"그래. 그럼 B&K에서 계획서하고 견적서 오면 우리가 가진 계획서하고 잘 믹싱해서 최종 계획서를 언제 받을 수 있겠나?"

일이 많은 것은 알지만, 어차피 PM이 해야 할 일이기 때문이다. 대부분의 일이 B&K가 할 것이고 관리만 잘하면 되는 일이기도 하지만 부태인 이사에게 또 하나의 일을 부담 지우는 꼴이 되었다.

"네, 금요일 오전에 보내드리겠습니다. 특별한 일 없으시면 전 들어가겠습니다."

"그래. 수고했고, 내일 보자고."

김호석 상무는 윤 기사에게 W호텔로 가자고 말하고 뒷좌석에 깊숙이 묻으며 문자를 서 사장에게 보내 주민등록번호를 물어본다. 왜 그러냐고 물어보면서도 주민등록번호를 문자로 보낸다. 주민등록번호를 보니 김호석 상무하고 9살 차이가 나는 딱 40이다. 좋은 일이라고만 문자를 주고 W호텔 관리실로 들어간다. 무기명으로 된 회원권을 내밀고 출입카드를 만들어 달라고 이야기한다.

"회원님 자주 오시는 시간대가 특별하게 있으신지요?"

"아닙니다. 시간 날 때 하니까 특별하게 정해진 시간이 없습니다."

이름이 선명하게 쓰여 있는 출입카드 두 장을 김호석의 앞으로 내놓는다.

"여기 있습니다. 회원님. 최선을 다해 모시겠습니다."

호텔을 나와 윤 기사가 기다리는 차에 올라타 퇴근한다. 여기서 집까지 가려면 두 시간은 걸릴 것 같다. 두솔은행 오성식 지점장에게 연락하여 내일 약속에 변동은 없다고 이야기해주고 집으로 귀가한다. 집에 거의 다 도착했는데 성조로부터 연락이 왔다.

"김 상무, 나 내일 저녁에 서울에 도착할 거야. 하하."

호석이 빨리 서울로 오라 해서 그 핑계로 오기는 하겠지만, 그동안 좀이 쑤셨을 것이라고는 예상했다. 일과 결혼한 성조가 그렇게 한가하게 놀면서 시간을 보낸다는 것이 상상이 가질 않기 때문이다.

"잘 생각했어. 일하던 사람은 열심히 일해야지. 목요일 아침에 전화할게. 차나 한잔하자. 들어가라."

성조와 전화를 끊고 컨설팅에 감리 쪽 인력을 어느 수준에서 써야 할지가 고민된다. 전체적인 그림이 어그러지지 않는 범위에서 삼마 윤 부장 라인을 매끄럽게 구조조정에 포함시키려면 단순 고민만으로는 해결되지 않을 것 같다. 컨설팅 결과물에서 나오는 개선안을 무리하지 않고 기존 To-Be 프로세스와 접목하고 그것이 조직의 구조조정과 연계되려면 결코 쉬운 일은 아니지만 그래도 이 분야의 전문가 집단이 수행하는 것이니까 매끈한 마무리가 가능할 것이라 확신을 한다. 일단 거짓 구조조정 정보를 삼마 윤 부장에게 흘리는 역할로 감리 쪽 인력을 잘 활용한다면 의외로 쉽게 원하는 결과를 얻을 수도 있을 것이다.

여러 가지 안에 대하여 생각을 하다가 잠시 눈을 붙였는데 윤 기사가 집에 도착했다고 깨운다.

"상무님, 차 놔두고 갈까요. 아님 제가 가지고 갈까요?"

"윤 기사 차 안 가져 왔잖아. 내일 차 가지고 집으로 와. 그래야 편안해지지."

보통은 집에 와서 김호석을 데리고 출근할 때는 자신의 차는 호석의 아파트에 세워 놓고 이동한다. 그래야 퇴근할 때 편해지는 것이니까. 자신의 차를 빼고 내 차를 주차하기 때문에 공간 확보도 용이하기 때문이다.

"네, 그렇게 하겠습니다. 요번 아버지 결혼식에 신경 써 주셔서 감사드립니다."

"감사하긴. 잘 들어가게."

차에서 내려 호석은 자신의 아파트로 올라간다. 오늘은 집에서 저녁을 만들어 먹을 생각이다. 집으로 들어가자 서 사장이 어지럽던 집안을 깨끗하게 정리해서 깔끔하게 만들어 놓았다. 하여튼 여자 손이 닿으면 모든 것이 변하는 걸 보면 마법의 손이라 생각하며 냉장고를 열어보니 먹을 것이 없다. 여기서 밥을 해먹지 말라고 서 사장이 아예 치워버린 것 같아 할 수 없이 옷을 입은 채로 서 사장의 집으로 간다. 서 서장의 집에 들어가니 향기로운 냄새가 가득한 것이 호석의 집과는 비교가 많이 된다. 서 사장의 집도 그때그때 만들어 먹어서 그런지 먹을 것이 없는 것을 확인하고 할 수 없이 전화한다.

"어디세요?"

서 사장의 밝은 목소리로 전화를 받는다.

"나 집에 와 있어. 바쁘신가?"

"식사하셨어요? 집에 먹을 것이 없을 텐데요."

일이 끝나 오려면 아직 두 시간 반이 더 있어야 한다. 괜히 바쁜 사람 불러들이기 싫고 그렇다고 뻔질나게 서 사당의 식당에 드나들 수 없고 해서 거짓말을 한다.

"나 식사했어. 일보고 천천히 들어와요."

호석은 밖에 나가 간단하게 해결할 작정을 한다. 아무리 사장이지만 가게를 자주 비우면 눈치가 보일 것이다.

"그래요. 냉장고에 과일 깎아 통에 넣어두었는데 드시고 계세요."

"알았어. 내가 알아서 할게. 일 마치고 천천히 와."

전화를 끊고 호석은 어디 라면이라도 없나 하고 찾아보다가 할 수 없이 추리닝을 걸치고 밖으로 나간다. 근처 식당에서 순두부를 하나 시켜놓고 신문을 펼쳐보다가 식사가 나오자 배가 고팠던지 허겁지겁 먹는다. 서 사장 집으로 다시 돌아와 TV를 보면서 과일을 꺼내 한입 물자 소금물에 씻어 놓았는지 짭짤한 맛이 난다. 아홉 시가 조금 넘자 서 사장이 현관문을 열고 들어온다.

"혼자 심심했지요? 빨리 오려다가 손님이 들이닥쳐서 못 왔어요."

저녁 시간에는 사장을 보고 오는 사람들도 많이 있으니 사장이 있고 없고는 매출에 큰 차이가 생긴다.

"신경 쓰지 말고 일하라니까 그러네."

"끝나서 온 거예요. 확 밀렸다가 썰물같이 나갔어요."

들어오자 화장실로 들어간다. 빨리 올라오려고 급하게 온 모양이다.

"푹 담갔다가 나와. 하하하."

화장실에서 나와 옆에 앉더니 과일을 주섬주섬 먹는다.

"밤이 늦었는데 과일을 왜 먹어? 살찐다."

서 사장은 살이 찐 몸이 아니고 아주 적당하게 붙어 있다는 표현이 적절할 것이다.

"좀 쪄도 될 것 같은데 요즘 음식이 당겨요. 애 들어섰나?"

"하하하. 그럴 수도 있는 거 아닌가?"

뜨끔한 마음은 들었지만 웃어넘겨야지 어쩌겠는가?

"호호, 호석 씨. 우리 애 하나 키울까? 그런데 지금 애 낳으면 난 아무것도 못 하잖아. 애 키우느라."

그럴 일도 없겠지만 지금 애를 낳으면 무엇하겠는가? 서로가 피곤하고 양육에 치여서 스트레스만 받을 것이다.

"하나 낳든가. 자신 있으면…"

서 사장에게 김 상무는 신 부회장에게 받은 휘트니스센터 회원 카드를 내민다.

"이게 뭐예요? 휘트니스 센터! W호텔 거네?"

"응. 삼마 신 부회장 있잖아. 그 선배가 보내 준 거야. 서 사장 이름으로 하나 만들어 온 거야. 차 나오면 그곳에 가서 정기적으로 운동해. 시설이 아주 좋은 곳이니까."

평생 돈을 모아만 봤지 써본 적이 없는 서 사장은 이것이 몇억이나 나가는 귀한 회원권인지도 모를 것이다. 김호석도 일부러 아무 이야기도 하지 않는다.

"내일 세 시라고 했지요. 제가 그곳으로 직접 갈까요?"

"아니야, 이곳으로 들려 갈 테니까 집에 있어. 데리러 올게."

아침 식사를 마치고 차를 마시고 있는데 윤 기사가 전화가 왔다.

"상무님, 차 댔습니다. 천천히 나오십시오."

서둘러 옷을 입고 김호석 상무는 서 사장의 얼굴에 가볍게 키스를 하고 대문을 나선다. 호석의 집에서 나올 것이라 알고 있을 윤 기사를 위해 지하주차장으로 내려가 호석의 아파트 앞으로 올라간다. 윤 기사가 시동을 걸어 놓고 기다리고 있어 차에 올라타자 익숙한 듯이 정문을 빠져나가 회사로 향한다.

사무실에 도착하여 업무를 체크하는데 어제 오후부터 보지 않은 메일이 가득하다. 애들한테 온 메일을 먼저 보니 용돈을 더 올려달라는 내용이다. 신 부회장으로부터 컨설팅 계획서가 언제 나올 수 있는가 연락이 왔고 컨설팅 계획서가 나오면 이사회를 열어 추인을 받을 일정을 잡아야 한다는 내용이다. 연희로부터 온 메일은 집사람 전화번호 알려달라는 이야기와 B&K 대표의 감사 메일 등 정신이 없을 정도로 많은 내용이다.

"강 비서, 잠깐 와볼래?"

애들 메일을 강 비서에게 포워딩해주고 신 부회장의 메일에는 어제의 미팅 결과를 정리해서 보내줬다.

"애들 메일을 보냈으니까 판단해보고 처리해주라. 그리고 신 부회장실에 전화 좀 연결해주라. 부 이사 여기로 출근했나?"

"아뇨, 부 이사님은 삼마로 출근했습니다. 연결해 드릴까요?"

하긴 부 이사가 이곳으로 출근할 이유가 없을 것이다.

"신 부회장님 전화 연결되었습니다."

"선배님, 김호석입니다. 메일 받으셨습니까? 어제 미팅한 결과를 보냈습니다. 내용은 그렇고요. 만나 뵙고 상세한 이야기를 드리겠습니다."

신 부회장은 계획서를 빨리 받고 싶어 했다. 지금은 원하는 날짜에 이사회를 마음대로 열 수 없으니까 사전에 회장하고 일정을 협의해야 한다.

"이번 주에 계획서를 가지고 이야기할 수 있을까? 목요일쯤에 봤으면 좋겠어."

B&K가 수요일까지 계획서를 준다고 했으니 조금 서두르면 가능도 할 것 같았다.

"일단 서둘러 보내겠습니다. 가능하면 목요일 오후까지 준비해보겠습니다."

순간 목요일이면 두솔은행 오성식과 연희와의 약속이 중복되지 않는가 확인을 한다. 확인하니 약속이 오후로 되어 있다. 시간을 좀 더 당겨서 만나야겠다는 판단을 하고 신 부회장과의 약속을 목요일 저녁에서 변경하지 않았다.

"선배님, 그럼 목요일은 저녁에 하시는 것이 어떻겠습니까? W에서 뵙지요."

"그래, 그럼 시간을 정하자. 그곳에서 저녁을 먹자. 운동하고 한 7시쯤에."

"네, 알겠습니다. 그렇게 하겠습니다."

자신의 스마트폰에 메모해놓고 전화를 끊는다. 김호석은 강 비서를 불러서 목요일 저녁 7시에 신 부회장과 W호텔에서 약속이 있는 것을 알려주고 두솔은행 오성식에게 전화를 걸어 목요일 점심으로 변경하자고 이야기를 한다. 오성식은 어차피 목요일이 쉬는 날이니까 상관이 없었다. 그래서 점심을 먹으며 만나기로 이야기를 하고 연희에게도 다시 전화하여 목요일 점심을 하면서 이야기하는 것으로 양해를 구했다.

업무 조정과 약속에 대한 교통정리가 끝나고 황 부사장과 관련된 업무가 어떻게 진행되어 가는지 확인한다. 이제야 연구소장이 근무할 사무실 인테리어 공사를 하고 있고 양 대표가 연구소장과 같이 일 할 하부조직을 다 만들었다고 한다. 점심은 삼마로 가서 부 이사하고 식사를 하기로 해서 원 비서를 데리고 김호석이 직접 운전을 해서 삼마로 간다.

"부 이사, 식사나 하러 나가지. 원 비서는 여기 비서하고 업무 협조도 해야 하고 얼굴도 익혀야 할 거 같아서 데리고 왔어."

부 이사는 무엇이 바쁜지 전화기를 귀에 대고 있다. 그사이 김호석이 원 비서를 데리고 나가 한주민과 AA 2명을 인사시킨다.

"인사들 해. 부 이사 비서인 원분희 씨야. 여기서 있는 일들이나 큰 비용 같은 본사협조가 필요한 것은 원 비서에게 연락하면 돼."

이야기를 하고 있는 사이 부 이사가 대충 일을 마친 모양이다.

"오셨어요, 상무님?"

"그래, 나 또 약속 있으니까 지금 식사하러 나가자. 할 얘기도 좀 있고."

둘은 중요한 이야기를 할 요량으로 밖으로 나와 근처의 레스토랑으로 간다. 식사를 시켜놓고 두 사람은 B&K와 관련된 이야기를 한다.

"B&K와 통화 해보았냐. 오늘?"

"아뇨, 오늘은 전화해보지 않았습니다."

오전에 회사에서 신 부회장과 전화 통화하면서 받은 신 부회장의 요구 사항을 상세하게 설명해준다.

"신 부회장이 계획서를 빨리 달라고 하는데 어떡하냐? 너 시간이 가능하겠어?"

부태인 이사는 삼마DS가 인력 수급에 차질이 발생하면서 2주 이상 인력배치에 여유가 생겼다는 것을 설명한다.

"네, 시간은 여유가 있을 것 같습니다. 지금 B&K에 전화해보겠습니다."

B&K의 대표는 후렉스코리아와 전략적 제휴가 필요한 상항이니 우리의 요구 사항을 들어줄 것으로 예상은 하고 있었지만, 확인이 필요했다.

"후렉스코리아 부태인 이사입니다. 안녕하십니까?"

B&K 한 대표는 후렉스코리아에서 자주 전화가 오는 것이 즐거운 일일 것이다.

"네, 한우영입니다. 어쩐 일이십니까?"

부 이사는 삼마의 상황을 이야기하고 B&K 쪽 계획서와 견적을 오늘 중으로 보내 줄 수 없냐고 묻는다. 컨설팅이라는 것이 이미 정형화된 방법론을 가지고 접근하는 것이기 때문에 컨설팅 계획서를 만드는 것은 그다지 어려운 일이 아닐 것이다. B&K 한 대표가 내부에서 확인하고 연락을 주겠다고 하고 부 이사가 전화를 끊자 김호석 상무가 말한다.

"부 이사, 우리 쪽 계획하고 합쳐서 목요일 저녁에 신 부회장하고 이야기할 수 있도록 나에게 보내 주고, 전체 상세 계획서는 천천히 만들어 놓으면 되겠지."

B&K에서 컨설팅 계획서가 오면 후렉스코리아는 내용을 신 부회

장의 의도와 전체 프로젝트를 잘 포장하여 최종 제안될 컨설팅 계획서를 작성해야 한다.

"아니면 우리하고 B&K가 공동으로 하는 수행하는 프로젝트로 바꾸어 버릴까? 어차피 신 부회장하고 목요일 저녁에 만나 협의하면 조금은 바뀌지 않겠냐? 마이너한 변경이면 내가 직접 수정해서 너하고 신 부회장에게 다시 보낼 테니까."

초안을 가지고 신 부회장과 미팅하고 나면 요구 사항에 대한 수정이 어느 정도 발생할 것은 당연한 것이고 요구 사항에 대한 협의가 결정된 후에 정확하게 컨설팅 계획서를 완성하면 되겠다는 판단을 한다.

"네, 그러면 제가 파일로 보내드리겠습니다. 그러면 수정하시기 편하시잖아요. 그리고 삼마DS 인력 수급이 쉽지 않나 봐요. 강 부장까지 와서 사정 이야기를 하더라고요. 우리도 여유를 좀 찾을 수 있어서 좋지만 너무 늦어지면 일정에 차질이 올 것 같습니다. 협력업체도 내일부터 계약해서 올리겠습니다. 확인하시고 강 비서에게 관리팀에 넘기라고 해 주시면 나머지는 제가 원 비서에게 지시해 놓겠습니다."

김호석의 보기에도 부태인 이사의 일 처리 능력이 눈에 띄게 민첩해지고 프로다워졌다.

"내일 내가 신 부회장 계좌 번호 알려줄 테니까 커미션은 그곳으로 넣으라고 해. 그 후에 나머지는 내가 알아서 움직일 테니까."

김호석은 오성식을 만나 부탁해 놓은 차명계좌를 하나 받아 프로젝트 관련 운영자금을 준비하려고 한다. 협력업체는 지금까지 관례적으로 서로 협조하며 처리한 것들이고 또한 자기들의 이익을 침해하는 것도 아니니 그리 문제는 되지 않을 것이다. 비록 개인을 위해서 전적으로 준비되는 것은 아니지만, 나중을 위해서라도 서로가 많은 것을 모르는 것이 좋을 듯싶어 깊은 이야기는 묻지도 하지도 않은 것이다.

"네, 알겠습니다. 오늘내일 다 계약할 예정이고 금요일 서드 파티 사장들 미팅은 그대로 진행하는 것으로 알겠습니다. 우리가 만든 회사 대표는 참여하지 말라고 했고 일부 인력들은 이미 투입했습니다."

프로젝트 수행 중에 생길 수 있는 비상상황에 대처하고 소프트웨어 구매와 같은 리스크가 없고 개발 이익을 챙기려고 만든 회사를 이야기하는 것이다.

"왜? 참석해도 되는데. 금요일 모임은 특별하게 중요한 이야기는 하지 않을 거잖아."

간담회 겸 단합대회를 하는 것인데도 부태인은 괜히 걱정스러운 모양이다.

"괜히 참석시켜서 버릇 나빠질까 봐요. 상하관계, 주종관계를 확실히 알아야 하는데 노는 물이 같다고 착각할 수도 있거든요, 하하."

일리가 있는 이야기다. 우리나라 사람들은 본분을 잊어버리는 경우가 많다. 협력업체로 일하다가 상황 파악이 되면 자신의 위치를 오판하여 주인을 물어 버릴 때도 있으니까.

"하하. 그건 부 이사가 알아서 해라. 식사나 하자."

그들은 조금 식은 식사를 하며 프로젝트의 진행과 관련하여 삼마DS의 투입 인력들이 수준 이하라는 판단과 후렉스코리아에서 고용한 협력업체의 능력을 이용해서 삼마DS 인력들의 개발 능력을 성장시키려는 의도가 있다고 이야기한다.

"하긴 만든 지 얼마 안 된 회사라 모든 게 어설퍼요."

음료와 식자재 사업으로 돈을 벌어 정보통신, 유통, 레저 등 여러 분야에서 폭풍 성장을 하고 있지만 급속하게 성장하며 바닥이 다져지지 않은 회사이니 그럴 수밖에 없을 거라 이해는 하고 있다. 이런 기업군은 지속 성장을 유지해야 하는데 갑작스러운 정체는 곧 불안정한 흔들림을 의미할 수도 있기 때문이다. 그러한 우려를 해소하기 위해 부회장은 서둘러 그룹을 정비하려는 것이다.

"잘 도와줘. 일정이나 비용 면에서 부담 가는 것이 아니라면 말이야."

"네, 알겠습니다. 상무님."

식사를 마친 두 사람은 삼마 쪽으로 걸어가면서 김호석이 말한 보안 관련 행동수칙은 잘 지켜야 한다고 의견의 일치를 본다.

"한 비서에 대해서 이야기 했잖아요. 그거 신 상무가 알더라고요. 세 명이 왔는데 한 비서가 비서인 줄 아는 거예요. 깜짝 놀랐습니다. 그래서 팀원들에게 내부 메일로 고지했습니다."

과거에도 이런 비슷한 사례를 겪어 보았기 때문에 호석의 정확하게 예측할 수 있었던 거였다.

"그래, 잘했다. 눈치 안 채게 잘해야 돼."

시간이 조금 남은 것 같아 부 이사 방에 들어가 커피를 마시는데 원 비서가 다가온다.

"상무님, 지금 사무실에 들어가시나요?"

원 비서가 일을 다 보았는지 물어본다.

"원 비서는 오늘은 여기서 퇴근하지. 부 이사에게 저녁 좀 사달라고 하든가. AA들도 다 같이 있잖아. 난 다른 곳에 나가봐야 해."

자동차 시승을 위해서 나가 봐야 하기 때문이고, 그리고 저녁에 강남에서 약속이 있다.

"네, 알겠습니다. 이사님, 어떻게 할까요? 여직원들 오늘 저녁은 대기하라 할까요?"

김호석 상무가 이미 이야기를 꺼내 놓았으니 부 이사가 화답을 해야 할 상황이다.

"그래, 가고 싶은 곳으로 예약해서 저녁이나 같이하지. 나는 저녁에 다른 일정 없으니까 괜찮아."

"네, 알겠습니다. 그렇게 전달하겠습니다."

김호석 상무는 신 부회장에게 들리지도 않고 서 사장을 데리고 시승할 생각으로 자리에서 일어선다.

"협력업체 계약서 도장 찍으면 모았다가 강 비서에게 가져다주고 한 부씩 복사해서 사무실에 보관하라고 해. 그리고 지급 요청서 만들어서 상무님 결재받은 후에 관리팀에 가져다주면 되고 계약 내용과 지급 조건이 일치하는가도 확인하고."

부태인 이사는 원 비서를 불러서 이것저것 챙겨야 할 것을 지시하며 본사의 변동사항이나 분위기 등을 가감 없이 전달해 주어야 한다고 다시 한 번 당부한다.

"그리고 내가 나와 있는 동안 그렇게 바쁘지 않으니 상무님 일정과 관련하여 강 비서를 잘 지원해줘. 워낙 노련해서 도와줄 일도 없겠지만."

노는 것처럼 보이면 원 비서도 문제이지만 부태인이 당장 필요 없는 사람을 뽑았다고 고깝게 생각하는 것이 더 걱정스러워 그런 것이다.

"네, 이사님. 가능하면 저도 삼마 쪽에 가끔 나와 업무를 지원하겠습니다. 자료 작성도 많을 것 같은데 저에게도 넘겨주세요."

어차피 B&K와 후렉스코리아가 함께하는 컨설팅 프로젝트 제안서는 원 비서에게 넘겨 일할 생각이었다.

"내가 파일 하나하고 수정된 자료 보낼 테니까 파일에 수정해서 내일 오전 중으로 나하고 상무님께 보내. 파워포인트 자료인데 수정할 거는 몇 장 안 돼."

"잘 알겠습니다."

그리고 원 비서에게 자신과 연결할 때 삼마 내부의 전화로 하지 말고 핸드폰을 쓰라고 하며 김호석 상무가 한 주의 사항 몇 가지를 당부한다. 협력업체 사장이 와서 기다린다고 한 비서가 전달한다.

"원 비서는 나가서 애들 일하는 것 잘 살펴주고 들어오시라 해."

승자 독식 체제

원 비서가 나가자 그룹웨어 개발을 하는 업체인 오라웨어 이규한 사장이 들어온다.

"어서 오십시오, 이 대표님."

국내 그룹웨어 시장에 새로운 신기술이 나오지 않고 있고 그렇다고 시장을 선도할 업체가 있는 것도 아니어서 시장 상황이 정체돼 있는 것이 현실이다. 부태인 이사는 후렉스코리아의 자체 솔루션을 삼마에 맞추어 마이그레이션해서 쓰려고 했지만 빅데이터 시스템 개발과 연결에 있고 개발인력이 추가적으로 많이 들어가야할 것 같아 전문 솔루션 업체를 찾고 있었다. 삼마그룹 정도 규모의 사용자 시스템 개발에 10억 원 정도의 예산으로 계약하려는 것이다. 많은 어려움을 겪고 있는 오라웨어와 같은 솔루션 업체의 사정들을 잘 알고 있는 부태인 이사는 레퍼런스를 확보하려는 솔루션 업체의 욕구를 이용해 싼 가격으로 계약할 수도 있었지만 싼

만큼 결과물의 품질이 저하되는 것도 걱정해야 하기 때문에 그중에서 기술력을 어느 정도 가지고 있다는 판단이 들어서 선정한 업체다.

한 번도 대규모 사용자를 대상으로 도입된 사례가 없는 솔루션을 위험을 무릅쓰고 삼마 같은 대그룹에 레퍼런스 사이트를 만들어 주는 것이니 마케팅 측면에서는 엄청난 효과가 있을 것이다. 돈 안 받고도 할 판에 10억이나 되는 돈을 지원받으며 하는 것이니 허리가 90도 꺾인다. 최근 재무 상황이 안 좋다는 소문이 나 있기는 하지만 기술이 우선이고 다른 업체도 상황이 거의 비슷하니 선택했다.

"이사님, 안녕하십니까? 바쁘시군요."

나이는 그다지 많아 보이지는 않지만, 머리가 희끗희끗한 걸 보니 50은 넘어 보인다.

"계약서와 개발 범위는 다시 한 번 확인해 보셨나요?"

후렉스코리아는 협력업체와 계약할 때 모든 비용은 현금으로 지급한다. 그래서 다른 국내 회사보다 파워가 있고 많은 부분을 유리하게 진행할 수가 있다.

"네, 읽어 봤습니다. 구두로 요구하신 것도 충분히 알아들었고 좋습니다."

구두 요구라고 말하는 것은 요구 금액을 올려주고 13%의 자금을 환급해 주는 것이다. 모든 업체에 동일하게 적용하는 것이고 계약금 수령 시 지급하는 조건을 말하는 것이다. 물론 3%는 부태인 이사가 자신의 다음을 위해서 챙기는 몫인 것이다.

"좋습니다. 그럼 계약을 하시죠. 오라웨어는 인력 투입이 언제부터 가능하십니까?"

삼마DS의 인력이 배치되지 않아 개발실 전체가 썰렁하고 신 상무의 부탁도 있고 하여 구체적 일정을 물어본다.

"네, 다음 주부터는 상주시키겠습니다. 우리 김정식 개발이사가 PM으로 상주하게 될 겁니다. 이사님 덕분에 회사가 살아났습니다. 이 보답은 꼭 하겠습니다. 믿고 일을 주셔서."

레퍼런스도 없이 이제 시작하는 업체를 선택해서 대형 사이트의 프로젝트를 맡긴다는 것은 어찌 보면 있을 수 없는 일이기 때문에 오라웨어에서도 놀랐을 것이다. 삼마그룹 내에 그룹웨어 사용 인원이 5만 명을 넘어간다. 오라웨어는 행운일 수도 있고 아니면 완전하게 시장에서 사라지는 프로젝트일 수도 있다. 그러나 부태인이 오라웨어 본사에서 시연한 것을 봤을 때는 삼마의 전자결재 시스템과 후렉스코리아에서 제공하는 의사결정 지원시스템이 효율적으로 결합할 수 있는 시스템이라고 판단되었다.

"하하, 사장님께서 삼마 프로젝트에서 오라웨어 솔루션을 성공시키는 것이 저를 구해 주시는 겁니다. 다들 반대하는 건인데도 밀어붙이는 거니까요. 도장 가지고 오셨습니까? 사인해도 되는데."

"네, 가져왔습니다. 여기 있습니다."

이규환 사장이 회사의 법인 인감을 넘겨준다. 계약서에 첨부된 법인 인감 증명서와 도장을 확인한 부 이사는 한 장 한 장 간인을 찍어가며 정성스럽게 찍는다. 후렉스코리아 인감도장은 사용인감이다. 다시 한 번 사용인감계와 대조를 하고 도장을 찍고 한 부를 오라웨어 이규한 사장에게 준다.

"자, 다 되었습니다. 잘 부탁드립니다. 금주에 계약금 50%는 입금될 것입니다. 제가 부탁한 것도 내일 알려 드리겠습니다."

계약서에 도장을 찍으니 이 사장은 이제야 안심이 되는 모양이다.

"이사님, 차 한 잔 주십시오. 계약서에 정신 팔려서 차 한 잔 얻어 마실 생각도 잊어 버렸습니다."

부태인 이사도 긴장하고 일을 진행하다 보니 그렇게 되었다.

"하하하, 죄송합니다."

한 비서를 불러 차를 내오라고 부탁한다.

"어떤 것으로 준비해 드릴까요?"

한 비서가 이규환 대표가 나이가 들어 보이자 물어본다.

"전 녹차 한 잔 주십시오."

차를 마시면서 오라웨어가 코스닥에 상장을 추진하고 있다면서 주식이라도 조금 드리겠다고 이야기한다. 진짜 감사해서 드리고 싶다고 한다.

"하하, 그거야 사장님이 결정하실 일이시지만 주시면 감사하게 받겠습니다. 그러나 부담 갖지 마십시오."

벤처 열풍이 이곳저곳에서 불다 보니 오라웨어도 재무 상태가 좋지 않다는데 상장을 하려고 하는 모양이다. 하긴 공개시장으로 가면 자금을 조달하는 데는 훨씬 유리하니까 하나의 좋은 방법이라고는 생각이 든다. 그러나 부 이사의 판단에는 썩은 주식 받아서 무엇하겠는가 하는 생각에 그냥 농담으로 웃어넘긴다.

"다른 곳에 프로젝트 하실 때 저희 제품도 같이 제안해 주십시오."

이번 삼마 프로젝트에서 성공한다면 하지 말라고 해도 할 것이다. 성공은 안심하고 제안해도 되는 레퍼런스가 확보된 것을 의미하는 것 아닌가?

"물론입니다. 유사 프로젝트에서 저는 무조건 갈 테니까 이번 프로젝트 무조건 성공시켜 주세요."

이야기를 하고 있는데 한 비서가 아성대 최인성 교수가 전화했다고 메모를 전한다. 눈치 빠른 이규한 사장은 돌아가겠다고 인사한 다음 부 이사의 방을 가벼운 마음으로 걸어나간다.

"부태인입니다."

수요예측과 관련한 소프트웨어 개발을 아성대 교수들에게 맡기기로 했는데 영 미덥지가 않다. 미팅 일정 잡으려고 하면 늘 강의 평계를 대며 미꾸라지처럼 빠져나간다.

"최인성 교수입니다. 보내 주신 메일은 잘 받았는데 제가 금주는 계획서를 보내드리기가 조금 어렵고요. 다음 주 중에 저희들이 그쪽으로 가지고 들어가겠습니다."

이번에도 또 약속을 어긴다. 도대체 몇 번째인지 모른다고 불평을 토하는 부 이사는 짜증이 자꾸 올라온다.

"정확한 일정을 주세요. 다음 주 언제입니까?"

부 이사의 짜증 섞인 목소리에 약간 걱정이 되었던지 서둘러 시

간 약속을 정한다,

"목요일 오후 세시까지 들어가겠습니다. 이번에는 꼭 들어가겠습니다."

신뢰를 잃어버렸다는 것을 아는지 꼭이라는 말을 한 번 더 붙인다.

"좋습니다. 다음 주 목요일 뵙도록 하겠습니다."

짜증이 먹히는 것 같아 수화기를 일부러 던지듯이 내려놓는다. 계속해서 협력업체 4곳을 계약하고 나니 피곤이 몰려온다. 다들 계약 초기야 굽실굽실하지만, 더 겪어 봐야 한다. 첫째가 신뢰인데 나중에 일정 못 맞추고 요구 사항 늘어나고 개발 실패 가능성이 커지면 본성들이 나타난다. 손해 안 보고 책임에서 벗어나려는 본능적인 행위기도 하지만 믿음으로 서로 양보하면 해결이 가능한 것을 나중에는 감정싸움으로 번져서 돌이킬 수 없는 상황까지 가기도 한다. 계속 들어오는 계약을 끝내고 나니 3시가 다 되어간다.

"원 비서, 이거 가지고 본사로 먼저 들어가서 복사해둬라. 아님 여기 애들한테 복사해 놓으라 해. 아니야, 그냥 가지고 들어가서 해라. 여기 직원들은 내가 데리고 갈 테니까 오늘 회식은 본사 근처에서 하자고."

여기서 시키려다 자료가 외부 유출될 수도 있다 싶어 원 비서보고 챙겨서 들어가라고 한다.

"네, 이사님. 잘 알겠습니다."

원 비서의 노련함으로 벌써 여직원들의 군기를 다 잡아 놓은 것 같은 느낌이 든다. 삼마를 나온 김호석 상무는 운전해서 아파트 쪽으로 올라가면서 서 사장에게 전화를 건다.

"어디야? 나 집 근처에 거의 다 왔는데."

"저 집에 들어와 있어요. 내려갈까요?"

시간을 아끼기 위해 입구로 내려오라고 이야기하고 경비실을 통과하여 서 사장 집 입구에 차를 댄다.

"어서 와, 가자. 세 시에 예약되었거든."

젊은 처녀같이 신선하게 파스텔 톤의 옷을 입은 것을 보니 어디 놀러 가는지 아는 모양이다.

"오늘 아가씨 같은데? 이거 옆자리에 않으면 부담 가겠는데. 하하."

"농담은, 40이 넘었는데 누가 쳐다보기라도 한대요? 호석 씨가 예쁘게 봐주니 그런 거지."

호석의 눈에 귀엽고 젊게 보이니 다른 사람 눈에도 그렇게 보일 것이다.

"아니야, 당신 젊어. 나한테 과분하지. 사실이잖아."

김호석보다 젊다는 것이 과분하다는 것이다.

"오늘 왜 그러세요? 너무 높이 올라가는 것 같아, 호호호."

아우디코리아 매장 앞에 차를 들이대자 VIP 손님 맞듯이 깍듯하다. 현재 외제차를 몰고 있는 사람이 세컨드카도 외제차를 구매할 가능성이 더 크다는 것을 잘 알고 있기 때문일 것이다.

"시승 예약이 되어 있는데요."

"네, 윤미경입니다. 제가 사장님 담당입니다. 잘 부탁드립니다."

전담 영업 컨설턴트가 와서 인사를 건네고 시승할 Q7으로 안내한다.

"이 차가 오늘 시승차량입니다. 사모님이 운전하신다고 하셔서 운전석을 조정해 놓았습니다만 다시 조정하셔도 됩니다."

영업 컨설턴트가 차량의 기능과 성능 등에 상세한 설명을 해주고 나자 두 사람은 서 사장이 운전하는 아우디 Q7을 몰고 매장을 나와 외곽 순환도로를 타기로 한다.

"이 차 맘에 들어요. 그런데 SUV인데도 차가 조용한 것이 꼭 승용차 같아요."

사실 승용차보다도 승차감이 뛰어난 것으로 유명한 명품 SUV 차량이다. 서 사장도 차량이 맘에 드는 모양이다. 두 시간의 시승을 마치고 매장에 들어온 두 사람은 차 안에서 결정한 대로 계약서를 작성한다. 서 사장은 김 상무의 이름으로 계약할 것을 고집한다. 매장 안에서 밀고 당기기 싫어서 김호석 상무의 이름으로 계약하고 현금 결제할 것이며 번호도 좋은 것으로 해달라고 부탁한다. 차량은 수입된 것이 있어 일주일 정도면 번호판을 붙여 집으로 가져다주기로 했다. 호석은 운전하고 집으로 가는 길에 오랜만에 외식하고 가자고 하려다가 오늘 두솔은행 오성식 지점장과 약속이 생각나 그만둔다.

"집으로 데려다줄게. 나 오늘 저녁에 강남에서 약속 있어. 두솔은행 강남지점장이 내 친구거든."

눈치로 보아 서 사장은 나온 김에 같이 시간이라도 보내고 싶은 표정이었지만 선약이라 어찌할 수가 없다.

"늦으시겠네요. 친구를 만난다니 할 수 없지요."

"그래, 미안해. 한잔하고 빨리 들어올게."

분위기로 김호석 상무는 눈치가 뵈어 둘러댄다. 화제를 돌리려고 집으로 거의 다 와서 서 사장에게 운동하러 언제 갈 거냐고 물어본다.

"요번 주는 서 사장 혼자 다녀. 다음 주에 한번 같이 가자. 신 부회장하고 운동 겸 약속도 소화해야 하니까 시간 내기가 쉽지가 않네. 미안해."

약간 삐쳐 있는 서 사장을 달래준다. 호석은 요즘 서 사장의 눈치를 보게 되는데 자꾸 이런 상황이 되면 불편해지기 시작하고 오랫동안 관계 유지가 쉽지는 않을 것 같다는 생각도 든다.

"알았어요. 워낙 바쁘신 분이시니 할 수 없지요."

"그리고 그곳에 갈 때 그저 외출복으로 입고 가도 돼. 화장품도 마찬가지. 모든 것을 서비스할 거야."

"네, 그것참 좋네요."

"남편이 누구냐고, 뭐 하냐 물어보면 후렉스코리아 상무이사라고 하면 돼. 거기 나오는 사람들이 다들 장난이 아니거든. 당신이 처음 나오는 거라 관심이 꽤 많을 거야."

회원 수가 몇 명 안 되다 보니 서로에 대해서 알려고 할 것이다.

"알았어요. 가능하면 저 혼자서 다니도록 할게요."

이제야 기분이 좀 풀리는 모양이다. 집에 데려다주고 김 상무는 오 지점장을 만나러 가기 위해 차를 돌려 아파트를 빠져나간다.

"술 조금만 마셔요. 힘드신데."

저녁 시간에 부태인 이사와 원 비서, 한 비서, AA 5명은 부 이사가 결국 한번 와본 일출로 식사하러 왔다.

일식집 안으로 들어가자 사장은 보이지 않고 조선족 종업원이 인사를 하고 예약을 했냐고 물어본다.

"사장님은 안 계십니까?"

"사장님은 곧 내려오실 겁니다. 우리 사장님 아세요?"

종업원은 빈방으로 부 이사 일행을 이끌어 안내한다. 여자 4명과 남자 1명의 불균형을 다른 사람은 이상하게 보지 않겠지만 부 이사는 어딘가 모르게 불편하다.

"우리 뭘로 할까? 오늘은 아무거나 시켜. 내가 쏘는 거야. 물론 경비를 쓰는 거지만."

부 이사는 어색함을 지우려는 듯 호탕하게 웃으며 분위기를 바꾸려고 한다. 잠시 후 서 사장이 찾아와 인사한다.

"부 부장님, 오랜만에 오셨네요? 회사 직원분들이신가 봐요?"

서 사장은 부태인 이사가 승진한 것은 알고 있었지만, 김호석 상무의 입장을 생각해서 일부러 아는 척하지 않는다.

"어머~ 우리 이사님 승진하셨는데 잘 모르셨나 봐요."

옆에 있던 한 비서가 얼른 이야기해준다.

"어머, 축하드려요. 이사님, 좋으시겠어요."

서 사장의 말에 부태인 이사는 기분이 좋은 듯 껄껄거리고 술을 한잔 권한다.

"이거 축하주라도 대접해야 하는데 뭐 드시고 싶으신 것 있으세요? 제가 주방에 이야기해서 준비하라고 할게요."

"신경 써주셔서 감사합니다. 나중에 상무님하고 또 오겠습니다."

서 사장은 부태인 이사 일행을 보고 나오면서 참 착한 사람이라 생각하며 웃음을 짓는다.

"이사님, 오늘은 2차로 노래방도 가실 건가요?"

AA들이 기분이 좋아졌는지 조르듯이 물어본다. 다들 안주가 좋아서 그런지 오랜만에 술을 마셔 취기가 오르지만, 평소보다 기분 좋게 마신다.

"물론이지, 오늘은 원하는 대로 끝까지 가보자고."

부 이사는 이 여자 저 여자가 주는 술에 서서히 한계를 넘어가고 있었다.

은하에서는 오랜만에 만났다고 반갑게 인사를 한 두솔은행 오성식 지점장과 김호석 상무는 뭐가 좋은지 연실 웃으면서 이야기하고 있다. 유영실 사장과 김성조 상무는 아직 여행지에서 돌아오지 않은 모양이다. 술집에서 호텔 출신 요리사가 만들어 준 식사를 마치자 웨이터가 들어와 무엇을 지시할까 대기하고 있다.

"이거 치워주고 아가씨 오라고 해라. 술은 조금 있다 시킬게. 아, 유 사장 아직 출근 안 했지? 오면 손님이 기다린다고 해라."

김호석이 주문을 마치자 웨이터는 얼른 뒤돌아 나간다.

"호석아, 술은 적당하게 하자. 난 요즘 과로해서 그런지 술도 거의 마시지 않는데 건강 회복이 되지 않는다. 부행장에서 내려오면

서 심적 충격이 컸나 봐."

본점 부행장에서 일개 지점장으로 내려왔으니 심적으로 충격이 많았을 것이다. 또 지점장으로 내려와 하지 않던 수신고 높이느라고 얼마나 고생을 했겠는가.

"그래, 우리 간단하게 마시자고. 나도 술은 그다지 즐겨 먹지 않으니까."

유리와 또 다른 여자애가 들어와 자리를 잡는다.

"상무님, 연락해주신다고 했으면서 연락도 없으시고."

요번 주에 한번 만나 식사나 하자고 약속한 것을 이야기하는 것이다.

"그래서 내가 직접 왔잖아. 너 아니면 이곳에 왔겠냐?"

둘러대며 같이 온 여자애를 오 지점장 옆자리에 앉힌다.

"호석아, 술 취하기 전에 이거 받아라. 인터넷 뱅킹도 가능하게 해놓았고 한도도 최대로 열어 논거야. 잘 써라."

호석이 부탁한 차명계좌를 건네준다.

"고마워. 매번 부탁만 한다. 은혜는 꼭 갚으마."

앞으로 1년 정도는 써먹어야 할 통장이니 받아서 서류 가방에 잘 넣어둔다. 두 사람은 독한 양주보다도 부드러운 와인을 시켜서 마신다. 룸살롱에서 마시는 와인이지만 색다른 맛이 있다. 양주값보다는 싸지만, 아가씨들도 부담 없이 잘 마시니까 전체 비용은 그게 그거다. 와인 한 병을 거의 비우는 시간이 흘렀는데 문이 열리더니 낯익은 얼굴들이 들어온다.

"호석 씨 오셨어요?"

"어서 와라. 두 사람 모두 얼굴 좋아 보이네."

자리에 앉으며 동행이 누군가 궁금해하는 눈치를 주자 두 사람에게 오성식 지점장을 소개해준다.

"성조야, 넌 잘 모르지? 나 초등학교 동창인데. 현직 두솔은행 강남지점장이야."

고등학교 동창인 성조는 김호석 상무의 초등학교 동창생들은 잘 모른다. 서로 인사를 하고 자리에 앉아 두 사람의 여행 이야기를 화제로 이야기꽃을 피운다.

"나도 시간 내서 그렇게 한번 다녀봐야겠어."

김 상무가 이야기를 하자 옆자리의 유리가 끼어든다.

"상무님, 저하고 같이 가요. 제가 재미있게 해드릴게요."

"유리야, 네가 나하고 같이 가면 딸 같은 애하고 같이 왔다고 욕해요, 욕. 하하하."

나이가 20살이 넘게 차이가 나는데 말이 되느냐는 듯이 호석이 확실하게 선을 그어 버린다. 이야기를 나누다 보니 시간이 10시를 넘겨서 오성식 지점장과 내일 점심 약속을 확인하고 각자 대리기사를 불러 집으로 돌아가려고 술자리를 끝낸다. 출발하면서 서 사장에게 전화하여 분위기를 살핀다.

"나야, 집이야?"

저녁 같이 먹고 싶은 눈치를 무시하고 온 죄책감에 애교 섞인 목소리로 물어본다.

"네, 어디세요? 오는 중이에요? 술 많이 드셨어요?"

목소리로 봐서는 경쾌하고 기분은 좋은 것 같은 느낌이다.

"와인 몇 잔 했어. 대리기사 해서 거의 다 왔어."

대리기사에게 돈을 주고 주차를 확인한 후 서 사장의 아파트 입구에서 초인종을 누른다. 문이 열리자 성큼 들어가 서 사장을 와락 껴안아 버리자 싫지 않은 서 사장의 앙탈에 큰 웃음소리로 하루를 털어버린다.

"어머어머, 왜 그러시나요. 아까는 쌩하고 그냥 뒤돌아 가시더니. 호호호."

서 사장은 오늘 부태인 이사가 식사하러 온 거라며 시시콜콜한 이야기까지 조잘대며 떠들고 있다. 호석이 없었다면 지금쯤 아무도 없는 집에서 TV나 보고 있거나 일을 만들어 하고 있었을 것이다. 아침을 먹으며 서 사장에게 휘트니스 센터 이용하는 거 잊어버리지 말라고 다시 한 번 이야기해준다. 출근 준비를 마친 김호석 상무는 윤 기사가 아파트 입구에 도착했다는 문자를 보낸 것을 확인한 다음 상의를 입고 출근을 위해 내려간다.

윤 기사가 오늘은 자기 차를 가지고 여기로 온 모양이다. 출근하는 길은 언제나 똑같지만, 그날의 마음 상태에 따라 받는 느낌은 항상 다르다고 생각한다. 사무실에 도착하자 강 비서가 삼마 프로젝트 건으로 올라온 결재서류를 먼저 챙겨준다. 요즘은 각 팀에서 머리를 써서 비용을 쓰기 때문에 김 상무가 결재할 서류의 건수가 많이 줄었다. 결제 한도에 안 걸리게 여러 개로 쪼개서 팀장이나 이사의 전결처리 권한을 잘 이용해 버린다. 다 알고는 있지만 그렇다고 너무 쪼이면 서로가 불편해지고 불만이 쌓이는 것이기 때문에 넘어가는 것이다.

"강 비서, 이 계약서 관리팀에 넘겨주고 인력 투입 즉시 해야 하는 것이라고 신속하게 처리해 달라고 해."

협력업체의 효율적이고 강력한 통제는 신속한 대금지급에서 생겨나는 것이기 때문이다. 물론 다른 목적이 없는 것은 아니지만, 금요일 모임이 있으니 그 전에 들어가면 다들 분위기도 좋아지고 더 협조적으로 나올 것이 빤하기 때문이기도 했다. 김호석 상무는 부태인 이사에게 다음과 같이 메일을 보낸다.

"부 이사, 계약서 남은 것 금일 오전 중으로 보내 주게. 어차피 금요일 자금 집행일이니 금요일 모임을 위해서 금주 중 자금 집행이 되면 좋지 않겠어."

그리고 오 지점장이 만들어 준 통장의 계좌번호도 같이 알려준다. 오늘은 점심 약속부터 저녁의 신 부회장과의 약속까지 이어지는 바쁜 날이다. 오전에는 들어온 결재만 하여도 시간이 모자랄 것 같다. 매주 금요일이 개인적으로 결재한 비용, 경비, 프로젝트 관련 비용 등이 나가는 날이니 대부분 목요일 결재가 집중된다. 어제저녁에 부태인 이사로부터 B&K로부터 자료가 왔는지에 대한 확인 문자가 없어 원 비서를 부른다.

"부 이사에게 연락해서 B&K 관련해서 어떻게 할 것인가 내가 물어봤다고 해. 시간 되면 전화하라고 하든가."

"네, 상무님."

결재서류를 꼼꼼하게 챙기는 성격인 김호석 상무는 결재서류를 되돌릴 때는 반드시 반려 이유에 대한 코멘트를 첨부해서 내려보낸다. 그래서 별도 첨부한 코멘트 내용만 충족시키면 다시 결재가 가능하도록 해서 시간을 줄이기도 한다.

"상무님, 부 이사 전화입니다."

김호석 상무가 보낸 메일을 받았는지 전화가 왔다.

"내가 보낸 메일 받았니? 그리고 B&K 자료는 어떻게 되었냐?"

신 부회장하고 오늘 저녁에 미팅을 하려면 컨설팅계획서를 체크해야 한다.

"네, 자료 작성할 것은 원 비서에게 보내 작성하라 했고 나오면 상무님이 체크해 주십시오. 제가 어제 늦게까지 한잔하느라 조금 전에 원 비서에게 보냈습니다. 견적도 같이 보냈습니다."

그러잖아도 서 사장에게 이야기 들은 것도 있고 어제저녁에 연락이 없어 회식하느라고 못했을 거라는 생각은 했지만, 그 와중에도 자료를 검토해서 원 비서에게 작성을 지시한 모양이다.

"그래, 수고했다. 수정할 것 있으면 원 비서에게 지시해서 하도록 할 거고 그리고 내가 보낸 메일은 봤지?"

"네, 메일 봤습니다. 내일 처리할 수 있도록 조치하겠습니다. 걱정하지 마십시오."

김 상무는 전화를 끊고 나머지 서류를 결재하고 신 부회장에게 전화를 건다.

"선배님, 김호석입니다. 오늘 저녁 약속 유효한 거지요?"

"김 상무, 내가 저녁에 급한 약속이 생겼어. 그래도 컨설팅 계획서는 받아야 할 것 같은데. 시간을 좀 당기면 어떨까?"

마침 신 부회장도 저녁에 약속이 있어 전화하려고 한 모양이다.

"김 상무, 그럼 점심 먹을까?"

점심은 김 상무가 약속이 있다.

"선배님, 점심은 제가 선약이 있어서 그런데 3시쯤 W호 텔에서 뵈면 어떻겠습니까? 그러면 선배님도 저녁 약속에도 무리가 없을 것 같습니다."

다행스럽게도 조정이 된다면 무리하지 않고 서로의 일정을 소화할 수 있을 것 같은 생각이 든다.

"그래, 그렇게 하지. 3~4시 사이에 멤버십 라운지에서 만나기로 하고 먼저 도착하면 회의실 하나 잡아 놔라. 다 무료니까. 그때 보자."

전화를 끊자 김호석 상무는 급하게 서 사장에게 문자를 보낸다.

"W호텔로 운동 와라. 나하고 저녁 먹자. 저녁 약속 취소했어."

"그래요. 그럼 5시쯤 가서 운동하고 있을게요."

메시지를 확인하고 사무실을 나와 원 비서 자리로 가본다.

"작성되는 데로 파일을 보내줘. 나머지는 내게 알아서 할 테니까."

"네, 상무님"

자리로 돌아온 김 상무는 연희에게 전화를 걸어 오늘 약속장소는 어떻게 가겠냐고 물어보고 괜찮다면 김 상무의 사무실로 와서 같이 가자고 한다. 약속이 정리되어 시간적인 여유가 생기자 하지

시스템의 김성조 상무에게 전화를 건다.

"성조냐? 난데, 감리 있잖아. 그 회사에 컨설팅이 가능한 인력이 있냐?"

삼마 컨설팅 프로젝트에 전략적으로 개입시키기 위한 것도 있지만 삼마 프로젝트 전체의 원활한 수행을 위하여 필요한 것이기도 하기 때문이다. 몇천을 더 써서 프로젝트가 잘 굴러간다면 그것도 하나의 훌륭한 전략이라고 판단한다.

"응, 그 회사에 인력은 있지만 맞는 인력이 없다면 어디 서든 데리고 올 거야. 그렇잖아. 그런 회사들이 한두 명으로 유지하다가 일 생기면 거기에 맞는 사람 데리고 오는 거잖아."

김호석 상무는 그런 작은 회사에까지 신경을 써야 한다는 것에 짜증이 났지만, 대의를 위해서 감정은 숨기고 이야기한다.

"그리고 감리 김 사장한테 계약서 보내라 해라. 오전 중에 보내면 내일 오후 2시면 자금 결제 되니까. 말 안 듣게 생겼던데 돈이나 줘야지. 잘 챙겨라."

호석은 용역업체들이 프로젝트만 있다고 하면 인력이야 어디서든 만들어 올 거 뻔히 알면서 한번 물어본 것이다. 부태인 이사보고 감리에게 프로세스 진단인력이 있는가 확인해 보라 해야겠다고 생각한다.

"상무님, 수정한 자료 보냈습니다. 한번 봐주세요."

원 비서가 작업을 빨리빨리 하는 스타일인 모양이다. 김호석 상무는 재빨리 파일을 열어서 내용을 훑어본다. B&K의 조직 관련 컨설팅 프로세스는 의외로 간단해 보이기는 해도 꼼꼼하게 첨부자료를 넘겨보며 김호석은 빠르게 수정을 해나간다. 컨설턴트 시절 회사 내에서는 출중한 능력을 떨치며 살았던 김호석은 옛날 실력을 살려서 능숙하게 수정을 한다. 신 부회장의 의도에 맞추어서 B&K의 내용도 일부 수정하여 후렉스코리아의 전략과 적절하게 합쳐 버린다. B&K의 핵심을 과도하게 수정하면 나중에 서로 기분이 상할 수 있으니까 서로의 강점은 잘 살려 놓고 어느 정도 독립성을 유지하는 형태로 관련 업무의 단계별 결과물과 최종 출력될 보고서의 제목들을 추가한다.

강 비서가 들어와 김연희 지사장이 왔다고 알려준다.

"이리 들어오시라고 하고 차 좀 가져다 드려. 난 바빠."

대수롭지 않다는 듯이 쳐다보지도 않고 작업을 계속한다. 최종적으로 견적을 내니 57억이다. B&K가 30억. 후렉스코리아가 27억 원이다. 일단 제안가로 신 부회장에게 보여주고 B&K는 나중에 네고하면 되겠다는 생각을 하고 금액 부분은 더 이상 건드리지 않고 강 비서에게 보내놓고 5부 제본을 부탁한다.

"미안, 빨리 왔네. 점심 먹고 미팅이 하나 있어서 자료 작성하느라고."

일하는 모습을 물끄러미 바라보며 연희는 일에 있어서는 참 듬직하고 노련한 사람이라고 생각했다.

"응, 난 괜찮으니까 바쁜데 일보세요."

연희는 자신이 일을 방해한 것 아닌가 하는 생각에 정색을 한다.

"대충 다 끝냈어. 이제 메일만 하나 보내면 된다."

김 상무는 방금 수정을 끝낸 삼마 컨설팅 프로젝트 제안서를 부이사에게 보내고 전화를 건다.

"부 이사, 수정한 거 보냈는데 B&K 쪽도 손을 좀 봤어. 물론 서로의 핵심 사항은 건드리지 않았고, 삼마 쪽 요구 사항이 정확하게 반영이 안 되어 있어서 보고서 항목 조금 추가했어. 오후에 신 부회장님 만나 설명하고 결론을 낼 거야. 고생했어."

"네, 상무님. 보내 주신 자료로 B&K와 빠른 시간 안에 협의하겠습니다."

"그래 B&K에 파일 먼저 보내 주고 수정된 사항에 대하여 검토해 보라고 하고 그렇게 갈 수 있냐고 물어봐."

"네, 상무님. 그렇게 하겠습니다."

주변의 시끄러운 소리가 들리는 것을 보면 부태인 이사도 바쁜 모양이다.

"또 B&K 견적은 네고 전이지? 몇 % 네고 가능한가 확인해 주라. 이상이야. 오후에 미팅 끝나면 전화해 줄게."

우선 확인해야 할 사항들만 챙기고 전화를 끊는다. 연희가 옆에서 긴 시간 무료하게 앉아 있어서 더 이상 다른 업무는 보지 않는다.

"이제 다 끝났어. 미안하다. 차 한 잔 더 줄까?"

시간이 11시가 넘어가고 있는 것을 보고 강남 인터콘티넨탈호텔까지 가려면 최소한 40분은 걸릴 것이라 생각하니 정리를 하고 나가야 할 것 같다. 강 비서가 없으니 원 비서에게 전화해서 1층에 차를 빼놓으라고 한다. 기사는 아무리 바빠도 안전 때문에 조심스럽게 운전하니 김 상무가 직접 운전해서 갈 생각을 한다.

"우리 인테리어 잘하고 있더라. 여기 오기 전에 들렀는데 실력은 있는 사람들인가 봐."

호석이 인테리어에 신경 좀 써줘야 하는데 까맣게 잊고 있었다.

"거기 한번 가 본다는 게 깜빡했다. 혼잡스럽지?"

미안한 마음에 어떻게 되는지 물어본다.

"우리 사무실인데 내가 신경 써야지. 오빠가 무슨. 내가 가고 난 다음에나 챙겨줘. 오빠한테 전화할 거니까. 호호호."

강 비서가 제본한 제안서를 가지고 들어온다.

"제가 있어야 대접을 잘해드릴 텐데 죄송해요."

강 비서는 자기가 무슨 안주인이나 되듯이 이야기를 해서 연희나 김호석이 오히려 쑥스러워한다.

"아니에요. 일 때문에 왔는데 무슨 대접은? 호호호."

시간이 빡빡할 것 같아 제안서를 가지고 사무실을 나가면서 강 비서에게 지시하고 간다.

"강 비서 삼마 계약서 부 이사가 보내오면 관리팀에 넘길 때 코멘트를 첨부해서 보내. 인력 투입 때문에 신속하게 처리해달라고."

급한 업무와 오늘 일정에 대하여 알려준 다음 김 상무는 연희와 사무실을 빠져나간다. 부태인 이사는 자신의 프로젝트 룸에서 감리를 불러 프로젝트와 관련하여 몇 가지 당부와 인력에 관하여 이야기를 한다.

"프로젝트 잘 부탁드립니다. 김 사장님의 도움이 절대적입니다."

부태인은 감리인 김병기 사장의 역할이 중요함을 넌지시 강조하며 잘 협조해줄 것을 요청한다. 그러나 부태인은 김병기가 협조하지 않는다 할지라도 안전장치를 이미 만들어 놓고 있기 때문에 큰 걱정은 하지 않고 있다. 또한, 전체 업무프로세스에 대하여 김병기가 완벽하게 파악을 한다는 것은 불가능하기 때문에 세세하게 방해하는 것은 그렇게 쉽지 않을 거라 판단하고 있다. 기껏해야 특정 업무에 있어서 시간 지연 정도의 제동을 거는 수준일 것이라 생각하고 있다.

"그리고 그쪽 사무실에 가장 상단의 조직과 하단의 실무 프로세스를 연결하여 시스템을 구축하는 프로젝트를 수행해본 인력이 있습니까?"

김병기는 한참을 생각한다.

"인력이 있습니다만 그 수준이면 몸값이 비쌉니다."

부태인 이사는 김병기 사장의 이야기가 필시 내부에 인력이 없거나 아니면 진짜 비싼 인력이든가 라고 생각했다.

"제가 좀 쓰려고 하는데 원 맨 먼스Man/Month 1개월간 1명의 노동력을 의미에 어느 정도 합니까?"

"3천 정도 됩니다. 20일 근무 조건입니다."

3천 정도면 그다지 비싼 인력도 아닌데 김병기 사장의 수준엔 엄청 많이 불렀다고 생각했을 것이다. 자기회사에 인력이 없으면 외부에서 전문가를 데려와야 하고 용역비용에 자기회사 몫도 포함해 챙

거야 하니까 그런 모든 비용을 포함한 가격일 것이라고 판단한다.

"네고는 가능한가요?"

부태인 이사는 짓궂게 네고를 한번 던져본다. 부 이사나 김호석 상무는 몸값이 터무니없이 과하다 싶지 않으면 절대 네고를 하지 않는다.

"하하. 네고 없는 장사가 있나요. 20% 정도 할 수 있는데 몇 개월 정도 필요하신데요?"

"4개월 정도 투입할 예정이고 컨설팅폼에서 상단의 조직과 경영 비전 관련 컨설팅을 하고 우리 인력과 같이 하단의 프로세스와 연결하는 것입니다. 상단은 신경 쓸 거 없습니다."

대략적인 업무에 대하여 설명을 해주고 가능하면 젊고 유능한 사람으로 해달라고 부탁하며 계약서는 후렉스코리아에서 작성할 테니 인적사항하고 이력서를 보내달라고 이야기한다. 삼마 프로젝트 감리 업무는 김성조 상무와 김호석 상무가 만든 것인지라 김병기 사장은 헐값이라는 생각으로 일하고 있었는데 보너스로 프로젝트 하나 받게 되었으니 웬 떡이냐 할 것이다. 후렉스코리아의 전략은 꿈에도 모르고 달려들고 있는 것이다. 대부분은 김성조 상무가 챙겨 가겠지만, 감리 비용이 18억이나 되니까 1년에 한 2억 정도는 받을 것이다.

"네. 잘 알겠습니다. 감사합니다."

삼마 윤 부장의 후배인 줄은 여기 들어 와서야 알게 된 것이지만 일이 꼬이려면 뒤로 넘어져도 코가 깨진다더니 하여튼 처음에 많이 당황했던 것은 사실이다. 김호석 상무께서 김성조 상무와 전략적으로 협력관계에서 진행하지 않았거나 구조조정 프로젝트가 없었다면 프로젝트 내내 문제를 일으킬 소지가 많은 인물이라 판단하고 있다.

"이사님, 감리 계약서가 퀵서비스로 왔습니다."

한 비서가 김성조 상무 쪽에서 보낸 감리 프로젝트 계약서를 가지고 들어왔다.

"응, 이리 줘."

이 계약 건은 김호석 상무가 전략적으로 가져가는 것이라고 부이사에게 사전에 이야기한 것이어서 계약 내용은 볼 것도 없이 도장을 찍어 한 비서에게 준다.

"한 비서가 이 계약서 가지고 본사 원 비서에게 가져다줘. 그럼 알아서 처리할 거야."

금일 오전 중으로 가져다주어야 내일까지 관리팀에서 지급처리를 할 것이다. 그러고 나면 다음 주부터는 협력사 인력들이 상주체제로 가게 되고 삼마를 압박해가며 일을 할 수 있는 것이다.

"네, 이사님. 지금 바로 들어가겠습니다. 식사는 들어가서 하겠습니다."

"그래, 그렇게 해. 필요하면 내차 가져가도 되는데. 그리고 한 비서 이력서도 주면 좋겠어."

한 비서가 갑자기 얼굴이 환해진다. 김 상무가 정규사원으로 채용하라는 허락을 하셨고 경력상으로도 정규직 전환 기준에 부합하기 때문에 군이 늦출 이유가 없었다.

"네, 알겠습니다. 버스나 택시 타고 다녀오겠습니다."

이제 삼마 프로젝트 관련하여 협력회사와의 모든 계약이 이루어졌다. 다음 주부터는 실질적인 프로젝트의 시작으로 더욱 바빠질 것 같고 많은 사람들을 거느리고 일하는 모습을 보게 될 것이다. 소파에 앉은 부 이사는 이번 프로젝트를 통해서 자신도 많은 이익을 얻고 있는 것을 잘 알고 있으며 이는 다 김호석 상무의 도움이 절대적이었다는 것을 생각하며 진심으로 모시게 된 것에 또다시 감사와 자부심이 밀려든다.

유유상종

운전하는 김호석 상무는 옆자리 연희를 의식하지 않고 약속 시간에 대기 위하여 차를 난폭하게 몰고 있다.

"오빠, 천천히 운전해. 별로 늦지 않을 것 같은데. 스릴 넘친다. 호호호."

난폭한 운전에 약간의 불안감과 스릴을 느끼면서 연희가 호들갑을 떤다. 연희도 자신이 임신을 시도하고 있는 중인데 김호석의 난폭 운전이 조금은 불안한 것은 사실이다.

"하하, 이정도야. 여긴 아우토반이야."

큰소리를 치면서도 미안했던지 슬며시 속도를 늦춘다.

"오빠는, 이 고급차로 이렇게 운전하면 다른 사람들이 욕해요, 욕."

겨우 약속 시간 전에 삼성동 인터콘티넨탈호텔에 도착한 두 사람은 약속된 2층의 한식당으로 들어간다. 종업원의 안내로 조용한 룸으로 들어간 두 사람은 자리를 잡고 앉아 오 지점장을 기다리며 꼭 사이좋은 부부처럼 뭘 먹을까 의논한다.

"넌 최근에 안 먹어 본 게 뭐냐?"

오랜만에 한국에 들어 왔다고 매일 똑같은 한식만 먹은 것 같아 좀 특별한 것을 먹어 주고 싶었다.

"난 뭐 똑같지. 호텔 식사라는 게. 오빠하고 먹었던 청국장 할머니 집이 제일 좋더라."

그 할머니 집에 가면 연희와 김 상무를 자꾸 맺어졌으면 하는 이야기를 해주니까 그게 좋은 것이다. 어머니 같은 할머니는 다른 여자를 데려가도 똑같은 소리를 하는데 자신에게만 하는 것 같이 느껴지는 것이다.

"거기가 맛있기는 하지. 특히 네가 가면 내 마누라냐는 소리에 좋아하잖아."

시치미 뚝 떼고 한 마디 던지자 얼굴이 확 핀다.

"나 다시 한국에 들어오면 우리 자주 갈 수 있지?"

약속 시간이 다 되자 오 지점장이 안내되어 들어온다.

"좀 늦었습니다. 길이 막혀서요."

다들 그런 거 아니냐고 한국 특히 서울의 교통상황이 너무 엉망이라고 하면서 오 사장이 늦게 온 것에 미안해하지 말라고 이야기한다.

"우리 식사하면서 이야기하자. 뭐 배가 불러야지 이야기가 되지."

김 상무는 연희를 위하여 전통 신선로 요리를 시킨다. 거기에 갈비찜을 포함해서 과하다 싶게 푸짐하게 주문한다.

"너무 많이 시키는 거 아닙니까, 김 상무님. 호호호. 배가 고프시 군요."

연희는 자신이 배고프면 마구잡이로 시키는 김 상무의 식습관을 잘 안다. 김호석 상무는 식사가 나오기 전에 서로를 소개해준다.

"자, 그러지 말고 본론을 이야기해 봐. 나야 그냥 들러리야, 지금 부터."

그들은 국내은행의 사정과 매각 가능성 있는 은행, 규모, 내부 문제점에 대하여 비교적 상세하게 이야기를 나눈다. 정부에서도 외환위기 때와 마찬가지로 외국에 능동적인 개방 의지 표시로 은 행 하나 정도는 매각하려고 한다는 정보도 교환한다. 식사를 하면 서도 두 사람은 전문가답게 금융 산업 전반에 관해 의견을 주고받 는다.

"김 지사장, 나중에 은행 인수하면 여기 오 지점장을 행장으로 추천하면 되겠네. 두솔 부행장 출신이고 잘 나가다 잘렸는데."

따로 오 지점장에게 이야기하느니 공개적으로 이야기하는 게 좋 겠다는 판단에서 김호석 상무는 농담 삼아 슬쩍 정보를 흘려준다.

"호호호. 오빠는 그렇게 은근슬쩍 오픈하면 어떻게 해요? 그것 은 제가 기억하고 있겠습니다. 오 지점장님이 어떻게 도와주는가 에 따라서 말이에요. 농담이에요."

연희는 오성식 지점장과 이야기하면서 얻은 정보에 만족한 모양 이긴 한데 냉정한 일 처리를 하는 연희의 스타일로 봐서는 파격적 인 발언인 셈이다. 대화를 마친 이들은 연희가 한국에 부임하면 다시 한 번 만나기로 하고 헤어져 나온다. 다들 다리를 놓아준 김 상무에게 감사하다는 인사를 한다.

"오빠, 내일 오후 1시까지 공항에 가야 하는데 갈 수 있어?"

벌써 내일이면 연희가 다시 들어가야 하는 날이니 시간이 참 빠르게도 흘러간다.

"물론이지. 내가 9시까지 호텔로 갈게. 아님 호텔에서 아침이나 먹을까?"

다시 돌아오는 것이지만 떠나보낸다는 자체에 보내기가 섭섭해지고 괜히 마음이 착잡해진다.

"그래, 오빠. 내일 아침 식사 같이해요. 오랜만에 아침을 같이 먹겠네."

조식 뷔페를 10시까지는 운영을 하니까 내일은 최소한 8시 반까지는 와야 한다. 연희를 호텔에 데려다주고 약속장소인 W 호텔로 가기 위해 한남대교 쪽으로 나와 강북강변도로를 달려간다. 가면서 서 사장에게 전화를 건다.

"난데, 지금 어디야? 난 미팅 건으로 호텔로 가고 있는 중이야."

분위기로 봐서는 아직 이동은 안 하고 있는 것 같다.

"난 이제 집에 올라왔어요. 준비해서 나가려고요. 호석 씨, 몇 시에 끝나는데요?"

"난 여섯 시 전에는 확실하게 끝날 것 같아. 지금 출발하면 4시쯤 도착하겠네. 그럼 운동하고 나와 나하고 저녁 같이 먹으면 되고 무엇으로 할까? 일식은 싫지?"

자신의 일정을 알려주고 오늘은 마음먹고 저녁을 먹으러 나오는 것이니 잘해줘야겠다고 마음먹는다.

"난 일식도 괜찮아요. 그런 고급스러운 곳에서 먹는 것도 괜찮잖아요. 그런데 밖에서까지 일식을 먹을 필요가 있나요. 양식 코스 요리를 먹고 싶어요."

"그래 운동하고 이태리 정식으로 하자. 와인도 한잔하면서, 하하하."

전화를 끊고 김호석 상무는 W호텔에 전화하여 이탈리아 식당을 연결해 달라고 한다. 전화로 해물 요리 위주의 코스요리를 주문하고 와인도 도착 시간에 맞게 디켄팅을 부탁한다. 여유 있게 호텔에 도착하여 안내데스크에 회의실 하나를 부탁하니 신 부회장의 말대로 무료이고 음료 등도 준비되어 있다고 친절하게 안내해준다. 예약된 회의실에 들어가 출력해온 자료를 살펴보는데 신 부회장이 문을 열고 밝은 표정으로 들어온다. 컨설팅 계획서를 넘겨받아 꼼꼼하게 살펴본 신 부회장은 만족한 듯 자신의 의견을 이야기한다.

"내가 이야기한 것이 잘 반영되어 작성되었네. 인력 구성도 좋고. 수고했다."

너무 짧은 시간에 간단하게 결정하는 것 같아 걱정스럽다는 듯이 김호석이 이야기한다.

"선배님, 다시 잘 살펴보세요. 추가할 것이 없나."

김호석 상무는 신 부회장하고 계속 미팅을 하면서 들어왔던 것을 B&K와 협의하여 작성했으니 특별한 문제점은 없을 것이라 생각은 했지만, 너무 빠르다는 생각이 든다.

"호석아, 너 생각이 내가 이야기해준 것 아니겠냐. 전체 그림을 이미 그려 놓고 움직이는데 달라질 것이 뭐가 있냐?"

"하여튼 일을 진행하다가 또 선배님이 옆에 두고 보시다 가 추가 하실 사항이 있으시면 말씀하세요."

말을 마치고 김호석 상무는 가지고 온 제안서 전부를 신 부회장 앞에 내놓는다.

"내일 이사회에 이것이 의제로 올라가면 바로 결정이 될 거니까 컨설팅팀하고 저녁 자리 만들어 봐라. 내가 힘 팍팍 실어줄 테니까. 그리고 컨설팅 룸도 내 사무 공간 있는 9층에 만들어서 쓰도록 하자. 구조조정이란 냄새를 최대한 피우지 말고 진행해야 흔들림이 없이 성공한다."

"선배님, 이사회에서 일단 대외비로 해줄 수는 없나요? 아니면 미래 발전전략 컨설팅으로 포장해서 외부에서는 조직 정비를 모르게요. 그래야 초반부터 하부조직이 흔들리지 않습니다."

신 부회장도 김호석 상무의 제안이 수긍이 가고 의미 있는 일이라 판단한 모양이다.

"그래. 그건 내가 알아서 할게. 등기 이사야 몇 명 안 되는데 이 제안서 내놓지 않고 의결만 하는 것으로 하려고 해. 그냥 컨설팅 수행만 안건으로 올리고 승인받을 거야. 비용도 그다지 과하지 않게 나왔는데 나중에 이거 모자란다고 아우성치는 것은 아니지. 그룹사 전체 조직 컨설팅인데."

B&K가 하인즈에 대한 컨설팅 자료를 가지고 전략적으로 접근하는 것도 있고, 기간이 짧고 본 프로젝트가 워낙 대형이라 상대적으로 작아 보이는 것이다.

"아닙니다. 선배님. 이 건은 제가 선배님 관련 일이라 B&K를 쥐어짰고 저희 인력은 반 정도 줄였습니다. 그 대신 좋은 인력을 투입하니까 걱정하지 마십시오."

또 다른 이유가 있다면 신 부회장이 최근에 김호석에게 신경을 많이 써주고 있고 학창시절 인연도 잊어버리지 않았기 때문이기도 하다.

"아무튼, 고맙다. 이거 잘해줘야 내가 여기에서 확실하게 자리 잡을 수 있다."

"선배님, 그리고 컨설팅 룸 공사를 신속하게 진행시키라고 지시해 주십시오. 이왕 시작하는 것이니까 주저할 이유가 없지요."

이번 경영 컨설팅의 결과가 매우 중요한 것은 사실이다. 그러나 신 부회장의 의도하는 바가 사전에 세어 나간다면 상층부의 의지가 끊어지지는 않겠지만 잡음이 많아질 것이고 시간이 늘어지게 될 것이다. 그러니 보안이 생명이다. 호석은 신 부회장에게 자료 관리를 잘해줄 것을 다시 한 번 이야기한다. 신 부회장은 다른 약속으로 일찍 자리를 일어선다.

서 사장과 약속한 시간이 조금 남아있어 휘트니스로 올라가 운동을 하려고 김호석도 회의실을 나온다. 클럽 안으로 들어가자 가슴을 확 트일 정도로 전망이 시원하게 다가온다. 다양한 시설이 최고의 편의를 고객에게 제공하고 있다. 좌우를 살펴보니 서 사장은 이미 전담 트레이너에게 지도받고 있다. 서 사장에게 다가가 슬쩍 장난을 친다.

"호호호, 빨리 오셨네요."

운동복을 입은 서 사장은 그런대로 탄력 있는 몸매와 풍만함을 갖추고 있다.

"몸 좋은데? 운동 좀 했어?"

"나 트레이너에게 운동 요령과 나의 체형에 맞는 운동을 지도받고 있어요. 체지방이 의외로 많네요."

김호석도 오랜만에 전문가에게 지도를 받으며 운동하니 운동이 되는 것 같다. 요즘 배가 살짝 나오는 것 같아 운동의 필요성이 있었는데 이렇게 신 부회장의 배려로 기회를 얻게 되었다. 서 사장도 운동이 다 끝났는지 운동 중인 김호석에게 다가와 운동하는 모습을 조용히 지켜본다.

"그럼 휴게실에서 봐요."

김호석이 샤워를 마치고 휴게실로 나오니 한도그룹 부회장도 그곳에 있었다. 김호석이 반갑게 다가가 인사하며 명함을 주고받는다.

"삼마그룹 파티에서 한번 봤지요, 우리?"

김호석이 그곳에 있었던 것을 기억하는 모양이다. 그룹을 이어갈 후계자답게 기품과 여유가 넘친다. 가볍게 차를 마시며 삼마그룹 프로젝트를 이야기하면서 자신들도 삼마와 같은 프로젝트가 필요할 것이라 말한다. 또 하나의 예비고객이 생긴 것이다. 이곳에서도 자주 보자고 이야기한다.

한참을 차를 마시며 이야기를 나누는데 서 사장이 전화했다. 여자들은 확실히 치장하는데 시간이 오래 걸린다.

"저예요, 다 했어요. 어디 계세요?"

서 사장은 아주 밝은 톤의 목소리로 항상 상대방을 기분 좋게 만들어 준다.

"응, 내가 나갈게. 나 휴게실이야, 기다려."

한도그룹 부회장은 아직 일행이 오지 않은 모양이다. 먼저 인사하고 김호석 상무는 밖으로 나간다. 상큼하게 바뀐 서 사장이 휴게소 쪽으로 걸어온다.

"잘했어? 오늘 어땠어?"

서 사장은 자신이 받은 서비스에 대하여 감격한 듯이 이야기를 쏟아 놓는다.

"고마워요. 호석 씨 덕분에 이럴 때도 있네. 화장도 고쳐주더라고요."

"배고프지? 식사하러 가자고."

두 사람은 호석이 예약해 둔 이탈리안 레스토랑으로 가 예약된 자리에 안내된다. 테이블에는 이미 와인이 디켄팅 되어 있고 밖의 야경은 조용하지만 이국의 정취가 느껴질 정도로 단순하고 소박하다. 야경만큼 소박한 식사를 기대하며 웨이터가 따라 놓은 와인을 한 모금씩 음미하고 있다.

김호석 상무로부터 삼마컨설팅 프로젝트 최종 수정본을 받아 살

퍼보니 자신이 수정하여 준 것과 크게 차이가 없음을 보고 안심한다. 부태인 이사의 생각에 자신의 능력이 서서히 김호석 상무의 생각을 잘 이해하는 수준까지 왔다고 생각한다. 수요예측 프로젝트와 관련하여 삼마 쪽의 요구 사항에 대하여 후렉스코리아의 수요예측개발 PM과 함께 미팅을 준비한다.

과거의 단순 데이터를 가지고 미래를 정확하게 예측하는 것이 결코 쉬운 일은 아니다. 결과물에 대하여 어떤 기대치를 가지고 있느냐에 따라 단순예측 시스템으로 끝나게 될 수도 있고, 진보적으로 생각하면 생산 계획을 정확하게 예측 가능하게 만들 수도 있다고 오판을 하게 만들 수도 있기 때문이다.

"이 과장 수요예측시스템 개발 요구서 말이야 삼마 쪽 요구 사항을 충족할 수 있겠어?"

부 이사는 수요예측 시스템 개발 프로젝트의 PM인 후렉스코리아 이기찬 과장에게 묻는다. 이번 신전략정보시스템 개발 프로젝트는 워낙 큰 규모인지라 단위 프로젝트를 시스템별로 나누어서 후렉스코리아 과장급들이 각각 개발팀장을 맡고 있다.

"이사님. 저도 개발 요구서를 살펴보았는데 과거에 수요에 영향을 준 요인들을 변수로 삽입하여 미래수요를 예측하는 패턴을 잡아내는 것입니다. 그런데 이것이 지나온 것은 억지로 맞출 수는 있을지 몰라도 미래를 예측하는 것은 쉽지 않을 것 같은데요. 좀 더 연구해 보아야 하겠지만 말입니다."

삼마의 개발 요구서를 누구보다도 분석해본 이 과장의 입에서 나온 이야기니 정확할 것이다. 그러나 아성대 교수들이 이와 관련된 수요예측 엔진을 개발한 경험이 있다고 추천을 해서 선택했는데 일단 데모시스템을 봐야 확실하게 알 것 같다는 생각이 든다.

"그렇지, 나도 좀 봤더니 과거 어느 시점의 수요에 변화를 준 사건을 찾아 그 사건의 영향력을 수치화하는 작업을 거친 후에 미래 수요량을 도출하는 것이야. 지나간 수요를 맞추는 수치화 작업은 가능할 것 같은 데 과거를 억지로 맞추는 것은 의미가 없잖아. 그거야 그래프가 정확하게 일치하도록 내부에서 가중치를 가지고 조작도 가능할 것 같고."

부태인 이사가 보기에도 어떤 전략으로 예측시스템을 개발한다는 것인지 이해가 어려운 점이 한두 가지가 아니다.

"이거 증권과 연결하면 때 돈 벌겠다는 생각도 든다."

"수요예측 개발팀은 언제 들어오죠?"

이 과장은 개발팀들이 이곳에 상주하는지 아는 모양이다. 수요예측 개발팀은 여기에 상주 하지 않고 아성대에서 작업을 해서 그때그때 진척상황을 보고하는 체재로 가기 때문에 PM이 개발 현장인 아성대에 자주 나가 봐야 한다.

"수요예측은 이 과장이 개발하는 교수들 연구실로 직접 가 봐야 해. 여기 안 오고 그곳에서 개발하는 형태로."

"아, 그렇습니까. 이거 바쁘게 생겼는데요. 그렇다면 이 사람들 개발 늦어지면 어떻게 대응해야 할지 관리가 골치 아파질 수 있겠는데요. 계약은 하셨나요? 이사님."

이 과장은 수요예측만 하는 게 아니라 생산 계획시스템도 담당하기 때문에 공간적인 부담이 가는 모양이다.

"아직 계약은 안 했어. 다음 주에 이곳에 들어와서 데모시스템을 보여주기로 했어. 내가 이해가 잘 안 간다고 했고 그것도 미루고 미루다가 다음 주에 일정 잡은 거야. 참 힘든 사람들이야."

이 과장이 접촉한 바로는 기존 업체와 다르게 교수들은 책임감이 없기 때문에 일정관리가 어렵다고 한다. 계약서에 꼭 수행되어야 할 사항들을 잘 집어넣어야 한다고 조언한다. 이것은 부 이사도 과거에 경험이 있어서 이 과장의 조언에 전적으로 동의한다. 부 이사는 다음 주 미팅 전에 질문사항들과 계약서에 반드시 챙겨야 할 것을 메일로 보내달라고 지시하고 미팅을 끝낸다. 한 비서가 본사에서 돌아온 모양이다.

"이사님, 다녀왔습니다. 계약서는 잘 전달했습니다."

이제 내일 협력업체 사장들과 단합 미팅만 끝내면 다음 주부터는 더욱 바빠지고 거기에 컨설팅이 추가되어 진행되니 눈코 뜰 새 없이 일에 묻혀야 할 것 같은 생각이 든다. 퇴근 전에 삼마DS 강 부장과 미팅이 잡혀있다. 인력배치와 관련하여 의논할 것이 있다 하니 저녁을 같이 먹어야 하나 고민을 한다.

"부 이사님, 김윤배입니다. 시간 되십니까?"

개발 업체 SEC의 김윤배 사장이다. 김호석 상무와 부 이사가 지분을 100% 소유한 개발 업체 사장이고 부 이사의 고등학교 후배기도 하다. 세상에 믿는 순서가 '혈연-학연-지연'이라고 하는데 아끼는 후배기도 한 김 사장은 또 다른 개발회사인 KAT와 더불어 삼마 프로젝트에 비상식적으로 생기는 불안감을 없애기 위해 만든 회사다. 지금 12명이 투입되어 개발 대기하고 있고 필요한 곳에 언제든지 써먹을 수 있는 인력들이니 마음이 든든해진다. 언제 어디에서 문제가 발생할지 모르는 상황에서 모든 PM들이 경영층의 묵인 속에 운용하는 조직인 것이다.

"응, 들어와. 할 말이 있어?"

후배니까 친하기도 하지만 나이 차이도 많이 나니 말투가 편해진다.

"네, 선배님. 저희들이 들어가야 할 프로젝트팀이 어디인지 아직 말씀이 없어서요."

그렇다. 아직 협력업체 인력이 들어오지 않아 정확하게 할 일을 안 알려 주었더니 궁금한 모양이다.

"응. SEC는 여기 들어가는 소프트웨어도입 컨설팅과 개발 작업에 일부 들어갈 거야. 그러니까 먼저 교육을 3명 정도 가야 할 거고 3명은 수요예측 개발에 일부 지원이 들어갈 거요. 김 사장과 나머지 인력은 여기서 나 지원하면 돼. 내가 필요하면 요청할 테니까. 자금이 내일 통장으로 입금될 거야. 내기 이야기한 대로 처리하고 나머진 김 사장이 일단 운용해."

부 이사가 SEC와 KAT에 개발 비용으로 충분한 자금을 배정해 놓은 것은 추후 문제가 발생하면 인력 지원으로 매워야 할 상황이 올 수도 있기 때문이다. 그래서 후렉스와 계약서는 약 30명이 36개월을 운용할 수 있는 계약 규모로 투입이 예정되어 있다.

"네, 잘 알겠습니다. 내일 바로 처리하겠습니다."

또 다른 회사인 KAT는 대표를 별도로 세우지 않고 명의만 빌려서 대표를 세우고 김윤배 사장에게 관리를 맡겼다.

"그리고 KAT 인력은 빅데이터 시스템 개발에 투입할 거야. 6명 모두 들어가니까 잘 관리해라."

빅데이터 시스템은 후렉스 본사의 최신 의사결정 지원시스템DSS: Decision Support System 구현을 위한 차별화된 정보기술이고 전사 차원의 구축이 가능한 가장 최신의 것이다. 후렉스코리아 인력이 주제영역 도출 컨설팅을 직접 수행하고 KAT가 이를 구현한다. 개념만 있는 방법론이기 때문에 방법론에 따라 후렉스코리아 컨설턴트가 의사결정 지원 인력들과 경영진을 직접 면담하여 의사결정에 필요한 데이터를 결정하고 이를 시스템에서 자동으로 데이터가 모여질 수 있도록 프로세스를 정립하는 데이터베이스 시스템을 구현하는 것이다. 후렉스코리아에서도 처음 구현하는 시스템이라 걱정을 많이 하고 있다. 그러나 한번 구축을 해보면 지속적으로 수요가 발생할 것이고 인력들의 몸값도 많이 받을 수 있는 분야다. 이것 때문에 부 이사가 빅데이터 시스템 개발 프로젝트는 직접 인력을 가져가는 이유라 할 수 있다.

"그럼 KAT 인력은 당분간 제가 다른 쪽에 운용해도 되겠네요?"

후렉스코리아 컨설턴트들이 주제영역 도출을 위한 면담이나 설계 작업을 하니까 시간적인 여유는 있는 것이다. 그러니 김 사장은 SEC의 업무에 운용하려고 하는 것이다.

"그래, 3~4개월 정도는 여유가 있어. 기간 잘 맞추어서 빅데이터 시스템 프로젝트에 중복되지 않게 해야 해."

이야기를 마치자 김윤배 사장이 나가고 부 이사도 바빴던 하루의 일과를 정리하고 삼마DS 강 부장을 기다린다. 한 비서가 부 이사가 퇴근하기를 기다리고 있다. 무료하게 시간이 흐르고 있는데 강 부장이 시간 있냐고 물어보며 자리에 앉자 인력문제로 미팅한다. 삼마DS에서 아직 인력 투입과 관련하여 특별한 일정계획이 나온 것이 없다고 이야기하며 신 상무가 이야기한 것을 똑같이 반복한다. 쓸데없는 이야기로 미팅이 길어지고 또 식사자리까지 이어질까 봐 서둘러 끝낸다. 강 부장을 배웅하며 집무실 밖으로 나와 자리에 앉아 있는 한 비서에게 말을 건다.

"한 비서, 이제 퇴근해야지. 시간이 좀 늦었네."

저녁 시간도 잊은 듯이 업무를 처리했더니 배가 고팠다.

"우리 식사나 하러 갈까? 식사했나?"

"아뇨. 이사님. 저녁 사주세요, 호호호."

한 비서가 배시시 웃으며 말하자 좀처럼 이런 이야기를 하는 사람이 아닌 것을 알고 같이 나간다.

"그래, 저녁 먹으러 가자. 내가 사지."

밖으로 나온 두 사람은 차를 타고 식사하기 위하여 이동하며 어디로 갈까 고민하다 이왕이면 술도 한잔하기로 하고 차를 미사리 쪽으로 몰고 간다.

"이사님은 댁이 어디세요? 전 마포 쪽인데."

부 이사는 강남에 집이 있으니까 완전히 반대 방향이다.

"난 강남이야. 한 비서는 어떻게 집에 가나?"

두 사람은 미사리 근처의 라이브 카페로 들어가 식사하면서 맥주를 마신다. 거나하게 술이 오른 두 사람은 뒷방 신세로 전락한 연예인들이 출연하여 부르는 흘러간 노래를 들으며 마음도 느긋하게 풀어지고 있었다. 식사를 마치고 취기가 약간 오른 김호석 상무와 서 사장은 식당에서 바라보는 야경이 가져다주는 몽환적 분위기에 흠뻑 빠져 있다.

"오늘 가게는 잘 돌아가겠지? 사장이 없는데도. 애들이 요즘 사장님이 바람났다고 수군대겠는데."

둘은 식사도 하고 시간이 좀 되었다고 판단하고 가까운 미사리로 옮겨 차나 한잔하기로 한다. 대리기사에 몸을 맡긴 채 둘은 미사리로 가고 있다. 카페에 들어서자 담배 연기가 가득한 무대에서는 가수의 노랫소리가 애절하게 흐느끼고 있다.

사람들로 가득한 카페에 두 사람은 무대와 좀 떨어진 구석 자리에 자리를 잡는다. 와인을 마셨기 때문에 아이스 와인을 주문한다. 김 상무는 좀 적게 마시려고 달콤하게 넘어가는 것보다 좀 텁텁한 것이 좋겠다 싶었지만 서 사장을 생각해서 시원하고 달콤한 것을 주문한 것이다.

"좀 시끄럽지 않나?"

서 사장은 이런 곳에도 자주 온 사람이 아니어서 어리둥절하고 신기한 모양이다.

"좋은데요. 이런 데가 다 있었네. 다 쌍쌍이야."

이 두 사람도 마찬가지지만 이런 곳에 동성끼리 올 이유가 하나도 없지 않겠는가?

"자, 여긴 무대를 향해서 같이 앉는 거야. 이 안으로 들어가."

라이브 스테이지를 바라보고 둘은 같이 앉았다. 화장실을 가려고 일어나 출입구 쪽으로 나가며 주변을 둘러보다가 강 쪽 창가에 부 이사가 어떤 여자애하고 같이 있는 것을 발견한다. 술에 취한 것 같이 어깨를 비스듬하게 여자에게 기대고 있는 부 이사에게 가려 여자애가 누구인지가 자세하게 보이지 않아 일단 화장실을 들렀다가 나오면서 확인하려고 한다. 부 이사 파트너가 누구인가 궁금해서 갑자기 화장실로 가는 길이 멀게도 느껴진다. 자리로 돌아오는 길에 옆자리를 슬쩍 지나치며 봤더니 한 비서와 같이 있는것이 아닌가? 모른 척하고 고개를 돌려 서 사장이 있는 자리로 돌아온다.

"여기 부 이사가 여자하고 같이 와 있어!"

서 사장도 가게에 왔을 때 김호석 상무와의 관계를 모른 척 거짓말한 것이 들통날까 봐 깜짝 놀란다.

"어머, 어디 있어요? 걸리면 안 되는데."

"하하. 누군지 알아? 여자애가 한 비서야. 자기 가게에 온 여자애 중 한 명이지."

한 비서와 부 이사가 만난 지 이제 일주일도 안 되었기 때문에 김 상무는 의외라는 듯이 고개를 흔든다.

"정말이에요? 능력 있으시네. 부 이사님."

부 이사는 한 비서의 목을 팔로 감싸고 라이브로 불러대는 노래를 감상하느라 눈을 감은 것인지 분간은 못 하겠지만, 옆의 여자를 의식하고 있는 것은 맞는 것 같았다.

"우린 쟤들 일어나기 전에 이것만 마시고 나가자고."

괜히 얼굴 마주치면 입장이 난처하게 어색해질 텐데 상사가 되어서 그 정도는 배려해야지 하는 판단이 들었다. 여비서와 그렇고 그런 것이야 흔한 일이고 사생활이니까 방해할 권리 또한 없다고 생각한 것이다.

"다음에 가게 오면 한번 물어볼까? 짓궂게, 호호호."

서 사장은 이 상황이 재미가 있는 모양이다. 그러나 김 상무는 조금은 걱정스러운 생각이 든다. 제수씨도 그렇고 프로젝트 시작시점인데 냉정하게 일 처리가 안 되고 엉뚱한 소문이 날까 두려워서다. 김호석과 강 비서 같은 사이처럼 실수하지 않는 사이로 지내기를 바랄 뿐이다.

몇 잔씩 마신 와인이 어느덧 비워지고 여러 명의 가수가 시간을 떼우며 시간은 빠르게 흘러갔다. 내일 호텔에서 연희와 아침 식사가 잡혀있기 때문에 일찍 들어가야 한다는 판단이 든다.

"나 내일 8시까지 하얏트호텔에 가야 돼. 들어가자."

분위기에 취해 일어나기 주저하는 서 사장을 데리고 카페를 빠져나오며 부 이사 쪽을 쳐다보니 여전히 한 비서의 품에 기대어 있다.

"아까 그 기사 기다린다고 했는데. 전화해볼게요."

그사이 두 사람을 봤는지 차를 앞에다 댄다. 김 상무는 집으로 돌아오는 시간 내내 부태인 이사와 한주민의 관계를 생각한다. 하긴 요즘 젊은 애들은 자신의 몸뚱이를 진짜 값어치 없이 굴리는 것이 무슨 쿨하다는 단어 하나로 바꿔버리는 세상이니 하루 정도의 인연으로 끝날 것이라 예상은 되지만 순수한 부 이사를 보면 왠지 걱정된다.

집에 도착한 두 사람은 여느 부부가 외출했다가 돌아오는 모습이다.

"호석 씨, 일어나세요. 7시예요."

부지런한 서 사장은 아침 준비를 해놓고 호석을 깨운다.

"응, 나 아침 약속이라 못 먹어. 그거 이야기 못 했네. 미안해."

일어나서 간단하게 샤워를 마친 김 상무는 서 사장이 챙겨주는 옷을 입고 출근 준비를 한다.

"내가 입을게. 커피나 한 잔 줄래?"

옷을 입고 나오자 서 사장이 커피를 뽑아서 따라준다.

"나 오늘 공항에 갔다가 저녁에는 협력사 사장들하고 술 약속 있어 좀 늦을 거니까 먼저 자."

서 사장은 어제의 일로 기분이 무척 좋은 모양이다. 얼굴이 스트레스가 확 날아간 사람처럼 밝아 보인다.

"나 혼자 운동하러 가도 되죠?"

"그럼 이젠 주 중에는 혼자 다녀야 해. 언제 갈 건데? 차가 아직 안 나왔으니까 내가 차 보내 줄게."

어제 카 매니저 윤미경인가 하는 친구가 차량 등록 접수를 하고 있는데 토요일에나 나온다고 연락이 왔다.

"오후 2~3시경에 가서 운동하고 가게로 다시 오려고요. 가능해요?"

어제 처음 가서 그곳에 오는 사람의 면면을 봤으니 택시로 그냥 가기는 좀 그럴 것이다.

"내가 키 하나 주고 갈 테니까 내 차를 써. 기사보고 두 시까지 지하에 가져다 놓으라 할게. 난 회사 차 타고 움직여도 되니까."

어차피 부 이사하고 같이 가는 저녁 약속이니 두 사람 모두 차를 가지고 움직일 이유가 없다. 집에 올 때는 택시를 이용하는 것이 편한 이유도 있다.

"차는 언제 나온 데요? 전화해서 좀 빨리 보내달라고 하세요."

"응. 토요일 차 출고될 거야. 준비는 거의 다 된 모양이더라. 오늘은 내 차 써."

김호석은 서 사장에게 차를 보내 주기로 하고 연희와 약속 시간에 늦지 않기 위해 서둘러 나간다. 호텔에 도착한 김호석은 연희에게 전화를 건다.

"나 호텔에 도착했는데 다 준비되었어?"

아직 목소리로 봐서는 잠에서 덜 깬듯하다.

"오빠, 내 방으로 올라와. 시간 좀 걸릴 것 같은데. 차나 한잔하고 내려가지 뭐."

호텔 주차장에 차를 주차시킨 김호석은 연희의 방으로 올라간다. 방문이 열려있어 들어가니 방안은 짐을 정리해서 한쪽 구석에 쌓아 놓았다. 샤워하는 소리가 들리는 것을 보니 호석이 들어올 줄 알고 문 열어놓고 샤워를 하는 모양이다. 잠시 후 샤워를 마친 연희는 타월 하나만 휘감고 침실로 들어온다. 샤워한 후라 상큼해 보인다.

"오빠, 나 어제 짐 싸느라 늦게 잤어. 우리 그냥 공항 가서 밥 먹음 안 돼?"

순간 김호석은 연희의 샤워 타월을 걸친 모습과 물에 젖은 긴 머리를 보고 욕정이 불 밀듯이 끓어오르는 것을 느끼며 그것을 감추며 짓누르고 있다.

"그래, 그렇게 하지. 나도 별생각 없어. 공항 가서 먹어도 돼."

뒤돌아 커피를 잔에 따르며 샤워 후 정리가 끝나기를 기다린다. 그때 연희가 호석의 뒤로 오더니 호석의 허리를 껴안는다. 가뜩이나 자제하고 있던 호석의 마음에서 인내의 빗장을 끌러버린다. 두 사람은 마치 서로 기다린 듯이 얼굴을 밀착시키며 입술을 포갠다. 한바탕 폭풍우 같은 격정의 시간이 지난 후 흐트러진 시트만이 무슨 일이 있었는지를 말해주고 있다.

"오후 몇 시 비행기라고 했지?"

쑥스러운지 김호석은 상기된 얼굴을 해서 다 알고 있는 이야기를 다시 묻는다.

"열 시쯤 나가면 돼, 오빠. 시간 많이 남았어."

호석이 일어나 욕실로 들어가 몸을 씻는다. 어딘가 모르게 연희의 계획에 당했다는 생각이 드는 것은 애당초 밥 먹을 생각이 연희에겐 없었던 것처럼 보였기 때문이다. 호석이 샤워하는 동안에 연희는 몸을 천장을 향해 누워서 다리를 들고 있다. 이번 주는 배란일이라 했으니 좋은 결과가 나올 것이라는 생각에 의사가 가르쳐준 임신 가능성을 높이는 행동이다. 샤워할 생각이 없는 연희는 호석이 나오기까지 그렇게 누워 있다가 인기척이 들리자 자리에서 일어난다.

옷을 챙겨 입은 두 사람은 프런트에 연락해서 짐을 옮겨달라고 하고 밖으로 내려간다. 연희가 체크아웃을 하는 동안 호석은 주차장에서 차를 가져와 벨보이가 가져온 연희의 짐을 트렁크에 싣는다.

"전체 수량이 맞는가 확인해 봐라. 다 실은 거 맞냐?"

간혹 호텔에서 짐을 잊어버리고 나올 때가 종종 발생하기 때문에 떠나는 날은 잘 챙겨야 한다. 공항으로 가는 길은 늦가을이 지난 초겨울의 초입답게 약간은 을씨년스럽게 보인다.

"가기 싫어, 오빠."

한국에서 나고 자라서 그런지 미국에 집이 있고 일하던 곳이라도 들어가기가 싫은 모양이다.

"금방 다시 들어올 텐데 어린애처럼 왜 그러시나?"

김호석은 연희가 아내를 만나 엉뚱한 소리나 안 했으면 좋겠다는 기대를 다시 해본다. 자기애를 봐줄 사람인데 그럴 가능성은 없겠지만, 워낙 숨기는 것이 없는 화끈한 성격이라 걱정이 좀 된다.

"애엄마 전화번호 챙겼지? 너 미국에 있을 때 한국에 한 번 들어

왔다 간다더라. 나중에 했니 안 했니 하지 말고 그 사람이 해야 할 일들을 잘 챙겨서 이야기해줘라."

이제 와서 하는 이야기이지만 김호석은 애엄마하고 미국 가기 전에도 거의 말을 섞지 않고 살았다. 다행히 애들이 기숙사 생활을 해서 그런 부부간의 어색한 모습을 자식들에게는 보여주지 않고 살았다. 별문제는 없이 살았다고는 하지만 김호석이 좀 더 따뜻하게 해주지 못한 것이 후회스러울 때도 있지만, 이왕 정리될 것이라면 아내의 요구대로 하루라도 빨리 해주어야겠다는 생각은 하고 있다.

"걱정하지 마. 오빠. 내가 뭐 이상한 이야기할까 봐 그렇지? 호호호."

"아니, 그냥 잘하라고. 급여나 많이 줘. 좋아할 거야. 생활은 어렵지 않지만, 여자들이 그렇잖아."

"내가 누구야 오빠. 내가 잘 알아서 할게."

공항에 도착하여 짐을 가지고 대한항공 카운터로 간다. 일등석이라 그런지 짐이 많지만 아주 친절하게 대해준다. 하긴 일반석에 몇 배의 돈을 주고 타는데 당연한 서비스라 생각한다. 좌석을 받고 간단하게 식사라도 하기 위해 두 사람은 버거킹 매장으로 간다. 식사를 챙겨 자리에 앉아 커피와 함께 햄버거를 먹고 있는 두 사람을 보면 젊게 산다고들 생각할 것이다.

"나중에 학교 갈 일 있으면 우리 애들 한번 만나봐라. 후배들 아니냐?"

"후배는 무슨 오빠 애들이 내 애들이지. 꼭 챙길게요."

말 속에 연희는 자신의 속내를 툭툭 던지지만, 그 마음을 알고도 모른 척하는 것 같은 호석의 무관심이 야속하기만 하다. 식사를 마치자 선물 사야 한다며 들어가겠다고 한다.

"그래, 들어가라. 잘 챙겨서 들어가라."

"가면 메일 보낼 테니까. 인테리어 잘 챙겨줘요."

자기가 완성하지 못한 일은 호석에게 맡기고 검색대를 지나 출국장으로 들어간다. 연희가 들어가는 것을 보고 호석도 차를 몰아 여의도 사무실로 들어온다.

"강 비서, 나한테 뭐 연락 온 것이 있나?"

점심이 지난 시간이라 다들 얼굴들에 졸음이 보인다. 벌써 난방을 하는 건지 바깥 날씨와 다르게 따뜻하다.

"특별한 것은 없었고요. 부태인 이사께서 전화했었습니다."

부 이사가 전화가 왔다고 하니 어제의 일도 그렇고 무슨 일인가 궁금하다.

아침에 숙취를 심하게 느끼며 일어나 옆을 보니 웬 여자가 누워 있다. 술은 다 깼으나 이것저것 섞어 마신 후유증에 머리가 하나 더 붙어 있는 느낌이다. 호텔 내부가 눈에 익은 것을 보니 프로젝트를 위해 장기로 잡아 놓은 리츠칼튼호텔이다. 삼마 사무실까지 30분이면 갈 수 있는 거리에 프로젝트를 위해서 장기계약을 하고 쓰고 있는 일종의 외부 임시 사무실인 셈이다. 계약 기간이 아직 남아 가끔 쓰기도 한다.

어제 술이 취해 한 비서와 같이 이곳에 들어왔는데 서로 옷을 벗고 샤워도 한 기억이 나긴 하는데 가물가물하다. 부 이사가 일어나는 인기척에 놀라 일어나는 한 비서를 쳐다보니 20대 중반의 몸매라 탱탱하다. 눈을 마주치는 것이 어색해 시선을 돌려 이불을 빠져나왔는데 벗은 몸이다. 사고를 친 모양이다. 서둘러 속옷을 챙겨서 욕실로 들어간 부 이사는 찬물을 틀어놓고 정신을 차리고 있다. 한참을 서 있으니 얼음 같은 찬물이 정신이 확 들게 한다. 비눗물을 씻어내고 밖으로 나오니 한 비서가 자리에 누워 이불을 머리끝까지 뒤집어쓰고 있다.

"한 비서, 넌 오늘 하루 쉬어라. 여기 아무도 안 오니까 쉬다가 나가든가. 어제의 자세한 이야기는 나중에 하자고."

옷도 갈아입지 못하고 출근해야 하는 것이 걱정스러웠던지 부 이사 말을 듣고 안심이 된 듯 이불을 걷고 일어난다.

"아네요. 이사님, 저도 어제 좋았어요. 부담 갖지 마세요. 전 하루 쉬고 출근하겠습니다. 아침 같이 드실래요?"

속이 쓰리고 일어나서는 정신이 없었는데 두 사람은 룸서비스를 이용하여 아침을 먹고 부 이사는 출근을 준비한다. 다행히 프로젝트 룸으로 쓰면서 먹고 자던 곳이라 옛날에 가져다 둔 와이셔츠, 넥타이와 속옷도 준비가 되어 있다.

"그럼 나 출근한다. 나중에 전화해라."

침대에 누워있는 한 비서를 남겨두고 출근을 한다. 지하주차장에 차를 가지고 삼마 사무실로 출근한 부 이사는 후렉스코리아

PM들로부터 주간 업무보고를 받는다.

"다음 주부터 협력사 인력들이 투입될 예정이어서 상당히 복잡해질 거니까 우리 쪽에서 챙겨야 할 일들은 미리미리 준비하세요. 관리팀은 주간보고서 취합해서 메일로 보내 주세요. 그리고 가능하면 전자파일로 작업하고 종이 문서는 프로젝트와 관련된 것 아니면 파쇄기에 규정대로 분쇄해서 파기해야 해요."

후렉스코리아 인력들은 전원 시니어급 이상으로 구성된 일당백의 역할을 할 정도로 뛰어난 인력들이다.

"이사님, 삼마DS 인력이 투입되지 않아 삼마 인력들의 작업 내용은 쓸 것이 없습니다. 그렇다고 우리 내부 업무를 보고 할 수는 없고요."

아직 삼마DS 인력이 투입되지 않아 프로젝트 진행이 전혀 되지 않았으니 보고할 내용이 없는 것이다. 서로가 상황을 다 알고 있는 것이지만 프로젝트 책임자인 부 이사의 입장에서는 많은 고민이 된다.

"보고회는 없어도 주간 보고서는 일단 작성하십시오. 그러면 내가 그거 삼마 쪽에 보낼 테니까. 나중에 근거도 되니까 우린 우리 일정 가지고 갑시다."

빅데이터를 담당하는 한 재형 차장이 부 이사의 이야기를 듣자 반가운 듯이 말을 이어간다.

"빅데이터는 초기에 삼마DS 인력 필요 없으니까 일단 시작하겠습니다. 저희 프로젝트는 시행착오가 좀 많을 것 같아서요. 그리고 지금 유일하게 프로젝트 룸이 없습니다. 협력업체하고 우리가 들어갈 공간이 필요합니다. 윤 부장하고 이야기해봤는데 빅데이터 시스템은 삼마 쪽 인력도 안 들어가고 후렉스코리아에서 지원하기로 한 프로젝트라 공간 준비를 안 했다고 하더라고요. 이사님이 협의해 주십시오."

빅데이터 시스템은 후렉스가 미래 먹거리를 위해서 준비한 것이었으며 아직까지는 레퍼런스가 세계 어디에도 없다. 새로운 개념의 기반 구조만 가지고 있는 솔루션이기 때문에 사실 처음 제안 시에는 후렉스코리아도 방법론만이 존재했다. 이것을 한재형 차장이 미국 본사에서 교육을 받고 와서 컨설팅을 하는 것이다.

"잘 알고 있습니다. 내가 확인을 하고 알려줄게요. 또 다른 건은 없나요?"

컨설턴트들은 아직 프로젝트 초기이고 실제 투입이 된 지 1주일도 되지 않았기 때문에 비록 제안서 작업에 참여하여 일을 해왔지만, 전체적인 현장 파악이 잘 안 되었기 때문에 요구 사항 정리가 안 되었을 것이다.

"이사님, 언제 전체 회식이나 한번 하시죠. 단합대회 겸해서요."

관리팀의 안응모 과장이다. AA와 더불어 부 이사의 일반 업무와 프로젝트 일정을 관리하고 삼마 프로젝트의 전반적인 행정지원을 해주는 프로젝트의 제2인자인 셈이다.

"내가 약속이 꽉 차있으니까 안 과장이 한번 하시지요. 나야 없는 게 더 편하지 않은가. 하하하."

안 과장은 그 대답을 기다렸다는 듯이 대꾸한다.

"하하, 그건 사실입니다. 이사님. 여기에 이사님들하고 술좌석에 동행하는 거 좋아하는 사람 있나요. 재미있게 놀려면 우리들끼리…."

"그렇게 하십시오. 예산이야 안 과장이 관리하니까 풍성하게."

아침 미팅을 마치고 내려오자 여직원 한명이 한 비서가 본사로 출근한 거냐고 묻는다.

"아니야, 오늘 집에 일이 있어 하루 쉰다고 하더군."

한 비서의 일을 다른 AA 한 명에게 처리할 것을 지시하고 한 비서가 어제 가져온 정규사원 채용 관련 서류를 챙긴다.

샅바싸움의 시작

"부 이사님, 시간 있으세요?"

삼마DS의 강 부장이 시간 있으면 차 한 잔 했으면 하고 부 이사의 방으로 들어온다.

"부 이사님. 저희들에게 납품하는 메인시스템 관련 운용 기술을 사전에 습득할 수 없겠습니까? 일전에 제안서 이야기 나올 때 후렉스코리아 영업 쪽에서 똑같은 데모설비 설치가 가능하다고 했었거든요."

장비 한 대의 가격이 7억 가까이 되는 메인시스템을 데모용으로 사전에 설치해준다고 했다니 처음 듣는 말이다. 김호석 상무의 컨설팅 사업부 입장에서는 불가능한 이야기이기 때문이다. 때론 영업은 오더를 따기 위해 고객들에게 귀가 솔깃한 이야기를 던져 유리한 결정을 얻으려고 무리수를 둔다.

"영업 쪽에서 이야기했었습니까? 저는 오늘 처음 듣는 이야기입니다. 그랬으면 우리가 먼저 시스템 설치하겠다고 이야기했겠지요."

강 부장은 이런 중요한 이야기를 서로 이야기하지 않느냐고 하면서 부 이사가 일부러 모른 척하는 하는 줄 아는 모양이다. 후렉스코리아의 영업과 컨설팅은 유기적으로 연계하여 움직이기도 하지만 자신들의 이익이 걸려있을 때는 냉정해진다.

"개발이 시작되기 전에 설치가 가능하다고 했는데 아무런 소식이 없어 그렇습니다. 하지시스템에서 후렉스시스템으로 바뀌는 과정에서 개발인력과 운용인력의 시행착오를 줄이기 위해 꼭 필요하다고 후렉스코리아에서 강력하게 제안한 거예요."

장사꾼의 감언이설은 어느 정도 걸러서 들어야 하는데 고객들은 미주알고주알 다 기억하고 요구한다. 물론 서류로 약속한 것이 아니라서 잡아떼기도 하지만 프로젝트를 수행하는 컨설팅 사업부가 중간에서 골탕을 먹을 때가 자주 생긴다.

"알겠습니다. 제가 김호석 상무님하고 영업 쪽하고 확인해서 알려 드리겠습니다. 혹시 영업 쪽에서 문서라도 남긴 것 있나요. 그거 있으면 좋은데."

교활한 영업이 문서를 남겼을 리가 만무하지만 그래도 최악의 경우 후렉스코리아에서도 발뺌해야 하기 때문에 넌지시 문서 유무를 확인하고 문서가 없으니 서로 양보는 해야 할 것이라고 에둘러서 표현하는 것이다.

"문서는 없지만, 이사님께서 확인해 주시기 바랍니다. 위에서도 뭐라 하더라고요. 챙기지도 못한다고 욕만 먹고 있습니다. 부탁합니다."

"네, 잘 알겠습니다. 확인해 보겠습니다."

강 부장이 나가자 본사로 전화를 거니 강 비서가 김호석 상무는 아직 출근하지 않았다고 이야기한다. 일단 김호석 상무와 협의를 하고 영업과 이야기를 해야겠다고 생각하며 전화 왔었다고 메모를 남겨달라고 이야기한다.

점심을 먹기 위하여 오랜만에 삼마 구내식당에 직원들과 같이 내려갔더니 이곳저곳에 안면이 있는 사람이다. 식판에 음식을 담고 있는데 영양사가 와서 귀빈실에 식사가 차려져 있다고 들어가기를 권한다. 후렉스코리아의 이사이자 삼마그룹 프로젝트 책임자 신 상무의 카운터파트너로서 인정한다는 것이다.

간곡한 권유에 접견실로 들어가니 신 상무와 삼마 임원들이 식사하고 있는데 식단은 밖이나 별 차이가 없지만, 일반 식기에 담아 식사를 하고 있다는 것이 좀 달랐다.

"부 이사님, 식사하십시오. 이곳에는 처음 들어오기는 거죠?"

신 상무가 식사하면서 인사한다.

"네, 상무님. 우리 식당이 아니라서 들어오기가 그랬습니다. 하하하."

부 이사는 즐겁게 이야기하며 식사를 마치고 올라와 신 상무의 집무실에 들러 커피를 한 잔 얻어 마신다.

"우리 강 부장이 시스템 관련하여 이야기 좀 했지요. 그게 왜 아직도 설치되지 않았는지 모르겠어요."

부 이사의 생각에 삼마DS 인력 투입이 늦어지는 것과 관련되어 어느 정도 의도적인 문제 제기일 가능성도 있는 것 같은 생각이 든다.

"네, 이야기는 들었는데 아직 영업하고 김호석 상무님이 연락이 안 되어서 무어라 말씀드리기가 어렵습니다."

삼마 전체가 동시에 문제로 삼고 나오는 것을 보니 삼마DS 쪽의 인력 투입이 예상보다 늦어질 것 같고 이를 우리 쪽에 조금이라도 책임을 넘기려는 의도로 집중적으로 물고 늘어진다는 느낌이다.

"영업 누구야? 아 김범진 이사하고 김치권 부장이 우리 회사에 와서 영업할 때 그 뭐냐 의사결정 지원시스템인가 하는 거 하고 삼마DS 운용팀의 교육을 위해서 제일 큰 시스템으로 프로젝트 전에 개발팀에 설치해준다는 이야기를 직접 들었어요. 괜히 아래 사람들 힘들게 말고 일하라고 하세요. 부 이사님은 모르는 이야기일 수도 있겠지만, 영업 쪽에 전달해 주세요."

부 이사는 프로젝트 초반부터 영업과 삐거덕거리는 거 아닌가 걱정이 된다. 영업 쪽으로부터 지원을 받아야 할 것들이 아직 많은데 시스템이 설치되면 최소 필요 엔지니어만 해도 4~5명이 투입되어야 하고 운용교육까지 시키려면 시간도 많이 소요되고 걱정되는 점이 한두 가지가 아니다.

"상무님도 계실 때 이야기했다면 확실한 것 같은데 김호석 상무님과 협의해서 일을 처리하도록 하겠습니다. 영업 쪽은 김 상무님이 접촉해서 결론을 내야 하는 것이니 일단 기다려 보시죠."

말꼬리를 흐리면서 신 상무와 커피를 하는 둥 마는 둥 마치고 내려와 사무실로 다시 전화를 건다. 강 비서가 전화를 받는다.

"상무님, 들어오셨어요?"

김호석은 윤 기사에게 전화를 걸어 자동차를 두시까지 아파트 지하주차장에 갖다 놓으라고 지시를 한다.

"상무님, 부 이사님 전화입니다. 2번 누르세요."

"부 이사, 나야. 뭔 일인데. 급한 거냐?"

어제 일이 기억에 남아 조금은 퉁명스럽게 이야기한다.

"네, 상무님. 부 이사입니다. 다름이 아니라 삼마DS 쪽에서 그러는데 영업에서 우리가 제안한 시스템과 똑같은 것으로 개발과 교육용으로 데모시스템을 설치하기로 해놓고 왜 안 해주냐고 난리가 났는데 혹시나 알고 계셨습니까?"

김호석 상무는 처음에 우려했던 영업의 숨겨진 종양들이 이제 터지기 시작한 거 아닌가 하고 걱정이 앞선다. 작은 것이라도 올 것이라는 예상은 했지만, 너무 빨리 온 것 같다는 생각이 든다.

"부 이사가 모르는 것을 내가 어찌 알겠는가? 부 이사는 나하고 같이 영업하고 미팅했는데 무슨 소린지 모르겠어. 일단 사무실로 들어와 봐. 어차피 저녁에 부 이사 차 가지고 가야 하니까. 나하고 이야기하고 영업 쪽하고 다시 이야기하자고."

김호석 상무는 전화로 이야기할 내용이 아니라고 생각하는 것은 정확한 상황을 파악해서 영업을 불러 이야기를 해야지 괜히 미꾸라지처럼 빠져나갈 수도 있기 때문이다.

"관련된 자료들 있으면 챙겨서 들어와라. 근거 같은 것은 가지고 있다고 그러냐?"

"구두로 이야기했다고 합니다. 최초에 영업할 때 해주겠다고 이야기한 것 같습니다. 빅데이터 시스템도 그렇고요."

빅데이터 시스템은 경우에 따라 엄청난 시스템자원이 소요될 수도 있는데 할 말이 없어진다. 하드웨어벤더들이 시스템 팔아먹으려는 전략을 가지고 들고나온 개념이기도 하기 때문에 시스템을 대규모로 팔아 인센티브를 챙기려는 영업의 목표와 딱 들어맞는 것이니 아무것도 모르는 영업이 앞뒤 안 가리고 들이댄 것 같다.

"빅데이터 시스템은 이미 들어 있는 것이잖아. 제안 시스템에 포함된 거 아니냐?"

김호석 상무는 530억 정도의 프로젝트 제안 시스템에 빅데이터용 하드웨어가 포함된 것으로 생각하고 있었다.

"네, 들어 있습니다. 그런데 삼마DS와 후렉스코리아의 개발규모에 온도 차가 너무 큰 것 같습니다. 제가 지금 출발해서 바로 들어가겠습니다."

수화기를 내려놓고 김호석은 강 비서를 부른다.

"강 비서. 삼마 계약서하고 제안서 제출했던 최종본을 가져다 줄래?"

빅데이터 시스템의 최종 개발 제안범위가 어느 규모로 되어 있는지 확인할 필요가 있었다. 강 비서가 두꺼운 제안 자료를 책상 위에 올려놓는다.

"상무님, 여기 있습니다."

자료를 살펴본 김 상무는 빅데이터 시스템은 주제영역 1개에 대해서만 시범 구축을 하는 것으로 명시되어 있고 괄호치고 Data Mart라고 명확하게 기재되어 있다. 마트라는 말의 뜻에서도 빅데이터 시스템과는 차이가 있지만, 실제 구축에 있어서 둘의 규모는 더 큰 차이가 나는 것이다. 후렉스코리아의 최종 제안서에는 현재 제안 시스템으로도 하나의 주제영역을 구축하는 데 무리가 없음을 확인하고 이제 영업이 구두로 약속한 것에 대해서 부 이사가 전해 들은 말을 보고받고 영업 쪽을 불러 어떻게 해결할 것인가를 들어보면 될 것 같다는 생각이 들었다.

부 이사가 사무실에 들어온다고 하니까 어제 일은 어떻게 하든지 한번은 언급을 해줘야겠다는 생각한다. 김 상무야 엄밀하게 이야기하면 현재 독신과 같은 상태이지만 부 이사는 애들도 어리고 와이프도 시퍼렇게 눈을 뜨고 있으니 아끼는 후배로서 걱정이 되는 것이다.

"상무님, 저 들어 왔습니다."

삼마에서 하도 쪼아대니 그 자리에 더 있기가 부담스러웠던지 부 이사가 부리나케 들어온 것 같다.

"응. 앉아라. 일단 내가 제안서를 검토했는데 주제영역 하나에 Data Mart를 구축하는 것으로 되어 있네. 이것은 별로 문제가 될 것 같지는 않은데."

부태인은 삼마DS 강 부장과 삼마그룹 신 상무의 이야기를 가감 없이 김호석 상무에게 전한다. 인력 투입이 늦어지는 것에 대한 책임도 이것으로 싸잡아 가려고 하는 것 같다는 분위기도 전한다.

"그래, 잘 알겠고. 영업을 불러서 이야기하자고. 강 비서, 영업 김범진 이사나 김치권 부장 연결 좀 해주라."

이런 일에 많은 경험이 있는 김호석 상무는 별걱정을 하지 않는 눈치이지만 부태인 이사는 자신이 오너인 삼마 프로젝트에서 최초로 발생한 일에 많이 당황한 모양이다.

"상무님, 김범진 이사입니다. 1번 누르세요."

"김 이사, 나 김 상무요. 바쁘지요?"

최종 발표회 끝나고 처음 통화를 한다.

"네, 상무님. 잘 계셨습니까? 어쩐 일이십니까?"

컨설팅에서 영업을 찾는 일이 보통은 비용코드라든가 뭐 다른 프로젝트 관련 지원 요청인지라 긴장하는 것 같다.

"다름이 아니라 삼마 건으로 미팅 좀 할 수 있을까요? 삼마 쪽에서 데모시스템 운용과 관련하여 요청사항이 있어서 그럽니다."

김범진 이사는 이미 알고 있었다는 듯이 담담하게 이야기한다.

"네, 상무님. 제가 지금 사무실 근처에 있습니다. 1시간 이내로 들어가겠습니다. 상무님 방으로 올라가겠습니다."

"네, 그럼 기다리고 있겠습니다. 김 부장도 담당 영업대표니까 연락해 주시지요."

"알겠습니다. 조치하겠습니다. 그럼 5시쯤 뵙겠습니다."

전화를 끊고 김호석 상무는 부 이사의 얼굴을 쳐다보며 조심스럽게 말을 꺼낸다.

"부 이사, 프로젝트하면서 마냥 여기에 빠지지 말고 집에 잘해야 한다. 내 꼴 나지 말고."

김호석이 워낙 일에 빠져 살면서 집안일을 등한시한 것이 와이프와 이혼까지 하게 된 주된 이유인지 알고 있는 부태인 이사에게 자신을 빗대어서 완곡하게 이야기한다.

"네, 상무님. 잘 알겠습니다."

부 이사가 김 상무의 하는 말의 의도를 아는지 모르는지 모르겠지만 김 상무는 무엇인가 메시지를 전달하고자 노력한다.

"술 먹고 일회성은 좋은데… 나같이 혼자 사는 사람이야 괜찮겠지만 넌 나처럼 되면 안 된다. 가능하면 퇴근 시간 되면 집에 잘 들어가. 하하."

말을 돌려 하느라 호석의 등에서는 진땀이 났지만, 이정도면 알아들었으리라 생각하고 그만한다.

"명심하겠습니다. 무슨 말씀하시는지 잘 알겠습니다."

자신의 방으로 간 부 이사는 원 비서에게 자기에게 온 메모가 없는지 확인을 한다. 오늘 결재가 이루어졌으니 부 이사도 자신의 차명통장을 인터넷으로 확인해본다. 자신에게 들어와 있는 13억 정도의 자금이 직접 운용하는 두 개 회사를 포함해서 모두 8곳에서 들어와 있다. 부 이사와 김 상무가 소유한 개발회사에 들어온 자금의 60%를 김 상무가 알려준 차명계좌로 이체를 시켜놓는다. 그리고 한 비서의 정규사원 채용 관련 서류를 원 비서를 통해서 인사부에 넘겨준다. 부 이사는 어제와 같은 실수를 다시는 하지 않겠다고 다짐을 하며 원 비서를 부른다.

"원 비서, 저녁에 윤 기사보고 상무님이 내 차 타고 가신다고 하시니까 대기하라고 해. 강남 방향으로 갈 거야."

요즘 원 비서는 강 비서의 업무를 도와주며 후렉스코리아에서 비서업무에 완벽하게 적응을 하고 있는 모양이다.

"일은 할 만하신가? 내가 여기 없어서 심심하지 않나? 할 일이 없어서. 농담이야."

비서업무에 경력이 많은 원 비서는 신임 이사에게 호락호락 넘어가는 스타일은 아닌 것 같다. 모시는 상사가 신임이다 보니 모든 게 처음으로 제공되는 것이고 외부에 상주하니까 그다지 바쁜 것도 없지만 그렇다고 마냥 쉬고 있는 것도 안 되는 상황인 것이다.

"네, 이사님. 이사님이 안 계셔서 좀 섭섭하지만 이사님 파일 정리하고 이사님에게 적용되는 혜택도 정리하고 있습니다."

부 이사는 승진 후 현장에서 떠돌다 보니까 이사 승진이 어떤 혜택을 가져다주는지조차 모르고 생활하고 있다.

"그래, 고맙고. 삼마에 나가 있는 애들도 잘 관리해줘."

일을 대충 정리하고 김 상무의 자리로 다시 간다. 김 상무도 오늘 하루의 일과를 정리하고 있다.

"잘 받았어, 부 이사. 챙겨줘서 고마워."

협력업체와 김성조로부터의 자금도 들어와 있었다.

"당연한 것 한 것인데요. 일단 협력업체와의 거래는 끝난 것 같습니다. 오늘 모임은 몇 시에 출발하시겠습니까? 제 차는 윤 기사

보고 운전하라고 했습니다."

이렇게 챙겨주지 않는다고 두 번 이야기할 성질의 것이 못 되는 것이기 때문에 부 이사가 알아서 잘 처리해 주니 서로가 고마운 것이다. 오 지점장이 만들어준 통장에 거액의 자금이 들어와 있다.

"우리 저녁 먹고 만나야 하지 않나? 오늘은 내가 저녁 먹을 곳으로 데려가지. 술도 간단하게 한잔할 거니까 비서들도 데리고 나가자고."

김 상무는 강 비서의 통장에 1억 원을 넣어 주었다. 본인은 겉으로는 필요 없다고 이야기하겠지만 엄청 고마울 것이다. 프로젝트에 접근을 못 하는 여비서 입장에서는 이런 경우가 아니면 생길 수 없는 목돈이 아니겠는가. 강 비서를 불러 원 비서와 저녁이나 같이 먹자고 한다.

"강 비서, 여섯 시에 출발할 거야. 강남 쪽으로 저녁 먹고 술도 같이하게 복어집 하나 잡아봐. 우린 9시에 약속이 있으니까 충분하지?"

"네, 알겠습니다."

삼마 프로젝트 관련해서 영업과의 미팅이 있어서 부 이사와 같이 다이아몬드홀로 들어간다. 큰 소리가 날지도 몰라 일부러 회의실로 자리를 잡았다. 시간이 되자 영업의 김범진 이사와 김치권 부장이 들어온다.

"좀 늦었습니다. 상무님. 부 이사님도 오셨네요."

부 이사는 오늘 삼마와 삼마DS의 이야기를 그대로 설명해준다.

"이런 상황들이 예상되었기 때문에 계약 전에 그렇게 없냐고 물어봤는데 없다고 하더니만 예상보다 조금 빨리 터졌네. 어떻게 대응해야 하나."

내부에서 싸울 이유가 없기 때문에 김 상무가 부드럽게 이야기를 풀어간다.

"여기 제안서와 계약서가 있어요. 일단 이야기한 것이 두 건인데 문자상으로는 최종 제안서와 실제 제안된 내용이 거의 일치하는 것은 빅데이터 시스템이고, 우리가 전혀 알지 못하는 내용이 데모 시스템 설치 건입니다. 여기 제안서 복사본 받으시죠."

부 이사가 자료를 미리 준비해온 자료를 김범진 이사와 김 부장이 살펴보고 있다.

"그럼 빅데이터 시스템은 문제가 없다는 것입니까."

이들도 어떤 내용인지 전혀 모르고 제안을 했을 테니까 빅데이터 시스템에 대한 내용이 우려되는 모양이다.

"제안서 상은 문제가 없어요. 규모가 데이터 마트 수준이니까요. 그런데 부 이사 이야기로는 삼마에서 규모가 전사적인 시스템으로 구축되어야 한다고 했다는 것입니다."

전사적인 것과 데이터마트 정도의 차이가 하늘과 땅 차이인 것은 영업도 잘 알고 있을 것이다.

"그것은 일단 제안서대로 밀고 가는 걸로 하시죠. 데모 시스템을 설치하는 것이야 우리 리셀러Reseller: 재판매자들이 보유한 H-500 시스템 1대 정도는 가능할 것 같습니다. 그런데 전사 빅데이터 시스템을 구축한다면 시스템 규모가 어느 정도 필요할 거라 추산하고 계십니까?"

이들의 이야기로 봐서는 삼마 쪽에 해주겠다고 한 것은 사실인 모양이다.

"하하, 그거 쉽지도 않겠지만 지금 제안한 시스템 규모의 50% 정도라고 생각하면 될 겁니다. 워낙에 조회수가 많고 데이터베이스가 커야 하니까 장난이 아닌 것이지요."

부 이사가 빅데이터 시스템 규모에 대하여 대략적인 것을 예를 들어 상세하게 설명을 해준다. 갈수록 두 사람의 얼굴에 어두운 표정이 깃들인다.

"일단 제안서를 근거로 우리가 1차적으로 조정할 테니까 걱정들 너무 하시지 말고 이런 일 한두 번 당하는 것도 아닌데 김 이사 너무 걱정하지 마. 뭔가 해결책이 있겠지. 안 되면 신 부회장의 도움을 받는 수밖에 없다는 생각도 해봤으니까 해결책은 있는 거야."

분위기가 너무 침울해지는 것 같아 분위기를 달래준다.

"그런데 김 이사님. 데모시스템 들어오면 설치하는 거야 상관없지만 엔지니어들과 교육이 따라야 합니다. 최소한 저희 엔지니어 두 명이 3개월 정도의 투입이 필요한 것 같습니다. 교육이야 교육센터에 김 이사님이 풀면 될 것 같은데."

프로젝트 PM인 부태인 이사가 비용을 챙기는 것은 반드시 짚고 넘어가야 하는 것이기 때문인지 비용이 들만 한 내용부터 꺼내 놓는다.

"그것은 우리도 삼마 코드가 있으니까 충분하게 보내드리겠습니다. 하여튼 빅데이터 쪽은 방어 좀 잘해주십시오."

빅데이터 쪽에 대한 우려 때문에 영업 쪽에서는 많은 것을 양보해 준다. 내부부서에서 현금이나 다름없이 사용하는 프로젝트 코드를 충분한 여유를 두고 지원한다고 하니 고마운 말이다.

"아무튼 빅데이터 쪽은 우리도 우려되는 프로젝트이기 때문에 컨설턴트를 더 투입해서라도 주제영역 한두 개 정도 더 진행하는 수준에서 막으려고 합니다. 그렇게 된다 해도 별도의 저장장치는 지원되어야 하기 때문에 영업 쪽에서 전략적으로 지원은 해야 할 것 같습니다. 물론 이것은 나중에 생기는 문제이지만 말입니다."

추후에 빅데이터 시스템 구축 프로젝트의 일부 확대를 염두에 둔 호석이 미리 필요한 것들을 예상하여 말해둔다. 회의 결과를 열심히 메모하면서 부 이사는 만에 하나 놓칠 수 있는 실리를 챙기고 있다. 더군다나 김 상무가 회의록을 꼭 챙기는 스타일인 것을 아는지라 부 이사는 꼼꼼하게 회의 내용을 기록한다.

"자, 오늘 미팅은 여기서 끝냅시다. 필요하다면 나중에 신 부회장에게 이번 건을 사적으로 말할게요. 그때 가서 무릎을 꿇든가 석고대죄를 하든가 상황에 맞추어서 합시다."

비서들과 회식도 있고 협력업체들과 약속 때문에 김 상무는 회의를 끝마친다.

"상무님, 많이 도와주십시오. 저희도 최대한 협조하겠습니다."

모두 소문에 불과한 이야기이지만 사내에서는 김호석 상무에 대해서 벌써부터 부사장 진급이나 차기 대표이사 후보니 하는 소문도 돈다고 하니 이들도 부서가 틀리지만 고분고분하다. 자리에 돌아온 두 사람은 서둘러 나갈 준비를 한다.

"부 이사, 빨리 나가자. 저녁 먹고 9시까지 가려면 시간이 없다."

네 사람은 1층으로 내려가 부 이사의 차에 올라탄다. 강 비서가 예약해 놓은 강남의 유명한 복요리 전문점으로 간다고 한다.

"강 비서, 거기 진짜 맛있는 곳 맞아? 그런데 복사시미의 백미는 뭔지 아냐?"

부쩍 분위기가 달라진 강 비서를 보면 돈의 위력이 대단하긴 한 것 같다. 뒷좌석에서 엉덩이를 김호석 상무 쪽에다 아예 붙이고 가고 있다.

"뭔데요? 상무님. 그냥 쫄깃쫄깃한 맛에 먹는 거 아닌가요?"

복사시미는 자격증이 있는 전문가가 요리해야 하고 한지처럼 얇게 썰어 접시 바닥의 그림이 그대로 드러나야 사시미를 잘 뜬다고 이야기한다. 어떤 복요리 마니아들은 독을 조금 남겨두고 혀가 마비되는 것을 즐기는 경우도 있다.

"넷이 가서 2인분 시키고 4인분을 먹으며 돈을 3인분만 내는 것이 복요리야."

무슨 수수께끼 같은 이야기를 내던지는 김 상무는 답을 이야기해줄 생각은 하지도 않고 껄껄 웃는다.

"호호호, 무슨 이야기인지 모르겠어요. 아, 궁금해요. 상무님."

강 비서는 앙탈을 부리듯이 애교 넘치는 말투에 원 비서가 놀란

듯이 살짝 쳐다본다. 강 비서 자신도 놀랐다는 듯이 순간 멈칫한다. 분위기를 눈치채고 김 상무가 얼른 말을 더한다.

"오랜만에 술을 한잔하러 가니 기분이 들뜨는 모양이군. 오늘은 윤 기사도 같이 참석하고 차는 우리가 알아서 끌고 다닐 테니까."

윤 기사가 웃으며 자신은 신경 쓰지 않으셔도 된다고 이야기한다.

"내가 일부러 단합대회 한 번 하는 거니까 꼭 참석해 각오하고, 하하하."

일행은 예약한 음식점에 도착하여 방으로 안내된다. 김 상무가 지배인을 불러 주문을 한다. 메뉴판을 보니 만만찮은 가격대의 요릿집이었다.

"여기 사시미 2인분 주시고, 튀김도 좀 주고 아가씨들 좋아하는 메뉴도 좀 가져다줘요."

모두의 단합대회라고 규정한 김호석 상무의 이야기에 마음이 조금씩 들뜨는 모양이다. 윤 기사가 들어와서 자리를 잡으며 요리가 들어오고 남군이라는 일본 술을 몇잔씩 마시자 기분들이 좋아져 분위기가 서서히 올라가고 있다.

"윤 기사, 한잔 받아라. 고생이 많지. 늘 일정하지 않은 스케줄 때문에."

김 상무는 윤 기사에게 술을 줘보기는 처음인 것 같다. 원래 기사하고 같이 술을 먹을 이유가 없었던 것이다.

"감사합니다, 상무님. 상무님 차를 몇년째 모는데 술좌석에 동석하기는 처음인 것 같습니다. 상무님을 모시게 되어 영광입니다."

"윤 기사도 매우 정치적인 발언을 잘하시는군, 하하하. 오늘만큼은 부담 갖지 말고 마셔."

들뜬 분위기에 주방장이 들어와 인사를 한다. 피를 아주 살짝 남겨둔 복사시미를 가지고 들어왔다. 김 상무는 미리 준비한 1인분 정도 됨직한 팁을 준비해 주방장의 손에 쥐여주고 술을 한잔 따라준다.

"감사합니다, 사장님. 앞으로 자주 뵙겠습니다."

명함을 내밀며 인사를 하자 김 상무도 명함을 한 장 건넨다. 유명한 음식점의 주방장은 단골손님을 끌고 다닌다. 그 요리 솜씨에 입이 길들어 있고 서비스를 알아서 잘 해주니 따라 다니는 것이다.

"기억하고 있겠네. 오늘 처음 왔으니까 잘 부탁하네."

주방장이 기분이 좋아져 물러간다. 이제야 강 비서는 차 안에서 김 상무가 이야기한 퀴즈 같은 것에 답을 알 것 같았다.

"이것이죠, 상무님. 정답이. 호호호."

주방장이 나가고 얼마 되지 않아 갑자기 안주가 풍성해지고 서비스가 좋아졌다. 다들 웃으면서 김 상무가 낸 퀴즈에 공감한다. 김호석 상무가 주방장이 가져다준 피 묻은 복사시미를 한 조각씩 강제로 먹였더니 혀가 약간 마비된 듯한 혀 꼬부라진 소리가 들리기 시작한다.

"이거 자주 즐기지 마라. 그러다가 아주 가는 수가 생겨요. 하하하."

김 상무와 부 이사는 약속이 남아 있어 자제를 많이 한다. 술자리가 어느 정도 시간이 흘러가고 다들 취기가 돌자 김 상무가 자리를 일어서자고 한다.

"자, 우리는 오늘은 여기까지 해야 할 것 같은데. 강 비서하고 다른 사람은 더 하려면 하고."

"예 상무님. 저희 둘은 한잔 더 하고 가겠습니다."

주방장이 밖에 까지 나와 인사를 한다.

"상무님, 대리기사가 와 있어요. 지금 가실 건가요?"

강 비서가 김 상무에게 일정을 물어본다.

"강 비서, 편안하게 즐기다가 들어가. 밖에 나왔는데 우리는 더이상 신경 쓰지 마. 부 이사, 가지? 늦겠어."

윤 기사도 오랜만의 술좌석이고 김 상무가 몰래 챙겨준 두둑한 봉투에 기분이 아주 좋아져 집으로 돌아간다. 은하에 도착한 두 사람은 웨이터를 따라 예약된 곳으로 안내를 받는다. 룸에 들어가자 협력사 사장들은 벌써 자리를 잡고 앉아 있다.

"안녕들 하십니까. 이렇게 와라 가라 해서 죄송합니다."

김 상무가 먼저 공손하게 인사를 하자 서로가 돌아가면서 인사를 하고 과거부터 알고 지내던 협력사 사장들은 스스럼없이 친분을 과시하고 있다.

"김 상무님, 잘 계셨습니까. 이렇게 참여시켜주서 감사드립니다."

서로가 인사를 마치고 나자 김호석 상무는 간단하게 당부 겸 인사를 한다.

"여기 대표님들하고 후렉스코리아가 같이 일하게 되어서 진심으로 감사드립니다. 여기 부 이사를 많이 도와주시기 바랍니다. 저도 여러분들의 업무를 최대한 지원하겠습니다. 저와 일을 같이 해 오신 분들은 저의 스타일을 잘 아실 테니까 길게 말씀드리지 않겠습니다. 자, 이제 한잔들하시죠. 삼마 프로젝트를 위하여!"

김호석 상무가 건배를 제안하자 다 같이 잔을 들고 건배한다. 이어서 아가씨들이 들어오고 밴드가 들어와 흥을 돋우자 친구들이 만난 것처럼 분위기가 좋아진다. 김 상무는 유리가 절묘하게 바꾸어 주는 우롱차 덕분에 과음의 위기를 넘기고 있다. 다행히 텐프로 술집이라 아가씨와 2차를 가는 것이 없어 다행이다 싶다. 부 이사는 프로젝트 총괄 PM인지라 집중 타깃으로 술을 받아 서서히 떡이 되어 간다.

"유리야, 부 이사 파트너보고 술 좀 잘 챙기라고 해라."

술을 계속 받아 마시는 부 이사가 걱정되어 챙겨달라고 이야기를 한다. 서로의 필요해 의해 주고받는 이들의 관계는 삼마 프로젝트가 정상으로 가는 한 좋은 관계로 지속될 것이다.

모임을 마친 후 돌아간다. 술이 많이 취한 부 이사를 대리기사 챙겨 먼저 보낸 후 김 상무는 택시를 한 대 잡아서 집으로 간다. 집에 도착하니 벌써 2시가 가까워졌다.

"오늘은 많이 늦으셨네요."

김 상무의 얇은 겨울 코트를 받아들면서 서 사장은 집에 잘 찾아 들어온 김 상무가 고맙게 느껴진다.

"응, 조금 늦었지. 협력사 사장들하고 기분이 좋아 한잔했어."

서 사장은 김 상무의 양복을 받아 걸고 욕실로 데리고 들어간다. 술에 흐느적거리는 김 상무의 속옷을 벗기고 샤워기의 물을 틀어 이곳저곳을 닦아준다.

"아니야, 내가 할게."

그러나 서 사장은 말없이 김 상무의 몸에 비누를 칠하고 씻어 낸다. 어린아이처럼 칫솔에 치약을 묻혀 주자 이를 닦는다.

"자, 이제 방으로 들어가세요."

서 사장이 욕실을 정리하고 방으로 들어가자 김 상무는 이미 이불 위에 코를 골며 잠을 자고 있다. 서 사장은 이불을 끌어다 목까지 덮어주며 그 옆에 누워 천장을 바라보며 깊은 생각에 빠져든다. 요즘 자신의 사회적 신분이 급상승하여 살고 있는 모습을 바라보며 이 꿈이 깨지면 어떡하나 걱정이 들기도 한다. 옆에 누운 사람과 아주 길게 관계를 지속시킬 수 있을까 걱정하면서 조만간 자신의 고민을 사실대로 김호석 상무에게 이야기해야 한다고 생각하며 가능하면 오랫동안 지속되기를 기대해본다.

"호석 씨, 일어나요. 벌써 9시야. 아침 드셔야지요."

출근하지 않을 거라 생각하고 깨우지도 않은 모양이야.

"응, 몇 시야? 나 어제 늦게 들어왔지?"

택시를 타고 왔긴 왔는데 언제 들어 왔는지 모르겠다. 술을 피하면서 요령껏 마셨는데 상대가 너무 많다 보니 취해버렸다.

"오늘 어디 안 가죠? 그래서 늦게 깨웠어요. 오늘 나하고 우리 아들에게 갈까?"

서 사장이 슬쩍 지나는 말로 김 상무를 떠본다.

"아들? 같이 한번 가지, 뭐. 나 이야기했어?"

지난주에 호석의 차를 가지고 데리러 갔더니 무슨 차냐고 꼬치꼬치 물어서 남자친구의 차라고 이야기해줬고 후렉스코리아 상무님이라고 했다는 것이다. 하긴 김 상무가 그렇게 시킨 것이 아닌가.

"그럼. 애인이라고 했어. 엄마가 너무 오래 혼자 산다고 재혼하라고 이야기하는데 자기를 한번 보고 싶다고 했어요. 후렉스코리아 상무님이라 했더니 거기 진짜 좋은 회사라고 하드라, 호호호."

그렇게 이야기하지 않았을 것은 뻔히 알면서도 호석은 놀란 듯이 이야기한다.

"그래. 그놈 당당한 면이 있네. 하하하."

호석은 이제 돌이킬 수 없는 길을 가는 것 아닌가 우려도 들지만 그래도 지금은 다른 생각 말자고 다짐한다. 순수한 뜻에서 서 사장의 아들에게 가자고 하는데 무슨 딴생각을 하겠나 싶어 같이 가기로 마음을 먹는다.

"몇 시에 갈 건데? 오후에? 어떻게 준비를 해야 하는지를 알아야 갈 것이 아닌가? 옷도 그렇고."

"오후 세 시까지 가면 되는데 애 데리고 나와서 우리 같이 식사하러 가요. 내가 못 가서 매번 버스 타고 왔었거든요."

아버지도 없고 엄마가 가게 때문에 바빴으니 누가 학교로 데리러 갔겠는가 생각하니 상처도 많이 받았겠다 싶어 아버지는 아니지만, 부모 노릇 한번 해보겠다고 생각한다.

"알았어. 난 아침 먹고 집으로 가서 준비할게. 양복 입고 갈 수 없잖아."

서 사장이 얼굴이 환히 밝아진다. 솔직히 아들에게 애인이니 뭐니 이야기한 것은 아니지만, 친구로 가까이 지내는 사람이라고 이야기했다. 꼭 같이 오겠다고 이야기한 약속을 지킬 수 있게 되어서 안심하는 눈치다.

"그래요, 먼저 식사부터 하세요. 아직 시간 많으니까."

둘은 식사를 하면서 오늘 주문한 차를 가져오니까 그거 받아놓고 호석의 차로 가기로 한다. 서 사장이 끓여주는 해장국은 정신이 확 차려지고 신비롭기까지 한 맛이었다. 식사를 마치고 두 사람은 애를 데리고 어디를 갈까 고민한다. 서 사장은 요즘 운동을 정기적으로 하니 몸도 가벼워진 모양이고 컨디션도 아주 좋은 모양이다. 자신이 살면서 이렇게 사람 사는 것처럼 사는 것이 처음이라는 이야기와 함께 1층에 내려가 카 메니저가 가져온 차량을 인수해 지하에 가져다 놓고 차량등록증을 가지고 관리실로 가서 주차권을 한 장 받아온다. 김 상무의 이름으로 샀으니 경비실에서 주차증에는 김호석의 아파트 동호수를 적는다. 여유를 가지고 두 사람은 호석의 차를 가지고 아들이 있는 경기도 용인으로 향한다.

"우리 애 데리고 나와서 중국요리 진짜 잘하는 데 있는데 그곳으로 가요. 애가 매번 이야기하더라고요."

대부분의 학부형들이 그 중국 음식점에 들러 먹고 가는 곳이라고 한다. 엄마가 오시면 한번 가보고 싶었던 곳이었다고 지나가는 이야기로 했지만, 그 작은 것도 못 해주는 서 사장은 늘 가슴이 아팠었다고 한다.

"좋아. 그리고 애가 뭐 좋아하는 것 없어? 쇼핑 같은 거 아니면 갖고 싶은 거라든가."

작심하고 하는 것이니 최선을 다하고 싶은 심정이었다.

"그럼 우리 할인마트에서 쇼핑해서 가요. E마트 같은 곳에서."

서 사장은 재산이 많이 있는 사람이지만 쓸 줄도 모르고 자랑할 줄도 모르는 소박한 사람이어서 좋다. 학교에 도착해서 애가 있는 기숙사 쪽으로 올라간다. 외국어 고등학교라 그런지 외국인 선생도 많이 보이고 애들이 영어로 이야기하는 것도, 벽에 붙인 메모도 다 영어다.

서 사장은 애를 찾으러 가고 김 상무 혼자서 기다리고 있는데 마침 미국인 선생이 말을 걸어온다. 미국의 스탠퍼드에서 석사과정을 마친 김 상무는 유창하게 대화를 나눈다. 이야기를 나눠보니 미국에서 박사 학위를 받고 여기 학교 선생으로 초빙된 사람이었다. 서로 인사를 하고 이야기하다 보니 서 사장이 아들을 데리고 나왔다. 김 상무는 서 사장의 아들을 앞에 세워두고 소개하면서 자신의 아들이라고 이야기한다. 그러면서 김 상무는 명함을 한 장 건네고 자신도 스탠퍼드에서 대학원까지 졸업했노라고 이야기한다. 놀라는 표정의 선생과 인사하고 애와 서 사장을 데리고 기숙사를 빠져나온다.

"반갑구나. 난 엄마의 남자친구야. 이해할 나이가 되었으니 편안하게 대하고 싶구나."

김호석은 어색한 것보다 당당하게 이야기하는 편이 낫겠다 싶어 말문을 먼저 열었다.

"네, 아저씨. 저도 반갑습니다. 어머니한테 말씀 많이 들었습니다."

역시 똑똑한 친구답게 당당하다. 서 사장이 호석에 대해서 이야기를 많이 한 모양이다.

"그래. 고맙구나. 나도 그리 막힌 사람이 아니니까 우리 잘 지내 보자."

세 사람은 집으로 돌아오는 길에 식사하려고 서 사장과 약속한 장소로 차를 몬다.

"우리 배가 고프니까 뭐 간단하게 먹고 가는 게 어떨까? 서 사장, 어때요?"

알면서도 애가 자연스럽게 받아들이도록 분위기를 풀어가는 김 상무가 서 사장의 눈에는 한없이 자상한 아버지 같아 보였다.

"그래요. 중국 음식 좋아해요? 여기 잘하는 곳이 있는데. 명근아, 그렇게 할래?"

아들이 평소에 가보고 싶어 하던 곳이라도 시치미 떼고 물어본다.

"그래요, 어머니. 우리 거기 가요."

서 사장 아들 명근은 늘 그곳에 들려 먹고 싶었다. 자신은 그동안 버스를 타고 집으로 왔으니 친구들이 자랑해도 한 번도 가보지 못했던 것이다. 세 사람은 식당에 들어가 요리를 푸짐하게 시켜 맛있게 먹고 있다. 그곳에는 명근이 친구들이 가족과 함께 식사를 하고 있었다. 식사를 하면서 세 사람은 진짜 가족과 같이 웃기도 하고 장난도 치면서 좋은 시간을 보내고 있다. 물론 의도적으로 서 사장 아들 친구들의 시선을 적당하게 즐기는 것도 잊지 않고 챙겼다.

세 사람은 저녁은 집에서 하기로 하고 이마트를 들려 장을 보아 가지고 간다. 호석이 보니 보기보단 생각이 모나지 않았고 홀어머니를 생각하는 것과 호석과의 관계들에 대하여 건강한 사고방식을 가졌다.

최근 서 사장의 밝은 얼굴과 목소리에 아들 명근도 기분이 좋아진다. 아들이 보기에 근래 어머니의 이런 모습을 거의 본 적이 없었기 때문이다. 저녁 식사를 마친 세 사람은 커피를 한잔 마시며서 사장의 아들에게 저녁에 뭐 특별하게 가고 싶은 곳이 없냐고 물어본다. 명근은 한참을 주저하더니 말을 꺼낸다.

"아저씨, 우리 영화 보러 가요. 최근에 개봉한 영화를 한 편 보고 싶어요."

같이 가자는 서 사장은 이틀 연속 가게 비우는 것은 안 된다고 하면서 아들과 김호석 상무가 시간을 가져 더 가까워지기를 기대한다. 호석은 서 사장 아들을 데리고 오늘 가져온 Q7을 몰고 상암동의 CGV로 향한다. 이 시간에 그곳으로 가는 것이 교통이 덜 막히고 이 자동차로 한번 달려보기에도 괜찮다 싶은 생각이 들어서이다.

"명근아, 어머니 고생하는 것 애처롭지? 그러면 열심히 공부해라. 나도 미국에서 어렵게 공부했지만, 어머니 생각해서 더 열심히

했다."

"아저씬 어디 학교 다녔어요?"

호석이 설명을 해주자 놀라는 표정이다. 명근도 미국에 유학을 가기 위해 준비를 하고 있기 때문에 스탠퍼드가 어느 정도의 대학인지 알고 있기 때문이다. 두 사람은 영화를 보고 나오면서 진학과 유학생활 등과 관련하여 많은 이야기를 한다. 서 사장의 아들 명근은 이런 분이 아빠라면 좋겠다 하는 생각도 해보며 어머니와 아저씨가 좋은 관계로 오랫동안 잘 지내길 소망해본다.

명근을 집에 내려 주고 호석은 자신의 아파트로 올라간다. 아침이 되자 서 사장의 아들이 초인종을 누르고 찾아왔다.

"아침 식사하셔야지요."

깜짝 놀라 옷을 챙겨 입고 욕실에서 세면하고 나와 명근이와 함께 서 사장의 집으로 간다. 명근이가 이리 찾아온 것이 호석을 어머니의 남자친구로 인정한다는 이야기인가 하는 생각을 하며 웃는다. 늦은 아침의 식사는 식욕을 당긴다. 맛있게 식사하며 오늘 명근에게 일정이 있냐고 물어본다. 1박 2일간의 헌신은 서 사장의 감동을 자아내기에 충분한 시간이고 기회였다.

명근이 중간고사 준비로 일찍 기숙사로 들어간다고 하여 데려다 주고 오는 길에 서 사장과 호석은 오랜만에 쇼핑하기로 했다. Q7을 끌고 학교까지 데려다준 호석은 돌아오는 길은 서 사장에게 운전하라고 시킨다.

자주 가는 백화점에 들러 서 사장의 옷 몇 벌과 호석이 즐겨 입는 빨질레리 매장에 가서 옷을 골랐다. 치수는 이미 기록으로 보관 되어 있으니 색상과 스타일만 골라주면 제작해서 보내준다. 두 사람은 서로 계산하겠다고 우기다가 남들이 이상한 관계라고 생각할 거라면서 서 사장이 계산하는 것으로 한다. 김호석 상무의 이런 봉사는 휴일을 빈둥빈둥하지 않고 지내본 몇 번 안 되는 시간인 것이다.

월요일 아침 상쾌하게 깨어 서 사장이 차려주는 아침을 먹고 출근을 한다. 사무실에 도착하니 연구소장이 들어와 기다리고 있다.

"소장님이 어쩐 일이십니까? 이 아침 일찍."

오늘 양 대표와 조사위원회 관련하여 미팅이 있어 들어왔다고 한다. 매주 월요일 임원들 정례 조찬 모임이 있는데 요즘 들어 부사장 사건으로 분위기가 안 좋아 계속 취소가 되었기 때문에 볼 기회가 없었다.

"차 한 잔 주세요."

"위원회의 일할 조직들은 만들어졌습니까? 언제부터 이쪽으로 출근하십니까?"

양 대표가 오늘 그것 때문에 소장을 불렀을 것이다. 빠르게 진행하여 보고서를 만들어 내어야 하는데도 이제서야 일을 시작할 모양이라 생각이 들었다.

"네, 오늘 그 문제를 논의하고 이곳으로 출근하는 날도 결정해야할 것 같습니다."

차를 한잔하면서 자신이 잘할 수 있을까 걱정을 많이 하며 이전에 자신이 우려하던 것들을 다시 늘어 논다. 다음 주부터는 본격적인 활동을 시작해야 하고 잘 모르는 부사장을 조사한다는 것이 쉽지도 않고 부담스러운 것이다. 다른 사람들은 이러한 많은 부담 때문에 사양한 일을 부사장을 모르는 연구소장이 얼떨결에 맡은 꼴이 된 것이다.

"저도 할 수 있는 한 측면에서 돕도록 하겠습니다. 제가 추천한 일 때문이기도 하지만 향후 회사에 매우 큰 영향을 미칠 중요한 일인지라."

연구소장과 이야기를 나누고 있는데 사장비서로부터 양 대표가 도착하셨다는 연락이 왔다.

"나중에 또 뵙겠습니다."

인사를 하고 나가는 연구소장의 어깨가 어딘지 모르게 무거워 보인다. 김호석은 다른 임원들이 하지 않는 일들을 양 대표가 부탁하여 총대를 메고 설득했지만, 힘의 논리에 의한 고육지책이었다는 것을 연구소장이 알면 유쾌하진 않을 것이라 생각했다. 김호석은 다시 자리에 앉아 메일을 점검하며 업무를 준비한다.

삼마로 출근한 부태인은 협력업체 신규인력이 새로 출근하자 정리에 아침부터 정신이 하나도 없다. 프로젝트별로 팀을 재배치하는 것부터 삼마에 요구해서 네트워크를 연결하는 것 등 한두 가지가 아니다. 계약을 마치자마자 개발인력이 모두 한꺼번에 들어온 것이다.

"한 비서, 팀 배치도 가져와 봐."

인력이 워낙 많다 보니 팀을 찾기도 어렵다

"여기에 협력사 팀장들 내선 전화만 적어서 다시 만들어 줄래?"

한 비서도 민첩하게 움직인다. 오랜만에 프로젝트 룸이 북적댄다. 삼마DS의 프로젝트 투입인력이 늦어지는 것에 대한 보완대책이 특별하게 없기 때문에 협력업체 인력 투입으로 대체하여 프로젝트를 진행하는 모습을 보이는 것이다. 오늘 투입 결과를 일단 강 부장과 신 상무에게 통보할 예정이다.

"한 비서, 신 상무님 비서에게 연락해서 오늘 일정이 어떻게 되나 확인해 줄래요."

신 상무와 강 부장 두 사람 다 모아 놓고 이야기를 하는 것이 좋을 것 같아 먼저 신 상무의 시간을 확인해보라고 한 것이다. 신 상무 비서에게 연락해본 한 비서는 신 상무가 그룹사 임원 미팅에 참석하고 오후에 출근한다고 했다 한다.

"그럼 오후에 신 상무님 출근하면 알려달라고 해."

부 이사는 강 부장에게 전화하여 오후에 신 상무와 같이 미팅할 거라고 이야기하고 시간을 비워둘 것을 말한다. 인력 배치가 끝나고 금요일 영업의 김범진 이사와 김 부장하고 미팅하면서 나온 중요한 내용에 대하여 회의록을 작성하여 김호석 상무에게 보내야 하는 것이 생각이 났다. 메모한 노트를 가지고 급하게 작성하여 김 상무와 영업 쪽에 인트라넷을 이용하여 보낸다.

"안녕하십니까? 이사님. 인사업무개발 담당 이홍용 부장입니다."

오늘 처음 출근한 협력업체 이홍용 부장이다. 인사시스템 관련하여 과거 프로세스와 새롭게 도출된 프로세스를 비교해 보려고 하는데 자료가 없다는 것이다. 인사시스템은 컨설팅과 바로 연결되어 변동사항이 많이 발생할 것 같기에 의도적으로 오픈을 시키지 않고 있다.

"아, 그래요. 잠깐 들어와 앉으시죠. 그것은 설명을 좀 들어야 할 것 같은데요."

자리에 앉아 부태인은 삼마 경영 컨설팅은 설명하지 않고 프로세스가 아직 완전하게 확정이 안 되어서 자료 오픈이 불가능하다는 것을 이야기해준다. 삼마 신 부회장이 컨설팅 프로젝트 관련하여 임시 이사회를 한다고 하니까 오후 늦게 부 이사가 개발 업체들에게 공식적으로 이야기할 예정이다.

"그럼 언제쯤 확정이 될 것 같습니까? 시간이 길어지는 것 아닌가요?"

협력사 입장에서 시간이 돈이고 투입한 인력을 놀리는 것은 향후 프로젝트의 기간이 늘어나는 것을 의미할 수도 있기 때문에 예민한 문제이기도 하다.

"대략적인 것은 오늘 오후에 나오고 일부 수정한 프로세스를 도출하고 확정하는데 경우에 따라 이 부장이 직접 참여해야 할지도 모르니까 그렇게 알고 조금 기다리게."

후렉스코리아의 PM들에게도 경영 컨설팅에 대해서 오픈하지 않았고 사전에 노출되면 윤 부장이나 신 상무 쪽에서 손을 쓸 수도 있다는 우려 때문에 보안을 유지하고 있는 것이다.

"잘 알겠습니다. 이사님. 결정되면 바로 알려주십시오."

인사시스템은 그룹웨어와 연동되고 결제 시스템과도 연동되는 시스템이기 때문에 단독으로 개발을 시작하는 것은 불가능하다. 그때 여의도 강 비서로부터 김호석 상무의 전화라고 연락이 왔다.

"예 상무님. 부 이사입니다."

김 상무는 부태인 이사가 보내준 회의록을 보고 전화를 한 것이다.

"부 이사, 금요일 회의록 결과 말이야. 코드 번호 받았냐? 그리고 이 건 관련해서 삼마하고 언제 미팅할 거야?

김호석 상무는 삼마 측의 반응이 궁금한 모양이다. 빅데이터 시스템 관련해서는 더 이상 요구가 없기를 바라는 심정인 것이다.

"네, 아직 미팅은 아직 안 잡혔는데 오후에 잡을 예정입니다. 코드는 아직 부여받지 않았습니다. 회의 자료는 영업에도 같이 보냈습니다."

오늘 회의 자료를 받으면 삼마에서 프로젝트 비용으로 쓸 수 있는 코드를 보내올 것이다. 어느 정도 비용이 올 것인지 모르겠지만 충분하게 보내준다고 했으니 기대가 된다.

"그래. 일단 빅데이터 시스템은 따로 언급하지 말고 제안서로 밀어붙여 가자고. 그리고 영업에서 비용코드 오면 얼마 정도 예산이 들어 있을지 모르겠지만 100% 다 써버리는 것으로 하고 삼마 경영 컨설팅은 지금쯤 이사회가 끝났으니까 연락이 올 거야. 기다려봐."

김호석 상무와 부태인 이사의 생각은 대부분 일치한다. 괜히 건드려서 문제를 일으킬 이유가 없는 것이고 규모를 줄여서 제안한 제안서를 근거로 밀어붙여서 말이 없으면 좋은 것이고 문제로 삼으면 영업에 이야기했듯이 신 부회장을 통해서 풀어버리는 전략으로 가자는 것이다.

"네, 알겠습니다. 상무님. 컨설팅 연락 오면 전화 주십시오."

전화를 내려놓고 부 이사는 컨설팅 인력을 김병기 사장에게 부탁한 것이 기억이나 연락을 한다.

"김 사장님, 저번에 부탁한 인력 어떻게 되었습니까?"

차량 내부에서 들리는 전형적 소음이 들려오는 것을 보면 김병기는 아직 외부에 있는 모양이다.

"아, 네. 제가 가지고 있습니다. 저 삼마로 들어가는 중이니까 들어가서 뵙겠습니다."

김병기는 감리라는 이유로 돈은 우리가 줘서 일하지만 출퇴근이나 업무에 간섭을 받지 않는다.

"네, 그럼 들어와서 뵙겠습니다."

전화를 끊은 스타일도 늘 조금은 무례하다. 생각이 없는 사람은 아닌 것 같은데 아직 어느 곳에 빨대를 꽂고 움직여야 하는지를 모르고 있는 것이다.

"한 비서, 이리 와봐."

부태인 이사는 자신의 한 비서의 정 직원 채용 결과를 인사부로 받았기 때문에 그것을 알려 주려고 한다.

"네, 상무님. 찾으셨어요."

한 비서는 지난주의 일은 전혀 모르는 듯이 평소와 다름없이 부태인 이사의 방으로 들어온다.

"응, 한 비서. 공식적으로 후렉스코리아 직원이 된 것을 축하합니다. 진심으로."

"정말로요. 이사님?"

한 비서는 감격하듯이 눈에 눈물이 맺힌다. 입사 3년 만에 후렉스의 정규사원으로 시작하게 되니 감격할 수밖에 없을 것이다.

"감사합니다, 이사님. 정말 감사합니다."

후렉스코리아에서 임시직과 정규사원의 차이에서 오는 느낌은 부장과 이사의 차이 정도가 될 것이다. 대우와 급여. 복리후생 등 수많은 것이 바뀐다. 또한, 당장 연봉협상부터 해야 하고 정식직원이라는 소속감은 진짜 엄청난 것이다.

"감사는. 한 비서는 그럴 자격이 있잖아. 열심히 해."

한 비서는 부 이사를 한없이 사랑스러운 눈으로 바라본다. 그러면서 부태인에게 무엇인가 감사의 표시는 하고 싶다는 생각을 한다.

"이사님, 제가 저녁 한 번 사면 안 될까요? 너무 감사해서요."

저번 일이 생각나서 부 이사는 거절할까 한다. 그래도 감사의 표시인데 거절이 오히려 불편하게 만들까 우려되어 저녁 약속을 한다.

"그래, 내일 저녁으로 하자."

한 비서를 내보낸 후 부 이사는 후렉스의 프로젝트관리 소프트웨어를 이용하여 어제까지의 진척상황을 기록하고 이번 주에 해야 할 일을 챙겨본다. 이번 주는 영업이 삼마에 약속한 시스템설치와 관련하여 미팅과 컨설팅팀을 위한 사무실 공사, 수요예측 관련하여 교수들의 시연회 등 많은 미팅과 계약이 잡혀 있다.

요즘은 온종일 사람을 만나고 떠들어야 하니까 무척 피곤해짐을 느낀다. 자리에 앉아 머리를 뒤로 젖히고 쉬고 있는데 한 비서가 들어와 김병기 감리가 왔다고 알려준다. 방으로 들어와 부 이사가 자리를 권하자 털썩 무례하게 앉는다.

"여기 컨설팅 인력 프로파일과 견적서입니다. 일전에 이야기했던 가격보다 20% 네고했습니다. 알아서 말입니다. 하하하."

김병기 쪽을 이용해서 동생들과 윤 부장 쪽을 제거하는 전략이 숨어 있는 것도 모르고 투입인력의 이력서를 전달해 준다.

"감사합니다. 일단 계약서는 오늘 오후에 작성할 건데 김 사장님하고 하면 되나요. 아니면 당사자하고 직접 해야 하나요?"

보통 전문 컨설턴트들은 개인 사업자로 해서 프로젝트에 많이 투입되고 김병기 쪽은 소개료 명목으로 얼마 정도를 챙기는 방법을 쓰기도 하기 때문이다.

"네, 김성조 상무님이 보유한 회사를 이용해도 되는데 투입한 친구가 회사를 운영하니까 오후에 준비해서 들어오라고 하겠습니다."

김성조 상무를 통해서 이 프로젝트에 참가한 김병기 사장은 컨설팅 인력은 투입인력의 회사와 직접 계약해서 하겠다는 생각인 것이다.

"알겠습니다. 오후 세 시쯤 들어오라고 하십시오. 그때 계약하겠습니다."

차를 마시면서 부 이사는 김병기에게 왜 삼마DS 인력 투입이 늦어지는 거냐고 넌지시 물어본다.

"삼마DS 내부에서 프로젝트 인력을 투입하고 비용을 삼마에서 받아야 하는데 그게 조정이 안 되어서 실랑이하는 것 같아요. 일종의 형제간의 힘겨루기죠. 제가 볼 때는 결국 파견할 거면서 말입니다."

김병기는 묻지도 않은 이야기까지 이야기한다.

"그렇겠죠. 그런데 프로젝트가 골치 아파요. 늦어지면 일정을 맞추기도 어렵고 협력사들을 일없이 놀리기도 어렵고 김 사장님이 좀 도와주십시오. 윤 부장 쪽으로 잘 아시잖아요."

김병기의 말에 부태인 이사는 알고 있는 이야기였다는 투로 대수롭지 않게 이야기하지만 도와달라는 이야기는 빼지 않고 말한다.

"일정이 지금 늦어지는 것은 후렉스코리아의 책임이 아니고 삼마와 삼마DS 간의 문제이니까 걱정 안 해도 되는 것 아닙니까? 윤 부장도 후렉스코리아에서 뭐라 그럴까 봐 걱정하는 눈치이던데요."

부 이사는 윤 부장의 관리부가 이 문제를 알고 있다는 것에 내심 안심을 하고 이야기한다.

"시간이 늘어나면 협력사의 용역대금 지급이 늘어나니까 문제가 되는 것입니다. 사장님도 잘 아시지 않습니까? 김 사장님이야 기간에 별 영향이 없지만, 우리 입장에 서는 협력업체 인력들은 다 돈이거든요."

부태인은 지금 나누는 이야기가 윤 부장에게 은근히 전해지길 기대하면서 프로젝트를 걱정하는 말을 던진다. 차를 다 마신 김 사장은 감리 사무실이 있는 삼마 관리부 쪽으로 돌아간다. 부태인 이사는 김병기가 넘겨 준 견적서를 근거로 컨설팅 인력 투입 계약서를 작성한다.

김호석 상무가 후렉스코리아의 집무실에서 업무를 보고 있는 중에 일흥증권 빌딩에서 작업하는 인테리어 업자에게서 전화가 왔다. 작업 진척이 어느 정도 이루어지고 있는데 보안업체에서 나와 보안과 관련된 라인 설치작업을 먼저 해야 한다고 한다. 김 상무는 사무실을 잠깐 나와 인테리어 현장으로 올라가서 현장감독과 이야기를 한다.

"이제 외부 골조가 완성되었고 보안회사에서 센서나 배선을 잡아 줘야 하는데 아직 연락이 없어서요. 관리실에 이야기를 좀 해주셔야 할 것 같습니다. 보안 문제는 관리실에서 접촉한다고 했거든요."

일전에 미팅할 때 보안은 최고 등급을 이야기했는데 아직 선정이 안 된 것인가 하고 관리실에 전화해서 담당자를 올라오라고 한다.

"여기 인테리어 감독이 이제 보안회사에서 작업해야 할 시점이라고 하는데 보안회사는 선정되었습니까?"

관리실 관계자는 보안회사는 이 건물의 보안을 책임지고 있는 회사로 하기로 했고 내일부터 작업이 가능하도록 하겠다고 이야기한다.

"그럼 내일 보안회사 직원이 언제 이곳으로 오는지 알려주십시오. 그럼 그 시간에 맞추어서 내가 오거나 아니면 직원을 출근시키겠습니다."

보안 등급에 대한 요구 사항도 시방서에 명시되어 있으니 그 수준에 맞추어서 작업하면 될 것이다.

"자, 이제 됐습니까? 인테리어 감독님 이제 되었지요? 또 다른 문제가 있으면 연락 주십시오. 전 이만 실례하겠습니다."

공사 현장을 빠져나와 보니 벌써 점심시간이 지나버렸다. 근처 식당으로 들어가 간단하게 먹고 사무실로 올라간다. 메일을 열어 연희에게 인테리어 공사현황과 보안 공사를 시작하는 것에 대한 내용을 적어 보낸다. 핸드폰의 진동소리에 번호를 보니 신 부회장의 전화였다.

"난데, 이사회 승인 났으니까 계약서 가지고 들어와. 그리고 빨리 팀 꾸려서 진행해라. 너만 믿는다."

신 부회장은 자신이 원하는 데로 승인을 받아 움직이게 되니 기분이 좋은 모양이다.

"축하드립니다. 선배님. 계속 좋은 소식만 들립니다. 팀 꾸려서 신속하게 진행하겠습니다. 그럼 선배님 층에 룸을 빨리 만들어주십시오. 그리고 이제는 공개적으로 일하겠습니다."

필요한 사항들을 이야기하고 오후에 삼마로 들어가겠다고 하며 전화를 끊는다. 부 이사에게 전화를 걸어 이 사실을 알려준다.

"부 이사, 나야. 신 부회장 연락 왔는데 컨설팅 승인 떨어졌단다. 계약서 만들어 오후에 들어가기로 했는데 준비가 되겠냐? 내가 지금 그리로 갈 테니까 기다려라."

김호석 상무는 지시사항 몇 가지를 이야기하고 강 비서가 들어

오기를 기다린다. 요즘 직원들은 점심시간을 철저하게 이용한다. 잠시 후 여직원들이 우르르 몰려 들어오는 것 같다.

"강 비서, 일단 윤 기사 차 좀 대라고 해. 삼마로 들어가게."

강 비서에게 삼마의 컨설팅 프로젝트를 수주했고 B&K가 참여하고 부 이사가 이끌고 갈 것을 이야기해준다. 강 비서는 김 상무에게 받은 돈이 생각이 나는지 언제 좀 한가해지냐고 묻는다.

"그거 부담 갖지 말고 집을 옮기든지 차를 바꾸든지 해. 더 많이 못 챙겨서 미안하다. 고생하고 있는데."

강 비서는 항상 마음에 두고 있지만, 결정적인 순간에는 냉정하게 정신 차리는 김 상무가 때론 야속해지기도 한다.

"그래도 언제 한번 시간 내세요. 집에서 식사 한번 준비할게요."

강 비서의 간청에 결국 김 상무는 날 한번 잡으라고 이야기를 한다. 필요한 자료를 챙겨 나오면서 강 비서에게 삼마로 갔다가 바로 퇴근할 것이라 이야기하고 사무실을 나간다.

3권에서 계속